中华经典名剧

西厢记

〔元〕王实甫 著

王春晓 评注

中华书局

图书在版编目（CIP）数据

西厢记/（元）王实甫著；王春晓评注. —北京：中华书局，
2016. 11（2024. 10 重印）
（中华经典名剧）
ISBN 978-7-101-12209-1

Ⅰ. 西…　Ⅱ. ①王…②王…　Ⅲ. 杂剧-剧本-中国-元代
Ⅳ. I237. 1

中国版本图书馆 CIP 数据核字（2016）第 244664 号

书　　　名	西厢记
著　　　者	〔元〕王实甫
评 注 者	王春晓
丛 书 名	中华经典名剧
封面题签	徐　俊
责任编辑	王守青
装帧设计	毛　淳
责任印制	管　斌
出版发行	中华书局
	（北京市丰台区太平桥西里 38 号　100073）
	http://www.zhbc.com.cn
	E-mail：zhbc@zhbc.com.cn
印　　　刷	三河市鑫金马印装有限公司
版　　　次	2016 年 11 月第 1 版
	2024 年 10 月第 9 次印刷
规　　　格	开本/880×1230 毫米　1/32
	印张 11¼　插页 2　字数 200 千字
印　　　数	42001-45000 册
国际书号	ISBN 978-7-101-12209-1
定　　　价	23. 00 元

前　言

　　诞生于元代的杂剧《西厢记》，是中国古代戏曲史上的不朽典范，也是中外婚姻爱情文学的杰出代表，自其问世以来一直备受推崇。贾仲明（1343—1422以后）【凌波仙】吊曲称"新杂剧，旧传奇，《西厢记》天下夺魁"；陈继儒（1558—1639）赞之为"千古第一神物"；李卓吾（1527—1602）目之为"化工之作"；金圣叹（1608—1661）将之列为"古往今来六大才子书"之一，并评之为"世间妙文"……众口交誉，至有以《春秋》名之者。今人赵景深（1902—1985）在《明刊本西厢记研究·序》中，又将《西厢记》与《红楼梦》一起誉为"中国古典文艺中的双璧"。而《西厢记》影响之广，不囿于中国。它已被译成英、法、日等多种语言，成为世界范围内中国文化传播的绝佳使者。

　　《西厢记》全名《崔莺莺待月西厢记》，共有五本。关于《西厢记》的作者，向有多种说法，其中影响较大的概有四种。（一）王实甫（生卒年不详）作：初见于元人钟嗣成（约1279—约1360）《录鬼簿》，为元明之际贾仲明、明初朱权（1378—1448）等人所认同，此说出现最早；（二）关汉卿（约1210—约1300）作：初见于明正德八年（1513）刊刻的都穆《南濠诗话》；（三）关汉卿作王实甫续：初见于明成化七年（1471）北京金台鲁氏刊本《新编题西厢记咏十二月赛驻云飞》;（四）王实甫作关汉卿续：成书于嘉靖三十七年（1558）的王世贞（1526—1590）《艺苑卮言·附录一》主此说。持"关作王续"或"王作关续"论点的学者又往往认为，《西厢记》原剧完结于四本三折"长亭送别"或四本四折"草桥惊梦"，其后的部分乃是续作。明代王骥德（约1540—1623）曾驳之说："《卮言》又谓：'或言至"邮亭梦"止，或言至"碧云天"止。'则不知元剧体必四折，记中明列五大折，折必四套，'碧云天'断属第四折四套之一无疑。又，实甫之记本始董解元，董词终郑恒触阶，而实甫顾阙之以待汉卿之补？所不可解耳。"《西厢记》作者为王实甫的说法出现最早，且非一人之闻见；其他说法相对晚出，又均无法提供推翻"王作说"的证据；"五剧"之说向已有之，第五本的某些情节也是承继早前的《董西厢》而来。因此，《西厢记》共计五本且作者是王实甫的说法相对可信。

王实甫（生卒年不详），名德信（一说名信德），实甫是其字。大都（今北京）人，一说河北定兴人。《录鬼簿》曾将王实甫与关汉卿、白朴（1226—约1306）、马致远（约1250—约1321至1324间）等同列为"前辈以死名公才人"。一般认为，王实甫为元代前期作家，创作活动大约在元成宗元贞、大德年间（1295—1307）。元明之际的贾仲明在《录鬼簿续编》中曾评价王实甫曰："风月营，密匝匝列旌旗；莺花寨，明飏飏排剑戟；翠红乡，雄赳赳施谋智。作词章，风韵美，士林中等辈伏低。新杂剧，旧传奇，《西厢记》天下夺魁。"据此则王实甫与当时处于社会底层的官妓、杂剧演员往来密切，他本人或为身份不高的下层文人，文采风流广受赞誉，所创制的《西厢记》杂剧更是被公认为元代戏剧的冠首之作。王实甫一生至少创作过十四种杂剧（据钟嗣成《录鬼簿》著录），今存者除《崔莺莺待月西厢记》外，尚有《四丞相高会丽春堂》、《吕蒙正风雪破窑记》两部全本及《韩彩云丝竹芙蓉亭》、《苏小卿月夜贩茶船》两部残剧。比较而言，《西厢记》的水平最高，也最广为人知，无疑是王实甫杂剧的代表作品。

《西厢记》故事最早见于唐人元稹的传奇小说《莺莺传》，文中的张生是一个始乱终弃的无行文人，他骗取了崔莺莺的爱情又抛弃了她另娶高门。宋代秦观（1049—1100）、毛滂（1056—约1124）都有《调笑转踏》，用十首一诗一曲的形式歌咏十位美人，秦作第七首、毛作第六首均为咏莺莺，秦观只写到西厢幽会，毛滂则写到分离寄恨。同为宋人的赵令畤（1061—1134）以莺莺故事为蓝本，改编创作了可以演唱的《商调蝶恋花》鼓子词，极大地推动了故事的传播。金代董解元（生卒年不详）《西厢记诸宫调》的出现，使"西厢"故事有了新的突破：矛盾冲突的性质变成了争取恋爱婚姻自由的青年男女同封建家长之间的斗争；张生成为多情才子，莺莺具有了反抗性；故事以莺莺、张生私奔团圆作结。及至元代，经过王实甫的天才创造，才"令前无作者，后掩来哲，遂擅千古绝调。自王公贵人，逮闺秀里孺，世无不知有所谓《西厢记》者"。

《西厢记》描写了以老夫人为代表的宗法卫道者，同以崔莺莺、张珙、红娘为代表的礼教叛逆者之间的冲突，旗帜鲜明地高擎起"永老无别离，万古常完聚，愿普天下有情的都成了眷属"的婚恋理想。王实甫出神入化的人物刻画，峰回路转的结构安排，绮丽当行的语言艺术，也为它赢得了历代读者的褒赏。王骥德说："《西厢》妙处，不当以字句求之。其联络顾盼，斐亹映发，如长河之流，率然之蛇，是一部片段好文字，他曲莫及。"王思任（1575—1646）《合评北西厢序》云："其描摹崔、张情事，绝处逢生，无中造有。本一俚语，经之即韵；本一常境，经之即奇；本一冷情，经之即热。人人靡不脍炙之而尸祝之，良由词与事各擅其奇，故传之世者永久不绝。"晚明著名文人袁宏道（1568—1610）则以为："唐诗外即宋词、元曲绝今古。而双文一剧（《西厢记》）尤推胜国冠军。"《西厢记》是登峰造极的北曲压卷之作，更是一座辉煌的艺术殿堂，只要一走进去就会流连忘返，其魅力是穿越时空而历久弥新的。

《西厢记》的刊本众多，今存明代刊本八十种左右，清代刊本、钞本一百馀种。本书所录原文以《凌濛初鉴定西厢记》暖红室刻本为底本，以明弘治间（1488—1505）《新刊大字魁本全相参增奇妙注释西厢记》北京岳氏刻本、王骥德《新校注古本西厢记》、《重刻元本题评音释西厢记》刘龙田刻本、《张深之先生正北西厢秘本》等明刊本及《毛西河论定西厢记》等清刊本参校。本书注释据张燕瑾师校注本《西厢记》而有所删改，其征引的出处，除上述诸本外又有《徐士范重刻元本西厢记释义字音》、《李卓吾先生批评北西厢记》、明万历间（1573—1620）王世贞、李卓吾合评《元本出相北西厢记》起凤馆刻本、陈继儒《陈眉公批评西厢记释义字音》、《闵遇五六幻西厢记五剧笺疑》、凌濛初（1580—1644）《西厢记五本解证》、金圣叹《贯华堂第六才子书西厢记》及王季思（1906—

1996）校注本《西厢记》等。注释为求简洁，径书某曰，不再另注书名。

本书每折（楔子）之末又附骥有点评，分别从思想、情节、语言、体制、表演等多方面对各该折（楔子）的主要特色有所讨论，以与读者共赏奇文之妙趣。《西厢记》杂剧中的个别内容，或因流传、版本等原因，向有歧说，有的亦曾引发广泛讨论。其中的某些著名"公案"，点评部分亦有简略述评，以便读者了解相关情况、做出判断。点评中或引他家之言论，出处不在前段所叙者，则别注其书名、篇名。《西厢记》研究方家众多，为作点评者更是在前珠玉不知凡几。初出茅庐，舛误浅妄之处再所不免，尚祈读者诸君容谅斧正。

王春晓

2016 年 6 月

目　录

西厢记五剧第一本

　张君瑞闹道场杂剧　1

　　楔　子　1

　　第一折　8

　　第二折　31

　　第三折　55

　　第四折　68

西厢记五剧第二本

　崔莺莺夜听琴杂剧　81

　　第一折　81

　　楔　子　97

　　第二折　112

　　第三折　125

　　第四折　143

西厢记五剧第三本

　张君瑞害相思杂剧　157

　　楔　子　157

　　第一折　160

第二折 173

第三折 196

第四折 210

西厢记五剧第四本

草桥店梦莺莺杂剧 225

楔　子 225

第一折 228

第二折 241

第三折 255

第四折 272

西厢记五剧第五本

张君瑞庆团圞杂剧 285

楔　子 285

第一折 289

第二折 304

第三折 318

第四折 334

西厢记

中华经典名剧

2

西厢记五剧第一本

张君瑞闹道场杂剧

楔　子①

（外扮老夫人上开②）老身姓郑③，夫主姓崔，官拜前朝相国④，不幸因病告殂⑤。只生得个小姐，小字莺莺，年一十九岁，针黹女工⑥，诗词书算，无不能者。老相公在日，曾许下老身之侄，乃郑尚书之长子郑恒为妻。因俺孩儿父丧未满，未得成合。又有个小妮子⑦，是自幼伏侍孩儿的，唤作红娘。一个小厮儿⑧，唤做欢郎。先夫弃世之后，老身与女孩儿扶柩至博陵安葬⑨，因路途有阻，不能得去。来到河中府⑩，将这灵柩寄在普救寺内⑪。这寺是先夫相国修造的，是则天娘娘香火院⑫，况兼法本长老，又是俺相公剃度的和尚⑬，因此俺就这西厢下一座宅子安下⑭。一壁写书附京师去⑮，唤郑恒来，相扶回博陵去。我想先夫在日，食前方丈，从者数百⑯，今日至亲则这三四口儿⑰，好生伤感人也呵。

注释：

①楔（xiē）子：本指木匠用来塞紧木制品缝隙的小木片。元代及明初，把一段戏的首曲称为"楔子"。王骥德《曲律》云："登场首曲，北曰楔子，南曰引子。"明代中期刊刻剧本时，往往把正戏之外用来交代情节、介绍人物的场子，同剧本的

正场戏区分出来，并名之为"楔子"，其作用是使戏剧情节完整紧凑。楔子中往往只唱一两支单曲，不唱套曲；主唱人亦不限于戏的主脚。

②外：元人杂剧中的女主脚为正旦，男主脚为正末，在正脚之外再加上一个脚色，叫"外"。所扮不限男女、年龄，这里指扮演老夫人的外旦。开：戏剧开场。

③老身：老年人之自称，不限男女。

④拜：授予官职。前朝：天子在位期间日朝，这里指前一个皇帝在位时。

⑤告殂（cú）：布告死亡。

⑥针黹（zhǐ）女工：妇女从事的针线、纺织、刺绣等活计。黹，制衣，刺绣，俗作"指"。

⑦妮子：旧时对婢女的称呼。《新五代史·晋家人传·高祖皇后李氏》："耶律德光已降晋兵，遣张彦泽先犯京师，以书遗太后，具道已降晋军，且曰：'吾有梳头妮子，窃一药囊，以奔于晋，今皆在否？'"

⑧小厮（sī）儿：宋元时称自家的小男孩儿（即儿子）为小厮。关汉卿《钱大尹智勘绯衣梦》："俺两家指腹成亲，后来我家生了个女儿……他家得了个小厮。"

⑨柩（jiù）：盛殓着尸体的棺材。《礼记·问丧》："三日而敛，在床曰尸，在棺曰柩。"博陵：唐代郡名，治所在今河北定州。博陵崔氏为唐代五大高门（河北清河、博陵崔姓，北京范阳卢姓，山东赵郡、甘肃陇西李姓，河南荥阳郑姓，河北太原王姓）之一。

⑩河中府：北周置蒲州，隋为河东郡，唐时复为蒲州，开元时

改为河中府，治所在今山西永济。

⑪普救寺：始建年代不详，隋代已有之，唐时僧俗信众积十年扩建，乃成名刹。

⑫则天：唐高祖李治的皇后武曌，死后谥则天皇后。香火院：接受民间供奉的寺庙。香火，泛指寺庙敬奉神佛所用的香烛等物。

⑬相公：此处为妻对夫的敬称。无名氏《孟德耀举案齐眉》："相公，认了丈人丈母罢！"剃度：佛教以剃除须发为度越生死之因，故将佛教徒出家必须接受的剃发剃须过程称作剃度。此谓僧尼出家时，官府颁发度牒作为凭证。

⑭安下：安置，安歇。《清平山堂话本·风月瑞仙亭》："昨听春儿说，有秀士司马长卿来望父亲，留他在瑞仙亭安下。"

⑮一壁：一边，表示一个动作与另一个动作同时进行。附：寄信。

⑯食前方丈，从者数百：形容从前家道兴旺，上句说肴馔之丰，食时列前者至方一丈；下句言仆役之众，有数百人之多。《孟子·尽心下》："食前方丈，侍妾数百人，我得志，弗为也。"

⑰则：仅，只。

【仙吕】【赏花时】①夫主京师禄命终②，子母孤孀途路穷，因此上旅榇在梵王宫③。盼不到博陵旧冢，血泪洒杜鹃红④。

今日暮春天气，好生困人⑤。不免唤红娘出来分付他。红娘何在？（旦徕扮红见科⑥）（夫人云）你看佛殿上没人烧香呵，和小

姐闲散心耍一回去来。（红云）谨依严命。（夫人下）（红云）小姐
有请。（正旦扮莺莺上）（红云）夫人着俺和姐姐佛殿上闲耍一回
去来。（旦唱）

【幺篇】⑦可正是人值残春蒲郡东⑧，门掩重关萧寺中⑨。
花落水流红⑩，闲愁万种⑪，无语怨东风。（并下）

注释：

①【仙吕】：宫调名。宫调就是乐律，用以限定声调的高低缓
急，表现乐曲的感情色彩。在元杂剧中，实际应用起来的宫
调计五宫四调，即黄钟宫、正宫、南吕、仙吕、中吕五宫及
大石调、越调、双调、商调四调，合称"九宫"。元人杂剧
的唱词，在音乐上要求叶宫调、唱套曲。【赏花时】：曲调
名，属仙吕宫。每一宫调下都设有若干支曲子，叫曲调。这
些不同的曲子连在一起，称为套曲，押同一韵脚。曲调的名
称，只表示曲词与曲调的格式，与内容无关。

②禄命终：人生的运数终结，即死亡。禄命，宿命论者所说
的天命，人生运数。王充《论衡·命义篇》："人有命有
禄，有遭遇，有幸偶。命者，贫富贵贱也；禄者，盛衰兴废
也。"

③旅榇（chèn）：未入祖茔前临时寄放在外的尸棺。榇，泛指
棺。梵王宫：梵王为大梵天王的简称，梵王宫即大梵天王所
居之宫殿，这里泛指佛寺。

④杜鹃红：即杜鹃鸟口上的血，这里代指眼泪。杜鹃，即子规
鸟，相传为古代蜀王杜宇魂魄所化，其鸣声哀切，叫后口常
流血，旧时常以杜鹃啼血比喻哀伤至极。

⑤困人：使人疲倦。石君宝《鲁大夫秋胡戏妻》："天气困人，我且去歇息咱。"

⑥旦倈（lái）：扮红娘的幼小旦脚，即小旦。倈，即倈儿，戏中扮演少年儿童的脚色。

⑦【幺（yāo）篇】："幺"为"後"之简写，幺篇即后篇，元杂剧中同牌的第二支曲子称幺篇，犹南曲之"前腔"。

⑧蒲郡：即蒲州。

⑨掩：闭门。重（chóng）关：一道道的门。萧寺：南朝梁武帝萧衍信佛，建造了很多佛寺，后称佛寺为萧寺。李公垂《莺莺歌》："门掩重关萧寺中，芳草花时不曾出。"

⑩红：花的代称，杜甫《春夜喜雨》："晓看红湿处，花重锦官城。"此谓水中的落花。

⑪闲愁：难以言喻的愁思。贺铸《青玉案》词："试问闲愁都几许？一川烟草，满城风絮，梅子黄时雨。"

点评：

　　中国古代诗词最重发端，戏曲亦是如此。王骥德《曲律·论章法》曰："作曲，犹造宫室者然。工师之作室也，必先定规式，自前门而厅，而堂，而楼，或三进，或五进，或七进，又自两厢而及轩寮，以至庾庾、庖湢、藩垣、苑榭之类，前后、左右、高低、远近、尺寸无不了然胸中，而后可施斤斫。作曲者，亦必先分段数，以何意起，何意接，何意作中段敷衍，何意作后段收煞，整整在目，而后可施结撰。"元人杂剧惯以四折、一楔子演出一段故事，规模远亚乎后世传奇，笔墨更宜警炼。王实甫《西厢记》突破了经典杂剧的体制限圉，共有五本，每本各四折加一个楔子，堂庑较传统杂剧更阔大，内容、情节也更为丰赡、曲折。"竹之始生，一寸之萌耳，而节叶具焉"（苏轼《文与可画筼筜谷偃竹记》），是以曲家在落墨前尤须先立定全部之格局，然后再择时、择地而出之，方可称大家手眼。

《西厢记》故事滥觞于唐人元稹的传奇小说《莺莺传》，之后吟咏崔、张情事的文学作品屡见不鲜，其中影响最大的又属宋人赵令畤的《商调蝶恋花》鼓子词和金代董解元的《西厢记诸宫调》。但无论是《莺莺传》、《商调蝶恋花》还是《西厢记诸宫调》，都侧重从张生一方展开故事叙述。王实甫从生、旦两头分别绅绎端绪、精织细绣一段才子佳人的黼黻丽章，雅擅叙事，脉络井井，无怪乎《西厢记》杂剧可以洗涤窠臼、自成高格，被誉为"千古绝调"。第一本"楔子"以老夫人开场交代背景，亦是作者化工妙笔所在——夫主前朝相国，且是博陵崔氏；自家姓郑，亦为高门甲姓。然而崔家富贵，此际毕竟渐成寥落。女儿莺莺正值桃李年华，德才兼修，已有婚约，尚未成配。旅榇受阻，一家几口寄居萧寺，郑恒又远在京城——崔母抚今追昔，凄凄楚楚，无限伤怀。一部《西厢》，几多波磔，太半由老夫人而兴，其中的关键又在"门第"二字。"楔子"讲郑氏重家世，语语言之，却又无一处点破，更为接下来情节的开阖振荡埋下伏笔，手段老辣，令后之人仰望。

大幕甫开之时，一切正与崔相灵柩的状态相似，恰在将安未安的暂安之"几"。女主角莺莺的第一次登场，虽只惊鸿掠影，却如清风乍起，吹皱一池深静。身受礼教制度与门户婚姻的双重拘系，面对落红片片、新绿渐渐，独立风中深院的莺莺无语而怨——是为东风断送春残、为韶华似水一去难挽、还是为念而不得的如花美眷？潘廷章《西来意》以为："大凡闺阁初解春怀，忽然蠢动，此时情思未有住着，故只好说'闲愁'二字。然触物增感，一往而深，种种撩人，种种难遣。其情事恰有万端，送之天上不得，埋之地下不得，只好'怨东风'而已。"恰如潘氏所言，莺莺的"愁"与"怨"是一曲之"眼"。【（赏花时）幺篇】的秀绝之处又在其情与景适会交融，浑然一气。"大家之作，其言情也必沁人心脾，其写景也必豁人耳目，其辞脱口而出，无矫揉妆束之态，以其所见者真，所知者深也。"（王国维《人间词话》）此曲令人一读而齿颊流香，由其景、其情想见莺莺遗世独立的高标风神，金圣叹所谓"想是后人所添"的论断，未必确凿。

春光不避人，透入重门闭锁的蒲东禅院，逗起待嫁女儿的莫名愁绪，亦为即将发生的韵事提供了萌蘖滋蔓的契机。"一声莺啭出墙来，惹起无限春色"（徐渭等评文），那"生"在何处哉？

第一折①

（正末扮骑马引俫人上开）小生姓张，名珙，字君瑞，本贯西洛人也②。先人拜礼部尚书③，不幸五旬之上因病身亡。后一年丧母。小生书剑飘零④，功名未遂，游于四方。即今贞元十七年二月上旬，唐德宗即位⑤，欲往上朝取应⑥，路经河中府，过蒲关上⑦，有一人姓杜，名确，字君实，与小生同郡同学，当初为八拜之交⑧，后弃文就武，遂得武举状元⑨，官拜征西大元帅，统领十万大军，镇守着蒲关。小生就望哥哥一遭，却往京师求进⑩。暗想小生萤窗雪案⑪，刮垢磨光⑫，学成满腹文章，尚在湖海飘零，何日得遂大志也呵！万金宝剑藏秋水⑬，满马春愁压绣鞍。

【仙吕】【点绛唇】游艺中原⑭，脚根无线，如蓬转⑮。望眼连天，日近长安远⑯。

注释：

①折：在元代，杂剧初不分折，以剧中人物上下场为界，分若干场，一场一场连写下来。到钟嗣成《录鬼簿》（初稿成于元顺帝至顺元年）里，"折"才有了新的含义：以一宫调之一套曲为一折。折也是剧情发展的自然段落，相当于明清传奇剧中的"出"，类似现代戏剧中的"幕"，但一折戏中，没有时间、空间限制，可以包括很多场次。元人杂剧一般是四折，演一个完整故事，也有一本五折、六折的，也有多本戏。明代中叶刊刻剧本时，才正式把杂剧分折，使折的形式固定下来。

②本贯：原籍。张国宾《合汗衫》："老夫姓张，名义，字文秀，本贯南京人也。"

③先人：已故的父亲。

④书剑飘零：携带书籍用具四处流浪。书籍与宝剑都是古代文人的随身用品，这里泛指各种用具。

⑤唐德宗即位：德宗为李适（kuò）死后庙号。戏曲中常对当朝皇帝使用庙号。凌濛初以为："院本皆供应内用，故当场须颂称囊时庙号以为别考。剧戏中无不如此者，盖其体也。近有讥其称庙号于即位之日，其言似是，然实学究家之见耳。"即位，此处为在位。德宗即位于建中元年（780），贞元十七年时已即位二十一年。

⑥上朝：相对于地方而言，称京城为上朝，犹上都、上京。取应：朝廷开科取士，士子应选。关汉卿《感天动地窦娥冤》："况如今春榜动，正待上朝取应，又苦盘缠缺少。"

⑦蒲关：蒲津关的简称，坐落于蒲津之上，位于黄河西岸，在今山西永济。

⑧八拜之交：八拜，本指相见时礼节的隆重，后常指结为异姓兄弟。

⑨武举状元：科举制度中进士的第一名称状元。武举考步射、弓射、马枪、负重等，也考言语、身材。

⑩却：再。《古诗为焦仲卿妻作》："却与小姑别，泪落连珠子。"

⑪萤窗：晋人车胤勤学故事。《晋书·车胤传》："胤恭勤不倦，博学多通。家贫，不常得油，夏月则练囊盛数十萤火以照书，以夜继日焉。"雪案：晋人孙康勤学故事。《文选·李善

注》：“孙康家贫，常映雪读书，清介，交游不杂。”此言张

生一年四季都在刻苦读书。

⑫刮垢磨光：刮去污垢，磨出光亮。韩愈《进学解》：“爬罗剔

剟，刮垢磨光。”此谓读书时用心揣摩、去粗取精。

⑬万金宝剑藏秋水：是说自己满腹才学而功名未就，犹如贵

重的宝剑隐藏着四射的光芒。秋水明净清亮，常用以比喻

剑光。白居易《李都尉古剑诗》：“湛然玉匣中，秋水澄不

流。”

⑭游艺：语出《论语·述而》：“依于仁，游于艺。”艺指六

艺：礼、乐、射、御、书、数；游于艺指沉浸于六艺的研讨

中，在剧中则指负笈游学。

⑮蓬转：蓬，草名，又名飞蓬，秋天断根，随风飘转。《晏子

春秋·内篇》：“譬之犹秋蓬也，孤其根而美枝叶，秋风一

至，根且拔矣。”旧时常以蓬转喻指四处漂泊转徙。潘岳

《西征赋》：“陋吾人之拘挛，飘萍浮而蓬转。”

⑯日近长安远：典出晋明帝司马绍事。《世说新语·夙惠》：

“晋明帝数岁，坐元帝膝上，有人从长安来……（元帝）因问

明帝：‘汝意谓长安何如日远？’答曰：‘日远。不闻人从日

边来，居然可知。’元帝异之。明日，集群臣宴会，告以此

意，更重问之，乃答曰：‘日近。’元帝失色曰：‘尔何故异昨

日之言邪？’称曰：‘举目见日，不见长安。’”后以“日近

长安远”言帝都遥远难及，喻功名未遂的感叹。王勃《滕王

阁序》：“望长安于日下，目吴会于云间。”

【混江龙】向诗书经传，蠹鱼①似不出费钻研①。将棘围守

暖②，把铁砚磨穿。投至得云路鹏程九万里③，先受了雪窗萤火二十年。才高难入俗人机，时乖不遂男儿愿。空雕虫篆刻，缀断简残编④。

行路之间，早到蒲津⑤。这黄河有九曲⑥，此正古河内之地，你看好形势也呵！

【油葫芦】九曲风涛何处显，则除是此地偏⑦。这河带齐梁分秦晋隘幽燕⑧。雪浪拍长空，天际秋云卷；竹索缆浮桥，水上苍龙偃⑨；东西溃九州⑩，南北串百川。归舟紧不紧如何见⑪？却便似弩箭乍离弦。

【天下乐】只疑是银河落九天。渊泉、云外悬⑫，入东洋不离此径穿⑬。滋洛阳千种花⑭，润梁园万顷田⑮，也曾泛浮槎到日月边⑯。

注释：

①蠹（dù）鱼：蛀蚀书籍、衣服等的小虫。这里是比喻自己像蠹鱼一样埋头在书里。

②棘（jí）围：古代科举考试，为防止捣乱和作弊，在试院围墙上遍插荆棘，故称考场为棘围、棘院或棘闱。唐杜佑《通典·选举》："自武德以来……礼部阅试之日，皆严设兵卫，荐棘围之……以防假滥焉……"

③投至得：直等到。无名氏《包待制陈州粜米》："投至得分尸在市街，我看你一灵儿先飞在青霄外。"云路：致身青云之路。致身青云，喻官高位显。《北史·文苑传序》："或膺扬河朔，或独步汉南，俱骋龙光，并驱云路矣。"鹏程九万里：典出《庄子·逍遥游》："北冥有鱼，其名为鲲，鲲之大不

知其几千里也。化而为鸟，其名为鹏。鹏之背不知其几千里也，怒而飞，其翼若垂天之云……鹏之徙于南冥也，水击三千里，抟扶摇而上者九万里，去以六月息者也。"后世常以"鹏程万里"形容前程远大。李白《上李邕》："大鹏一日同风起，扶摇直上九万里。"

④空雕虫篆刻，缀断简残编：白白地写诗作文、研究学问而一无所成。虫，虫书；刻，刻符。虫与刻都是学童所习内容。简，古代供刻写用的狭长竹片；编，用来穿连竹简的绳子。此以简、编代指书籍。

⑤蒲津：黄河渡口，今在山西永济。

⑥九曲：河道的弯曲处很多，《河图》："河水九曲，长九千里。"

⑦九曲风涛何处显，则除是此地偏：黄河的风涛何处最能显现？只在蒲郡这一带。则除是，除非是，只有。董解元《西厢记诸宫调》："黄河那里最雄？无过河中府。"

⑧带齐梁：黄河穿齐梁而过，围齐梁大地如同衣带。齐，战国时齐国之地，今山东泰山以北黄河流域和胶东半岛地区；梁，战国时魏国的别称，今河南一带。分秦晋：把秦晋之地分割开。秦，战国时秦国之地，今陕西；晋，春秋时晋国之地，今山西大部及河北西南。隔幽燕：把幽燕之地与中原地区隔绝开来。幽燕，今河北北部及辽宁一带，战国时属燕国，唐以前属幽州，故称幽燕。《尔雅·释地》："燕曰幽州。"

⑨竹索缆浮桥，水上苍龙偃：用竹索作缆绳的浮桥，像是仰卧在水上的苍龙。竹索，竹篾制的大绳。偃，仰卧。

⑩溉：本指河水决堤泛滥，此指灌溉。九州：代指中国。古代
中国置有九个州，九州之名，载记有异，《尔雅·释地》云：
"两河间曰冀州、河南曰豫州、河西曰雝州、汉南曰荆州、
江南曰扬州、济河间曰兖州、济东曰徐州、燕曰幽州、齐曰
营州。"

⑪归舟：顺流而下的船。紧不紧：即紧，"不"为衬字，无实
义。《孤本元明杂剧·黄鹤楼》："那匹马紧不紧、疾不疾、
荡红尘一道，风吹起脖项上绛毛缨一似火燎。"见：显。

⑫渊泉、云外悬：黄河之源头好像是悬在云外。渊泉，水的本
源。李白《将进酒》："黄河之水天上来。"

⑬入东洋不离此径穿：黄河入海必经蒲津。

⑭滋：灌溉繁育。洛阳千种花：洛阳以种植花木闻名，尤以
牡丹为最著，有洛花、洛阳花之称。关汉卿《南吕·一枝
花·不伏老》："我玩的是梁园月，饮的是东京酒，赏的是
洛阳花，攀的是章台柳。"

⑮润：滋益之意。梁园：又称兔园、睢园，西汉梁孝王刘武所
建，故址在今河南开封东南。

⑯也曾泛浮槎（chá）到日月边：黄河直通天河，有海客曾浮
槎到了天上。槎，木筏。"浮槎"事载张华《博物志·杂说
下》："旧说云：天河与海通。近世有人居海滨者，年年八月
有浮槎去来，不失期。人有奇志，立飞阁于槎上，多赍粮，
乘槎而去。十余日中，犹观星月日辰，自后茫茫忽忽，亦不
觉昼夜。去十余日，奄至一处，有城郭状，屋舍甚严，遥
望宫中多织妇。见一丈夫牵牛渚次饮之。牵牛人乃惊问曰：
'何由至此？'此人具说来意，并问：'此是何处？'答曰：

‘君还，至蜀郡访严君平则知之。’竟不上岸，因还如期。后至蜀，问严君平，曰：‘某年月日，有客星犯牵牛宿。’计年月，正是此人到天河时也。”

话说间早到城中。这里一座店儿，琴童，接下马者。店小二哥那里①？（小二上云）自家是这状元店里小二哥。官人要下呵②，俺这里有干净店房。（末云）头房里下，先撒和那马者③。小二哥你来，我问你：这里有甚么闲散心处？名山胜境、福地宝坊皆可④。（小二云）俺这里有一座寺，名曰普救寺，是则天皇后香火院，盖造非俗：琉璃殿相近青霄，舍利塔直侵云汉⑤。南来北往，三教九流⑥，过者无不瞻仰，则除那可以君子游玩。（末云）琴童，料持下晌午饭，那里走一遭，便回来也。（童云）安排下饭，撒和了马，等哥哥回家。（下）（法聪上）小僧法聪，是这普救寺法本长老座下弟子。今日师父赴斋去了⑦，着我在寺中，但有探长老的，便记着，待师父回来报知。山门下立地⑧，看有甚么人来。（末上云）却早来到也。（见聪了⑨，聪问云）客官从何来？（末云）小生西洛至此，闻上刹幽雅清爽⑩，一来瞻仰佛像，二来拜谒长老。敢问长老在么？（聪云）俺师父不在寺中，贫僧弟子法聪的便是。请先生方丈拜茶⑪。（末云）既然长老不在呵，不必吃茶。敢烦和尚相引瞻仰一遭，幸甚。（聪云）小僧取钥匙，开了佛殿、钟楼、塔院、罗汉堂、香积厨，盘桓一会⑫，师父敢待回来⑬。（末云）是盖造得好也呵！

【村里迓鼓】随喜了上方佛殿⑭，早来到下方僧院。行过厨房近西、法堂北、钟楼前面⑮。游了洞房⑯，登了宝塔，将回廊绕遍。数了罗汉⑰，参了菩萨，拜了圣贤⑱。

（莺莺引红娘捻花枝上云）红娘，俺去佛殿上耍去来。（末做见科⑲）呀！

正撞着五百年前风流业冤⑳。

注释：

① 店小二哥：宋元时称店主为大哥，称店里的伙计为二哥或小二哥。《清平山堂话本·陈巡检梅岭失妻记》："你做小二哥，我做店主人。"

② 官人：顾炎武《日知录》："南人称士人为官人。"唐时称有官者为官人，宋代可用为对男子的尊称，此处用为后者。下：住店，住下。

③ 撒和：饲喂牲口。《西游记》第七十八回："我们且进这驿里去。一则问他地方，二则撒和马匹，三则天晚投宿。"

④ 福地：有福有德之地域，此处用为对寺院的敬称。宝坊：寺院之美称。高翥《晓出黄山寺》："晓上篮舆出宝坊，野塘山路尽春光。"

⑤ 舍利塔：舍利为梵文音译，意为尸体、身骨，相传为释迦牟尼遗体火化后结成的珠状物，后来德行较高的和尚死后，焚烧遗体的凝结物也称舍利。舍利塔即贮藏舍利的塔。云汉：天河。《诗经·大雅·棫（yù）朴》："倬彼云汉，昭回于天。"

⑥ 三教九流：泛指不同职业的各色人等。三教，指儒、释、道三家（见《北史·周高祖纪》）；九流，指春秋战国时期的儒家、道家、墨家、阴阳家、法家、名家、纵横家、农家、杂家等九种学派（见《汉书·艺文志》）。

⑦赴斋：参加法会或受"在家人"的邀请去吃斋。

⑧山门：佛教寺庙的外门。李华《云母泉》："山门开古寺，石窦含纯精。"

⑨见聪了：与法聪见面寒暄已毕。了，表演完毕。

⑩上刹（chà）：对寺庙的尊称。刹，梵文音译，原指佛塔顶上的装饰（相轮），也指佛寺或寺前幡杆。

⑪先生：儒者之通称，简称之则曰"生"，故下文称张生、那生。方丈：据《维摩诘经》云，身为菩萨的维摩诘居士，其所住卧室一丈见方，但容量无限，禅宗寺院比附此说，称住持所居之所为方丈。此言住持所居之室。

⑫罗汉堂：安置释迦牟尼五百个罗汉弟子塑像的佛殿。香积厨：《维摩诘经·香积品》："上方界分……有国名众香，佛号香积……其界一切，皆以香作楼阁，经行香地，苑园皆香。其食香气，周流十方无量世界。"维摩诘曾于香积如来处，化得众香钵盛满香饭，以饱众僧，故称僧家之厨房为香积厨，亦用以泛指寺庙的厨房。《水浒传》第六回："回到香积厨下看时，锅也没了，灶头都塌损。"

⑬敢待：也许，大约就要。关汉卿《感天动地窦娥冤》："这早晚窦秀才敢待来也。"

⑭随喜：佛家语，本指见人行善做功德，随之而生欢喜之心，又称随己所喜为随喜，比如布施，富者施以金帛，贫者施以水草，各随所喜，皆为布施。后称游览佛寺为随喜。杜甫《望兜率寺》："时应清盥罢，随喜给孤园。"上方：《故事成语考·释道鬼神》："曰上方，曰梵刹，总是佛场。"山寺、住持均可称上方。

⑮法堂：指宣讲佛法的殿堂。

⑯洞房：本指深邃之室，此指佛殿。

⑰数了罗汉：旧俗，在五百罗汉塑像中，任从一个数起，数到与自己年龄相等的数字时，即可从该罗汉喜怒哀乐的表情中，预知自己的祸福命运，谓之数罗汉。

⑱圣贤：对神佛的敬称。《俱舍光记》曰："贤谓贤和，圣谓圣正。"杨景贤《西游记》杂剧："今日得圣贤接引，天王相救，恩义比天高。"

⑲科：元杂剧中作舞台提示用的术语，也叫"介"。科除指示剧中人的表情、动作之外，也用来指示舞台效果。

⑳正撞着五百年前风流业冤：正碰上前世的风流冤家。五百年前，是说前生注定。业冤，前世冤家。冤家，本为佛教语，后用指仇敌，也用为对情人的爱称，为爱极的反话。张国宾《相国寺公孙合汗衫》："休提起俺那小业冤，他别腾了我些好家缘。"

【元和令】颠不剌的见了万千①，似这般可喜娘的庞儿罕曾见。则着人眼花撩乱口难言，魂灵儿飞在半天。他那里尽人调戏弹着香肩，只将花笑捻②。

【上马娇】这的是兜率宫③，休猜做了离恨天④。呀，谁想着寺里遇神仙！我见他宜嗔宜喜春风面，偏、宜贴翠花钿⑤。

【胜葫芦】则见他宫样眉儿新月偃⑥，斜侵入鬓云边。

（旦云）红娘，你覷：寂寂僧房人不到，满阶苔衬落花红。（末云）我死也！

未语人前先腼腆，樱桃红绽⑦，玉粳白露⑧，半晌恰方言。

【幺篇】恰便似呖呖莺声花外啭，行一步可人怜⑨。解舞腰肢娇又软⑩，千般袅娜，万般旖旎，似垂柳晚风前。

注释：

①颠不刺：用法不同则含义各异，故其解众说纷纭。具体到《西厢记》中，颠，有可爱、风流义；不刺，语气词，有声无义。董解元《西厢记诸宫调》："怕曲儿捻到风流处，教普天下颠不刺的浪儿每许。"

②他那里尽人调戏軃（duǒ）着香肩，只将花笑捻：是说莺莺尽由着张生对她顾盼不止，而她却垂肩持花微笑。调戏，这里指张生因极端爱慕而情随目视、神魂颠倒。軃，垂下貌。捻，手捏。相传释迦牟尼于灵山会说法，捻花示众，众不解其意，惟有弟子摩诃迦叶破颜微笑（《五灯会元》），后遂以捻花微笑喻心心相印。此化用其意。

③是：确实是。兜率（lǜ）宫：兜率为梵文音译，意为妙足、知足、喜足，此处以之代指寺庙。

④离恨天：佛教经典所载三十三天中，无离恨天，但曲中多用指男女相思烦恼的境界。郑光祖《迷青琐倩女离魂》："我一年一日过了，团圆日较少。三十三天觑了，离恨天最高。四百四病害了，相思病怎熬。"

⑤我见他宜嗔宜喜春风面，偏、宜贴翠花钿（diàn）：是说莺莺美貌，正适合打扮。春风面，美丽的面貌。杜甫《咏怀古迹》之三："画图省识春风面，环佩空归月夜魂。"偏，正，恰。花钿，有簪于发髻者，此指以极薄之小金属片或彩纸剪

成花鸟形状，贴于妇女眉间或面颊之上，亦称花子。段成式《酉阳杂俎》："靥钿之名，盖自吴孙和邓夫人也。和宠夫人，尝醉舞如意，误伤邓颊……医言得白獭髓，杂玉与琥珀屑，当灭痕。和以百金购得白獭，乃合膏。琥珀太多，及愈，痕不灭，左颊有赤点如痣，视之，更益其妍也。诸嬖欲要宠者，皆以丹青点颊，而进幸焉。"又云："今妇人面饰用花子，起自昭容上官氏（按，武则天时人）所制，以掩点迹。大历以前，士大夫妻多妒悍者，婢妾小不如意，辄印面，故有月黥、钱黥。"眉间花钿，《丹铅录》谓源于唐人韦固妻幼时被刺伤眉间事（见李复言《续玄怪录·定昏店》），长成后常以花钿掩饰。或云源于南朝宋武帝寿阳公主人日卧章含殿时，梅花落于额上，拂之不去，宫女效为"梅花妆"、"寿阳妆"（见《太平御览》卷三十）。唐人王建《题花子赠渭州陈判官》描写贴花钿甚详："腻如云母轻如粉，艳胜香黄薄胜蝉。点绿斜蒿新叶嫩，添红石竹晚花鲜。鸳鸯比翼人初帖，蛱蝶重飞样未传。况复萧郎有情思，可怜春日镜台前。"元时亦然，无名氏【中吕·喜春来】："花钿宜点黛眉尖，可喜脸，争忍立谦谦。"

⑥宫样眉：按宫中最新式样描画的眉毛，亦称宫眉。李商隐《效徐陵体赠更衣》："楚腰知便宠，宫眉正斗强。"

⑦樱桃红绽：喻莺莺启唇欲言。樱桃，蔷薇科植物，果实小，色鲜红，球形，常用来比喻美女之口。孟棨《本事诗·事感》记载："白尚书（白居易）姬人樊素善歌，妓人小蛮善舞，尝为诗曰：'樱桃樊素口，杨柳小蛮腰。'"

⑧玉粳（jīng）：光洁如玉的粳米，喻齿之光洁。

⑨恰便似呖呖莺声花外啭（zhuàn），行一步可人怜：以黄莺
　在花丛中鸣叫，喻莺莺话音之动听。语本白居易《琵琶行》
　"间关莺语花底滑"。啭，鸟鸣。可人怜，让人爱。

⑩解舞腰肢：善舞、适宜于舞之腰肢体态。解，晓，引申为
　会、能、擅长诸义。

（红云）那壁有人，咱家去来。（旦回顾觑末下）（末云）和尚，
恰怎么观音现来？（聪云）休胡说！这是河中开府崔相国的小
姐①。（末云）世间有这等女子，岂非天姿国色乎②？休说那模样
儿，则那一对小脚儿③，价值百镒之金④。（聪云）偌远地，他在
那壁，你在这壁，系着长裙儿，你便怎知他脚儿小？（末云）法
聪，来、来、来，你问我怎便知，你觑：

【后庭花】若不是衬残红芳径软，怎显得步香尘底样儿浅。
且休题眼角儿留情处，则这脚踪儿将心事传。慢俄延⑤，
投至到椘门儿前面，刚那了一步远。刚刚的打个照面，
风魔了张解元⑥。似神仙归洞天⑦，空馀下杨柳烟，只闻
得鸟雀喧。

【柳叶儿】呀，门掩着梨花深院，粉墙儿高似青天。恨
天、天不与人行方便，好着我难消遣，端的是怎留连。小
姐呵，则被你兀的不引了人意马心猿⑧。

注释：

①开府：本为古代高官设置府署自选官僚的制度。汉制，三
　公、大将军可以开府，唐宋定"开府仪同三司"，为一品散
　官的称号。莺父为相国，故称开府。

②天姿国色：美丽超群的女子。天姿，不加修饰的天然姿容，托名班固的《汉武帝内传》："（西王母）修短得中，天姿掩蔼，容颜绝世。"国色，一国中最美的容貌。《公羊传》昭公三十一年："颜夫人者，姬盈女也，国色也。"

③小脚：剧中多次描写莺莺小脚，按妇女缠足，始于南唐李后主之宫嫔窅（yǎo）娘，唐代无缠足风气。（见《南村辍耕录·缠足》）

④百镒（yì）：言其贵重。镒，古代重量单位，二十两或二十四两为一镒。

⑤俄延：拖延。杨梓《霍光鬼谏》："休那里俄延岁月，打捱时光。"

⑥风魔：本指精神错乱失常，这里用如动词，指着魔入迷、神魂颠倒。解元：唐制，考进士的人都由地方解送入试，后遂称乡试第一名为解元。也用作对读书人的尊称。《警世通言·俞仲举题诗遇上皇》："俞良便挨身入去坐地，只见茶博士上前唱喏，问道：'解元吃什么茶？'"此指后者。

⑦洞天：道教传说中神仙居住的地方，大都在名山洞府之中，洞中与人世不同，别有天地，故名。张君房《云笈七签·天地宫府图》："太上曰：'十大洞天者，处大地名山之间，是上天遣群仙统治之所。'"

⑧兀的：指示词，这里兼表惊异。意马心猿：指人心驰意散就像猿猴跳跃、快马奔驰一样，难以控制。《参同契》："心猿不定，意马四驰，则神气散乱于外。"

（聪云）休惹事，河中开府的小姐去远了也。（末唱）

【寄生草】兰麝香仍在①，佩环声渐远②。东风摇曳垂杨线，游丝牵惹桃花片，珠帘掩映芙蓉面③。你道是河中开府相公家，我道是南海水月观音现④。

"十年不识君王面，恰信婵娟解误人⑤。"小生便不往京师去应举也罢。（觑聪云）敢烦和尚对长老说知，有僧房借半间，早晚温习经史，胜如旅邸内冗杂。房金依例拜纳。小生明日自来也。

【赚煞】饿眼望将穿，馋口涎空咽，空着我透骨髓相思病染，怎当他临去秋波那一转⑥。休道是小生，便是铁石人也意惹情牵⑦。近庭轩，花柳争妍，日午当庭塔影圆。春光在眼前，争奈玉人不见⑧，将一座梵王宫疑是武陵源⑨。（下）

注释：

① 兰麝：熏香料。萧统《铜博山香炉赋》："爨松柏之火，焚兰麝之芳。"这里指莺莺佩戴的香物。

② 佩环：莺莺身带的佩玉。《礼记·经解》："行步则有环佩之声，升车则有鸾和之音。"

③ "东风摇曳垂杨线"三句：张生揣想莺莺去后桄门以内的景象。游丝，在空中飘荡着昆虫吐的丝。掩映，遮藏，隐蔽。芙蓉，荷花。《西京杂记》有"卓文君姣好，眉色如望远山，脸际常若芙蓉"，后常以芙蓉面比喻女性容色美丽。

④ 南海水月观音：即观音。《法华经·普门品》有观音示现三十三身之说，其一为观水中之月的姿态。又，观音所居的净土，在南印度普陀珞珈山，其山在印度南海岸，故有南海观音之称。

⑤婵娟：容貌姿态美好的样子，常用以代指美女。方干《赠赵崇侍御》："却教鹦鹉呼桃叶，便遣婵娟唱竹枝。"误人：指使人迷恋而耽误功名进取。

⑥秋波：像秋水般明亮的眼睛。苏轼《百步洪》："佳人未肯回秋波，幼舆欲语防飞梭。"

⑦铁石人：此指铁石心肠的无情之人。刘肃《大唐新语》载唐太宗为大理寺卿唐临题考词曰："形若死灰，心如铁石。"

⑧玉人：喻指颜美如玉之人，可指女，亦可指男。《晋书·裴秀传》："楷风神高迈，容仪俊爽，博涉群书，特精理义，时人谓之玉人。"

⑨武陵源：相传东汉人刘晨、阮肇，于永平五年（62）入天台山采药，迷路求食，入桃花源，遇二仙女得成婚配。晋人陶渊明《桃花源记并诗》则写"晋太元中，武陵人捕鱼为业，缘溪行"，进入桃花源。刘、阮事与武陵渔人事相距三百馀年，天台山之桃源与武陵溪之桃源亦无甚关联，但后世常把刘、阮所入之桃花源说成武陵源。

点评：

　　本折又称"惊艳"、"佛殿奇逢"，由末扮张生主唱。继女主角莺莺寄居普救寺后，故事的男主人公张珙也来到蒲东。张生先以宾白开场，简要交代身世背景：父亲曾拜礼部尚书，但父母过世之后，只能湖海飘零。上朝取应路经蒲郡，恰逢结拜义兄杜确官拜征西大元帅镇守蒲关，故欲先往探访，再往京师。一方面解释了此行的目的本为上京赶考，暂时羁留是为访友，和莺莺相遇纯属偶然邂逅，乃是无心插柳，与后文孙飞虎专意为莺莺艳名而来不同；另一方面则为后来白马解围预作伏脉。张生尚未见莺莺，第曲家已写定其必娶莺莺矣。"目注彼处，手写此处"，时时刻刻有全局在胸，是之谓也。

白衣秀士张珙才华富赡、器宇非凡，叵耐功名未遂，只能暂且游艺中原、遥望长安。【点绛唇】、【混江龙】二曲，化用典故，借他人之酒杯，浇自家之块垒。"如蓬转"、"日近长安远"，诉其怀才不遇、四处漂泊的凄凉悲感；"蠹鱼"、"棘围守暖"、"铁砚磨穿"、"雪窗萤火二十年"，状其冬夏如一、终始不渝、勤学苦读之情貌；"才高难入俗人机，时乖不遂男儿愿"，则是他胸怀天下从时世出发，对自己当下境遇的评价。纵言襟抱之后，【油葫芦】融情入景，转沉郁为雄豪。"风涛何处显"？显于黄河九曲，亦显在久经磨难心意终坚。"雪浪拍长空，天际秋云卷；竹索缆浮桥，水上苍龙偃；东西溃九州，南北串百川"；紧文密韵，是写黄河之险，亦是喷吐自家胸中雄才灏气。"归舟紧"、"似弩箭乍离弦"，既乃眼前实景，又为以物自譬；是物我交感激荡出的刚健豪迈，也是张生此次赴试必定得胜而回的自信与自振。至【天下乐】一曲，则君瑞心逐逝水，由近及远，想望下游洛阳、梁园之恬静美好，在喷薄后渐趋缓和、动荡后渐趋安静。"滋洛阳千种花"、"润梁园万顷田"，既写出张珙胸怀天下的襟抱，亦吐露了他对日后坦途的向往；"泛浮槎到日月边"用张华《博物志》浮槎天河的典故，"日月"暗点朝廷，回扣了开场上京取应之语。自其渊源来讲，此两支化用了唐人刘禹锡《浪淘沙》诗意："九曲黄河万里沙，浪淘风簸自天涯。如今直上银河去，同到牵牛织女家。"难得的是，经由剧作家的精心揣摩，曲辞与张生身份处境切合，浓墨渲染后境界更增一层辽阔。"美人细意熨帖平，裁缝灭尽针线迹"（杜甫《白丝行》），王实甫点铁成金，洵称奇才奇情。金圣叹亦赞此节曰："张生之志，张生得自言之；张生之品，张生不得自言。则将谁代之言？而法又决不得不言。于是顺便反借黄河，快然一吐其胸中隐隐岳岳之无数奇事。呜呼，真奇文大文也！"（《第六才子书西厢记》）

"张生慢世之情，更作高世之语"（徐士范等评文），非寻常冬烘可比。是才子，堪配佳人。曲家随后巧借客店小二三言两语，描景、抒情便斗然转至叙事，张生翩翩然来至普救禅寺。【村里迓鼓】一曲，要而不繁，寥寥几笔写寻常游寺过程，故作按部就班、乏善可陈之辞，乃为关目上的欲扬先抑。正在数罗汉、参菩萨、拜圣贤之际，一抬头间捻花莺莺蓦入眼帘——张生在一众土木形骸之中与妍姿艳质无心相遇，山穷水尽处霎时柳暗花明，"意外出奇，凭空逗巧"（金圣叹评文）。"呀！正撞着五百年前风流业冤"，平地里陡起波澜，神来之笔画出钟情一见："呀"是冲口而出一字快语，状其又惊又喜、心神骇荡；"正撞着"言此邂逅之巧；"五百年前风流业冤"则明其情愫之真、情根之深。一曲之末豁然开朗，千古妙语，传神阿堵！

聪俊张生遇莺莺，顿成风魔酸丁。"颠不剌的见了万千，似这般可喜娘的庞儿罕曾见"，曾遭逢佳人无数如弱水三千，更凸显眼前人儿秀丽非凡。"颠不剌"、"可喜娘"为当时俗语、熟语，看似不甚雅驯，却将张生"眼花撩乱口难言，魂灵儿飞在半天"痴狂样貌畅然活现。"尽人调戏"一句，是金圣叹所激赏者："'尽人调戏'者，天仙化人，目无下土，人自调戏，曾不知也。彼小家十五六女儿，初至门前，便解不可尽人调戏，于是如藏似闪，作尽丑态。又岂知郭汾阳王爱女，晨兴梳头，其执栉进巾，捧盘泻水，悉用偏裨牙将哉！《西厢记》只此四字，便是吃烟火人道杀不到。"（《第六才子书西厢记》）莺莺心无纤芥，娴雅大方，故能邂见陌生男子而不做扭捏之态。李清照《浣溪沙》词曾形容闺中女儿云："绣面芙蓉一笑开，斜飞宝鸭衬香腮。眼波才动被人猜"，此处所谓"尽人调戏"正是眼波才动便被人猜，乃张生以我观人，从自家心态、视角揣测、烘映双文意态风神。此第一见之妙，又在全从虚处落墨。《汉书》载李夫人逝后，汉武帝思念不已，"方士齐人少翁言能致其神。乃夜张灯烛，设帐帷，陈酒肉，而令上居他帐，遥望见好女如李夫人之貌，还幄坐而步。又不得就视，上愈益相思悲感，为作诗曰：'是邪，非邪？立而望之，偏何姗姗其来迟！'令乐府诸音家弦歌之。"《西厢记》写生、莺初见，与《孝武帝李夫人传》是同一笔墨。"美人"之标准，各人各异，若甫一上来便实实写之，易攖审美期待之锋而落于下乘。定要从虚处点染，令"美人如花隔云端"（李白《长相思》），先摄其魂于纸上，再徐徐淡扫浓描，方能在观众心头、眼上长留情影。

最初一阵狂喜过后，张生进而疑猜、感叹：本是兜率宫，如何做了离恨天？没想到遇仙姿、惹相思竟在今番！

待莺莺走近，他又仔细观瞧，则见佳人花钿贴面妆扮得体，似春风和煦更喜嗔相宜；眉赛新月式样时尚，又细长长偃延至鬓发旁边——至此则双文面目渐次分明，但仍是虚写。只见莺娘对张生的谛视浑若不觉，娇羞脉脉、欲止又言，终于轻启樱唇、慢分玉齿发一声娇语。其音像呖呖莺声婉转花间，明快清脆中又似有香馥，让张生如醉如痴、欲癫欲死；而她行动间弱柳扶风般的翩跹袅娜，也令旁观者生无限爱怜。"寂寂僧房人不到，满阶苔衬落花红"，是眼前之景，更透出莺莺眉梢心上伤春、自伤的一缕哀怨、十分愁烦。张生瞥然惊见莺莺，神魂颠倒，不能自已。舞台之上，一边是小姐、丫鬟捻花款步、玩赏春色，一边是书生不顾法聪在侧疯言疯语、进退失度。莺莺娇矜，张生狂荡，一静一动，反差巨大却相得益彰，演来谐谑而不油滑，十分好看。

莺莺由远而近，容止仪态渐次分明，曲家令红娘发声、莺娘回转，正是适可而止，为后文"酬韵"、"闹斋"等折留下馀地。莺莺临去"回顾觑末"，似有情又似无意，是否心恋而目招之，成后世一段公案。金圣叹在《第六才子书西厢记》中，对此情节进行了改动：变作莺莺主动提出去看母亲，下场时又删去"旦回顾觑末下"。他认为，"此一折中，双文岂惟心中无张生，乃至眼中未曾有张生也。不惟实事如此，夫男先乎女，故亦世之恒礼也。人但知此节为行文妙笔，又岂知其为立言大体哉"。然而，从日常行为来讲，红娘道"那壁有人"，莺莺便"回顾觑末"，本是再自然不过的反应；自关目来看，"双文去矣，水已穷、山已尽

矣。文心至此，如划然弦断，更无可续矣"（金圣叹评文），下文又凭空驾出妙构来，全赖此一顾；就人物心理而言，当知此折乃由张生主唱，莺莺一切言动皆是张生心头所想转述而出，此时在莺或未必有情，在生则必欲对方情愫系定一如自己：金圣叹以回护礼法为由，对《西厢》随意芟夷阄割，实是不当之举。

莺娘容貌行止风流娴雅，虽素服淡妆，不能自掩。主仆离去后，张生恍若大梦初醒，方想起身边还有和尚相伴，疾忙向其求证："和尚，恰怎么观音现来？""休胡说！这是河中开府崔相国的小姐。"法聪一语道破莺莺身份，张生方信人间有此绝色。但佳人已去，空馀行迹。于是便有了一生一僧观摩脚踪的一幕。"残红芳径，软铺轻衬，故鞋底样浅。惟回头一顾，则脚踪微旋，故知其传情。"（徐士范本评文）"临去秋波那一转"，春泥软、印脚踪俄延似留恋。无怪乎"刚刚的打个照面，风魔了张解元"！

莺莺佛殿一行，来如神女，去似洛神。斯人一去，春光顿失九分声色，杨柳烟、鸟雀喧不过背景，主角已翩然深逝矣。梨花深院门闭，粉墙高似青天。门外"兰麝香仍在"，门内"佩环声渐远"，"东风摇曳垂杨线，游丝牵惹桃花片，珠帘掩映芙蓉面"，用"骈俪中景语"（王骥德语），是张生想象院内丽人行迹却只能在门前墙外"饿眼望将穿，馋口涎空咽"，怅恨不已。忽然发觉法聪还在身边，君瑞心头顿生一计："便不往京师去应举也罢"，"有僧房借半间"，"房金依例拜纳"。不等小僧回话，书生便宣称"明日自来"，真是"透骨髓相思病染"。"近庭轩，花柳争妍"，半日迷魂，忽然睁眼，近午时日头当天悬挂，高"塔影圆"，时、地顿现。"春光在眼前"，却仍惦念"玉人不见"——张生在依依不舍中下场，但人走戏不断，为明日"借厢"做了极佳的情感铺垫。

本折写"张生才子，莺女佳人，一见赏心"（徐奋鹏评文），其叙事、写景、抒情浑成圆融，一举为整部《西厢》豁开局面。前半写张生才情豪隽，更显得"十年不识君王面，恰信婵娟解误人"的弃考不是一时冲动，乃是情深情真的心理外现。游殿惊艳，是"将写双文，而写之不得，因置双文勿写而先张生者，所谓画家'烘云托月'之秘法"（金圣叹评文）。第一本第一折里，王实甫"摹出多娇态度，点出狂痴行模，令人恍然亲睹"（李贽评文），绘神写情，不露痕迹，堪称"化工之笔"（李贽等评文）。

尽人调
戏舞着
香肩
只将花
笑拈

颠不剌的见了万千，似这般可喜娘的庞儿罕曾见。则着人眼花撩乱口难言，魂灵儿飞在半天。他那里尽人调戏舞着香肩，只将花笑拈。

第二折

（夫人上白）前日长老将钱去与老相公做好事①，不见来回话。道与红娘，传着我的言语，去问长老，几时好与老相公做好事？就着他办下东西的当了②，来回我话者。（下）（净扮洁上③）老僧法本，在这普救寺内做长老。此寺是则天皇后盖造的，后来崩损，又是崔相国重修的。见今崔老夫人领着家眷，扶枢回博陵，因路阻暂寓本寺西厢之下，待路通回博陵迁葬。老夫人处事温俭，治家有方，是是非非④，人莫敢犯。夜来老僧赴斋，不知曾有人来望老僧否？（唤聪问科）（聪云）夜来有一秀才⑤，自西洛而来，特谒我师，不遇而返。（洁云）山门外觑着，若再来时，报我知道。（末上云）昨日见了那小姐，到有顾盼小生之意。今日去问长老借一间僧房，早晚温习经史；倘遇那小姐出来，必当饱看一会。

【中吕】【粉蝶儿】不做周方⑥，埋怨杀你个法聪和尚。借与我半间儿客舍僧房，与我那可憎才居止处门儿相向⑦。虽不能勾窃玉偷香⑧，且将这盼行云眼睛儿打当⑨。

【醉春风】往常时见傅粉的委实羞⑩，画眉的敢是谎⑪。今日多情人一见了有情娘，着小生心儿里早痒、痒。迤逗得肠荒，断送得眼乱，引惹得心忙⑫。

（末见聪科）（聪云）师父正望先生来哩，只此少待，小僧通报去。（洁出见末科）（末云）是好一个和尚呵！

注释：

①将钱去：拿着钱去。将，拿，带着。做好事：好事指佛事，

此谓超度亡灵的法事活动。《元史·顺帝纪》："孛罗帖木儿请……禁止西番僧人好事。"

②的（dí）当：妥当。苏洵《上欧阳内翰第一书》："陆贽之文，遣言措意，切近的当，有执事之实。"

③净：扮演以刚猛人物为主的脚色，一般由男脚扮演，也有由女脚扮演的。此指扮演和尚的男脚。洁：僧人止淫事、断酒肉，故称僧人为洁郎或杰郎，简称洁，此指法本长老。

④是是非非：以是为是，以非为非，能分清是非的意思。《荀子·修身篇》："是是非非谓之知，非是是非谓之愚。"

⑤夜来：此指昨日。秀才：本指优秀人才，唐代后往往通称士人为秀才。赵翼《陔馀丛考·秀才》："元明以来，秀才为读书者之通称，今俗犹以府县学生员为秀才，盖亦沿旧称也。"

⑥周方：周旋方便，即成全别人，给人以方便。《周公瑾得志娶小乔》："一来是圣恩慈纪纲，二来是感尊兄显昂，三来是托泰山周方，成就了十年苦用工夫，方称了一世儿成名望。"

⑦可憎才：非常可爱的人。可憎，爱极的反话。元李冶《敬斋古今黈》："世俗以'可爱'为'可憎'……亦极致之词。"

⑧窃玉偷香：指男女私通。偷香，韩寿与贾充之女事。《太平御览》卷九八一："贾充以韩寿为掾，每会，闻寿有异香气，是外国所贡，一着衣，经月不歇。充计武帝所赐惟己及陈骞，他家无此香。嫌寿与己女通，考问左右，婢具以实对。充以女妻寿。"窃玉，传说有郑生兰房窃玉事，详情待考。

⑨盼行云：盼望与美人相会。宋玉《高唐赋序》："昔者，楚襄

王与宋玉游于云梦之台，望高唐之观，其上独有云气……王问玉曰：'此何气也？'玉对曰：'所谓朝云者也。'王曰：'何谓朝云？'玉曰：'昔者，先王尝游高唐，怠而昼寝，梦见一妇人曰："妾，巫山之女也，为高唐之客，闻君游高唐，愿荐枕席。"王因幸之。去而辞曰："妾在巫山之阳，高丘之阻，旦为朝云，暮为行雨，朝朝暮暮，阳台之下。"旦朝视之，如言故为立庙，号曰朝云。'"打当：准备。纪君祥《赵氏孤儿大报仇》："我可也不索慌，不索忙，早把手脚儿十分打当，看那厮怎做堤防。"

⑩傅粉：搽粉。旧注多谓指三国时魏人何晏事，但晏为男子，于此处不通。李清照《多丽》词有："韩令偷香，徐娘傅粉。"是则亦有以"傅粉"状女子者，这里以"傅粉的"代指女性。

⑪画眉：《汉书·张敞传》："（张敞）又为妇画眉，长安中传张京兆眉怃。"此处"画眉的"亦是代指女性。

⑫"迤（tuō）逗得肠荒"三句：是说被莺莺引逗得眼花缭乱、心神不定。迤逗、断送、引惹，都是撩拨、勾引、招惹的意思。赵令畤《清平乐》："去年紫陌青门，今宵雨魄云魂。断送一生憔悴，能消几个黄昏。"肠荒、眼乱、心忙，都是心思不定、心慌意乱的意思。

【迎仙客】我则见他头似雪，鬓如霜，面如童，少年得内养①。貌堂堂，声朗朗，头直上只少个圆光②，却便似捏塑来的僧伽像③。

（洁云）请先生方丈内相见。夜来老僧不在，有失迎迓。望先生恕罪。（末云）小生久闻老和尚清誉，欲来座下听讲，何期昨日不得相遇。今能一见，是小生三生有幸矣。（洁云）先生世家何郡？敢问上姓大名，因甚至此？（末云）小生姓张，名珙，字君瑞。

【石榴花】大师一一问行藏④，小生仔细诉衷肠，自来西洛是吾乡，宦游在四方⑤，寄居咸阳。先人拜礼部尚书多名望，五旬上因病身亡。

（洁云）老相公弃世，必有所遗。（末唱）

平生正直无偏向，止留下四海一空囊⑥。

（洁云）老相公在官时浑俗和光⑦。（末唱）

【斗鹌鹑】俺先人甚的是浑俗和光⑧，衡一味风清月朗⑨。

（洁云）先生此一行，必上朝取应去。（末唱）

小生无意求官，有心待听讲。

小生特谒长老，奈路途奔驰，无以相馈——

量着穷秀才人情则是纸半张⑩，又没甚七青八黄⑪，尽着你说短论长，一任待掂斤播两⑫。

径禀：有白银一两，与常住公用⑬，略表寸心，望笑留是幸。（洁云）先生客中，何故如此？（末云）物鲜不足辞⑭，但充讲下一茶耳⑮。

【上小楼】小生特来见访，大师何须谦让。

（洁云）老僧决不敢受。（末唱）

这钱也难买柴薪，不勾斋粮，且备茶汤。

（觑聪云）这一两银，未为厚礼。

你若有主张，对艳妆，将言词说上，我将你众和尚死生难忘。

注释：

①内养：指脱离尘世不争名利，清心寡欲不为七情所伤，戒持自己的身心以养其内。《庄子·达生》："鲁有单豹者，岩居而水饮，不与民共利，行年七十而犹有婴儿之色。不幸遇饿虎，饿虎杀而食之……豹养其内而虎食其外。"

②头直上：头顶上。郑廷玉《宋上皇御断金凤钗》："头直上打一轮皂盖。"圆光：指佛菩萨头顶上放射的光明圆轮。

③僧伽：梵文音译，略称为"僧"。佛教称四个以上的出家人在一处为僧伽，即僧团之意。后来一个出家人也可称僧伽。

④行藏：《论语·述而》："用之则行，舍之则藏。"行，出仕。藏，家居。后以行藏指身世经历。

⑤宦游：在外地做官或为求仕进而在外游历，此指后者。《汉书·司马相如传》："长卿久宦游，不遂而困。"

⑥四海：古人认为中国四周被四海包围，故以"四海"代指全国。《书经·禹贡》："四海会同，六府孔修。"空囊：囊指皮囊，又称皮袋，指人畜之身躯。此处谓空馀一身，别无财产。

⑦浑俗和光：与世俗混同，不露锋芒，与世无争。《老子·下篇》："挫其锐，解其纷；和其光，同其尘。"

⑧甚（shén）的是：不识何者是，不知道什么是。

⑨衠（zhūn）一味：犹言纯是一心一意。衠，正，真。风清月朗：本指夜色清朗宜人，此喻人品光明磊落，清白纯洁。

⑩人情：犹言送礼。翟灏《通俗编》："以礼物相遗曰送人情，唐、宋、元人皆言之也。"

⑪七青八黄：指黄金。王伯良曰："《格古要论》谓，金品：七青八黄九紫十赤。"

⑫一任待掂斤播两：任凭你去较量钱财的多少。一任，任凭。掂，以手掂估量轻重。

⑬常住：佛家语，寺院、僧人皆可称常住。

⑭物鲜（xiǎn）：东西很少，此是谦词。

⑮讲下一茶：聊作茶资之意。讲下，对讲经僧人的尊称，犹今言左右。讲，讲经说法之法座。

（洁云）先生必有所请。（末云）小生不揣有恳①。因恶旅邸冗杂，早晚难以温习经史，欲假一室②，晨昏听讲，房金按月任意多少。（洁云）敝寺颇有数间，任先生拣选。（末唱）

【幺篇】也不要香积厨，枯木堂③。远着南轩，离着东墙，靠着西厢。近主廊，过耳房，都皆停当。

（洁云）便不呵，就与老僧同处何如？（末笑云）要恁怎么④？你是必休题着长老方丈⑤。

（红上云）老夫人着俺问长老，几时好与老相公做好事，看得停当回话。须索走一遭去来。（见洁科）长老万福⑥。夫人使侍妾来问⑦，几时好与老相公做好事，着看的停当了回话。（末背云⑧）好个女子也呵！

【脱布衫】大人家举止端详，全没那半点儿轻狂。大师行深深拜了⑨，启朱唇语言的当。

【小梁州】可喜娘的庞儿浅淡妆，穿一套缟素衣裳；胡伶渌老不寻常⑩，偷睛望，眼挫里抹张郎⑪。

【幺篇】若共他多情的小姐同鸳帐，怎舍得他叠被铺床。我将小姐央，夫人快，他不令许放，我亲自写与从良⑫。

注释：

①不揣（chuǎi）有恳：此言冒昧提出自己的请求。不揣，不自量，冒昧。揣，量度。恳，恳求。

②假：借。

③枯木堂：和尚参禅打坐的房间。打坐时闭目盘腿静坐，万念俱寂，身心皆如枯木，故称枯木堂。

④恁（nèn）：如此。

⑤是必：势必，一定。《宦门子弟错立身》："展华筵，已安排，是必教它疾快来。"题：通"提"。

⑥万福：宋元之后，妇女所行的一种礼节，与人相见行礼时以手敛衽，口称"万福"。

⑦侍妾：婢女。

⑧背云：又叫"背工"、"背躬"，演出时假定其他剧中人听不见，而向观众讲述自己的心里话。

⑨大师行（háng）：即大师这边，大师跟前。行，用于自称或人称之后，如我行、他行，相当于这里、那里。

⑩胡伶渌（lù）老：此谓聪明伶俐的眼睛。

⑪眼挫：眼角。抹：斜视，不正眼看。

⑫"我将小姐央"四句：这四句承"怎舍得叠被铺床"而来，是说与莺莺成婚之后，将央求莺莺许放红娘，如果夫人不同意，我就亲自给红娘写从良文书。央，央求。快，不满，不允许。从良，妓女赎身嫁人、男女仆婢赎身为平民，都叫从良，此指后者。

（洁云）二月十五日可与老相公做好事。（红云）妾与长老同去佛殿看了，却回夫人话。（洁云）先生请少坐，老僧同小娘子看一遭便来。（末云）何故却小生①？便同行一遭，又且何如？（洁云）便同行。（末云）着小娘子先行，俺近后些。（洁云）一个有道理的秀才。（末云）小生有一句话说，敢道么？（洁云）便道不妨。（末唱）

【快活三】崔家女艳妆，莫不是演撒你个老洁郎②？

（洁云）俺出家人那有此事？（末唱）既不沙③，

却怎睃趁着你头上放毫光④？打扮的特来晃⑤。

（洁云）先生是何言语！早是那小娘子不听得哩⑥，若知呵，是甚意思！（红上佛殿科）（末唱）

【朝天子】过得主廊，引入洞房，好事从天降。

我与你看着门儿，你进去。（洁怒云）先生，此非先王之法言⑦！岂不得罪于圣人之门乎？老僧偌大年纪，焉肯作此等之态！（末唱）

好模好样忒莽撞。

没则罗便罢，

烦恼则么耶唐三藏⑧？

怪不得小生疑你，

偌大一个宅堂，可怎生别没个儿郎⑨，使得梅香来说勾当⑩？

（洁云）老夫人治家严肃，内外并无一个男子出入。（末背云）这秃厮巧说⑪！

你在我行、口强，硬抵着头皮撞。

注释：

①却：拒绝，推谢。

②演撒：勾搭迷惑。撒，语尾助词。周文质【朝天子·褪咱

颢咱 】：“断肠人敢道么：演撒？梦撒？告一句知心话。”

③既不沙：既不是这样。沙，"是呵"的合音。

④睃（suō）趁：看。睃，视。趁，语助词，无实义。《水浒传》
第四十五回："那和尚光溜溜一双贼眼，只睃趁施主娇娘。"
毫光：佛光，是说佛光像毫毛一样光芒四射。《敦煌变文
集·降魔变文》："如来表此专精，遂放毫光照烛，天地洞
晓，犹千日之晖盈。"此处言放毫光，是调侃语，明光锃亮
之意。

⑤特来晃：特别光彩之意。特来，别样，特别。晃，明，炫耀
之意。

⑥早是：幸亏。

⑦法言：合于礼法之言。《孝经·卿大夫章》："非先王之法言
不敢道，非先王之德行不敢行。"

⑧则么耶：犹怎么呀。唐三藏：唐僧玄奘，曾往西方天竺国取
经，取来经一藏、律一藏、论一藏，故号三藏法师。此之
"唐三藏"是调侃法本之语，意为老佛爷、老和尚。

⑨怎生：怎么，怎样，生是语助词。关汉卿《感天动地窦娥
冤》："婆婆索钱去了，怎生这早晚不见回来？"

⑩梅香：戏曲中往往称丫环使女为梅香。王骥德《曲律·论
部色》："元杂剧中……凡厮役皆曰'张千'，有二人则曰
'李万'；凡婢，皆曰'梅香'。"勾当：事情。

⑪秃厮：犹言秃家伙，此为对和尚的蔑称。厮，为对贱役的
称呼。

（洁对红云）这斋供道场都完备了①，十五日请夫人小姐拈香。

（末问云）何故？（洁云）这是崔相国小姐至孝，为报父母之恩。又是老相公禪日②，就脱孝服，所以做好事。（末哭科云）"哀哀父母，生我劬劳，欲报深恩，昊天罔极③。"小姐是一女子，尚然有报父母之心；小生湖海飘零数年，自父母下世之后，并不曾有一陌纸钱相报④。望和尚慈悲为本，小生亦备钱五千，怎生带得一分儿斋⑤，追荐俺父母咱⑥。便夫人知，也不妨，以尽人子之心。（洁云）法聪，与这先生带一分者。（末背问聪云）那小姐明日来么？（聪云）他父母的勾当，如何不来？（末背云）这五千钱使得有些下落者！

【四边静】人间天上，看莺莺强如做道场。软玉温香⑦，休道是相亲傍；若能勾汤他一汤⑧，到与人消灾障。

注释：

①斋供道场：亦称水陆道场、水陆斋，简称水陆或道场。斋供，供佛的食品。道场，梵文之意译，所指有多种，如佛成道之所、修行所据之佛法、供佛祭祀之所、修行学道之处、寺院等。此指为死者追福、超度亡灵所举行的佛事活动。

②禪（dàn）日：父母死后二十七个月，举行祭祀，然后除去孝服之日。《仪礼·士虞礼》："中月而禪"，郑玄注："禪，祭名也……自丧至此，凡二十七月。禪之言澹澹然，平安意也。"

③"哀哀父母"四句：出自《诗经·小雅·蓼莪》。哀哀，悲伤不止。生，生育。劬（qú）劳，辛苦，劳累。昊，广大。罔，无。极，穷。言父母之恩如此，欲报之以德，而其恩如天无穷，不知所以为报也。

④一陌（mò）纸钱：犹言一些纸钱。高明《琵琶记》："纵使遇春秋，一陌银钱怎有？"陌，计算钱数的单位，百钱为陌。

⑤怎生：此言务必设法。

⑥追荐：为死者求冥福而进行的法会、行善等事，包括读经写经、施斋造寺、祭祀等。咱（zā）：语气助词，无实义。

⑦软玉温香：形容莺莺玉貌花容又温柔妩媚。软玉，苏鹗《杜阳杂编·软玉鞭》："上（唐代宗）尝幸兴庆宫，于复壁间得宝匣，匣中获玉鞭。其末有文，曰'软玉鞭'，即天宝中异国所献也。瑞妍节文，光明可鉴，虽蓝田之美，不能过也。屈之则首尾相就，舒之则径直如绳。虽以斧锧锻斫，终不伤缺。上叹为神物。"温香，任昉《述异记》："辟寒香，丹丹国所出，汉武时入贡。每至大寒，于室焚之，暖气翕然自外而入，人皆减衣。"

⑧汤：犹言擦着，元人多用之。石君宝《鲁大夫秋胡戏妻》："你汤我一汤，拷了你那腰截骨。"

（洁云）都到方丈吃茶。（做到科）（末云）小生更衣咱①。（末出科云）那小娘子已定出来也，我则在这里等待问他咱。（红辞洁云）我不吃茶了，恐夫人怪来迟，去回话也。（红出科）（末迎红娘祗揖科）小娘子拜揖。（红云）先生万福。（末云）小娘子莫非莺莺小姐的侍妾么？（红云）我便是，何劳先生动问？（末云）小生姓张，名珙，字君瑞，本贯西洛人也。年方二十三岁，正月十七日子时建生②。并不曾娶妻……（红云）谁问你来？（末云）敢问小姐常出来么？（红怒云）先生是读书君子，孟子曰："男女授受不亲，礼也③。"君子"瓜田不纳履，李下不整冠④。"道不得个

"非礼勿视，非礼勿听，非礼勿言，非礼勿动⑤。"俺夫人治家严肃，有冰霜之操。内无应门五尺之童⑥，年至十二三者，非呼召，不敢辄入中堂。向日莺莺潜出闺房，夫人窥之，召立莺莺于庭下，责之曰："汝为女子，不告而出闺门，倘遇游客小僧私视，岂不自耻。"莺立谢而言曰⑦："今当改过从新，毋敢再犯。"是他亲女，尚然如此，何况以下侍妾乎？先生习先王之道，尊周公之礼⑧，不干己事，何故用心？早是妾身，可以容恕。若夫人知其事呵，决无干休！今后得问的问，不得问的休胡说！（下）（末云）这相思索是害也。

注释：

① 更衣：婉言，上厕所。

② 子时：十二时辰之一，夜二十三时至翌日一时。

③ 男女授受不亲，礼也：语出《孟子·离娄上》，是说男女之间不亲手接递东西。授，手付之。受，接受。

④ 瓜田不纳履，李下不整冠：避嫌疑的意思。《古君子行》："君子防未然，不处嫌疑间。瓜田不纳履，李下不整冠。"纳履，提鞋。李下，李树下。整冠，正帽子。

⑤ "非礼勿视"四句：语出《论语·颜渊》。意思是不合礼法的事不看，不合礼法的话不听，不合礼法的话不说，不合礼法的事不做。

⑥ 内无应门五尺之童：是说院子里连一个幼年男子都没有。应门，照看门户。五尺之童，古代尺短，故以五尺泛指儿童。

⑦ 立谢：立刻认错。

⑧ 周公之礼：周公姓姬名旦，是周文王之子、武王之弟，是西

周典章制度的制定者。

【哨遍】听说罢心怀悒怏，把一天愁都撮在眉尖上①。说"夫人节操凛冰霜，不召呼，谁敢辄入中堂？"自思想，比及你心儿里畏惧老母亲威严②，小姐呵，你不合临去也回头儿望。待飏下教人怎飏③？赤紧的情沾了肺腑④，意惹了肝肠。若今生难得有情人，是前世烧了断头香⑤。我得时节手掌儿里奇擎⑥，心坎儿里温存，眼皮儿上供养。

【耍孩儿】当初那巫山远隔如天样，听说罢又在巫山那厢⑦。业身躯虽是立在回廊⑧，魂灵儿已在他行。本待要安排心事传幽客⑨，我子怕漏泄春光与乃堂。夫人怕女孩儿春心荡，怪黄莺儿作对，怨粉蝶儿成双。

注释：

①把一天愁都撮在眉尖上：意谓极度忧愁而眉头紧锁。撮，聚合。

②比及：此言既然。

③飏（yáng）：抛开，丢开。周邦彦《南柯子》："娇羞不肯傍人行，飏下扇儿拍手引流萤。"

④赤紧的：当真的，真个的。尚仲贤《气英布》："不争我服事重瞳没个结果，赤紧的做媳妇先恶了公婆。"

⑤断头香：即半截的香。礼佛敬神须烧整支的香，烧折断或已燃过的残香，会遭贫穷、分离、无子、功名及婚姻不顺等报应。关汉卿《感天动地窦娥冤》："莫不是前世里烧香不到头，今也波生招祸尤。"

⑥奇擎：捧护。奇，语助词，无实义。擎，举，捧。白朴《唐

明皇秋夜梧桐雨》："恨不得手掌里奇擎着解语花，尽今生翠鸾同跨。"

⑦当初那巫山远隔如天样，听说罢又在巫山那厢：与李商隐《无题》"刘郎已恨蓬山远，更隔蓬山一万重"及欧阳修《踏莎行》"平芜尽处是春山，行人更在春山外"同一机杼。

⑧业身躯：造孽之身，此为张生自怨自骂之语。

⑨幽客：此谓幽闺客，指莺莺。

44

【五煞】小姐年纪小，性气刚。张郎倘得相亲傍，乍相逢厌见何郎粉，看邂逅偷将韩寿香。才到是未得风流况，成就了会温存的娇婿，怕甚么能拘束的亲娘①。

【四煞】夫人忒虑过，小生空妄想，郎才女貌合相仿。休直待眉儿浅淡思张敞，春色飘零忆阮郎。非是咱自夸奖，他有德言工貌②，小生有恭俭温良③。

【三煞】想着他眉儿浅浅描，脸儿淡淡妆，粉香腻玉搓咽项④。翠裙鸳绣金莲小⑤，红袖鸾销玉笋长⑥。不想呵其实强，你撇下半天风韵，我拾得万种思量。

却忘了辞长老。（见洁科）小生敢问长老：房舍何如？（洁云）塔院侧过西厢一间房，甚是潇洒⑦，正可先生安下。见收拾下了，随先生早晚来⑧。（末云）小生便回店中搬去。（洁云）既然如此，老僧准备下斋，先生是必便来。（下）（末云）若在店中人闹，到好消遣；搬在寺中静处，怎么捱这凄凉也呵！

【二煞】院宇深，枕簟凉。一灯孤影摇书幌⑨。纵然酬得今生志，着甚支吾此夜长⑩！睡不着如翻掌，少可有一万声长吁短叹，五千遍倒枕槌床⑪。

【尾】娇羞花解语⑫，温柔玉有香⑬。我和他乍相逢记不真娇模样，我则索手抵着牙儿慢慢的想⑭。（下）

注释：

①【五煞】一曲：王伯良曰："大约言莺莺年小性刚，未得风流之情况，故尚厌畏于我，看我得亲傍而一窃其香之后，自然爱我温存不暇，而尚肯惧夫人之拘束耶？"乍，初，刚开始。邂逅，不期而遇，意外相逢。风流况，风流情况。成就了会温存的娇婿，谓与莺莺私定终身。

②德言工貌：古代礼法要求妇女具有的四种品德。德谓贞顺，言谓辞令，工谓女红、烹煮等生活技能，貌谓服饰整洁、沐浴以时。《周礼·天官·九嫔》："九嫔掌妇学之法，以教九御，妇德、妇言、妇容、妇功。"郑玄注："妇德，谓贞顺；妇言，谓辞令；妇容，谓婉娩；妇功，谓丝枲。"工，即妇功。貌，即妇容。又，班昭《女诫·妇行》："妇有四行，一曰妇德，二曰妇言，三曰妇容，四曰妇功……幽闲贞静，守节整齐，行己有耻，动静有法，是谓妇德；择辞而说，不道恶语，时然后言，不厌于人，是谓妇言；盥浣尘秽，服饰鲜洁，沐浴以时，身不垢辱，是谓妇容；专心纺绩，不好戏笑，洁齐酒食，以奉宾客，是谓妇功。此四者，女子之大节，而不可乏之者也。"

③恭俭温良：《论语·学而》："夫子温、良、恭、俭、让以得之。"宋邢昺疏曰："敦柔润泽谓之温，行不犯物谓之良，和从不逆谓之恭，去奢从约谓之俭，先人后己谓之让。"

④粉香腻玉搓咽项：形容莺莺颈项像粉玉捏成一样。腻玉，状

肌肤之光洁。

⑤翠裙鸳绣金莲小：意谓绣着鸳鸯的翠裙遮住了一双小脚。金莲，《南史·齐东昏侯纪》："又凿金为莲华以帖地，令潘妃行其上，曰：'此步步生莲华也。'"宋以后，女子缠足之风渐盛，往往以"金莲"代指女子之足。苏轼《菩萨蛮》咏缠足曰："涂香莫惜莲承步，长愁罗袜凌波去。只见舞回风，都无行处踪。偷穿宫样稳，并立双趺困。纤妙说应难，须从掌上看。"

⑥鸾销：即销鸾，以金色丝线绣鸾凤。销，销金。玉笋：喻女子手指纤细白润。韩偓《咏手》："腕白肤红玉笋芽，调琴抽线露尖斜。"

⑦潇洒：明亮整洁。文天祥《官籍监·序》："予监一室颇潇洒，明窗净壁，树影横斜，可爱也。"

⑧早晚：随时之意。关汉卿《刘夫人庆赏五侯宴》："我讨了一个孩儿来，要早晚扶侍你。"

⑨摇书幌：谓灯光下的孤影在书房中摇动，状张生夜深不寐相思徘徊。书幌，书斋，书帷。

⑩支吾：支持，应付。白朴《唐明皇秋夜梧桐雨》："端详了你上马娇，怎支吾蜀道难！"

⑪倒枕槌床：状失眠时急躁情状。

⑫花解语：会说话的花，喻人美如花。解，能，善。王仁裕《开元天宝遗事·解语花》："明皇秋八月，太液池有千叶白莲数枝盛开，帝与贵戚宴赏焉。左右皆叹美久之。帝指贵妃示于左右曰：'争如我解语花？'"

⑬玉有香：苏鹗《杜阳杂编·玉辟邪》："肃宗赐李辅国香玉

辟邪二，各高一尺五寸，工巧殆非人工。其玉之香，可闻于数百步。虽镞之于金函石匮中，终不能掩其气。或以衣裾误拂，芬馥经年，纵浣濯数四，亦不消歇。"后世多以之喻美女。赵彦端《鹧鸪天·玉腕》："清肌莹骨能香玉，艳质英姿解语花。"

⑭则索：只得。马致远《破幽梦孤雁汉宫秋》："锦貂裘生改尽汉宫妆，我则索看昭君画图模样。"手抵牙：以手托腮。荆干臣《黄钟醉花阴·闺情》："手抵着牙儿自思想，意踌躇魂荡漾。"

点评：

本折又称"借厢"、"僧房假寓"，上承"惊艳"，下启"酬韵"、"闹斋"，由末扮张生主唱。第一折里，张生"无端一见，瞥尔生情"（李贽等评文），但因主持不在，是否能如意比邻芳卿尚在未知，故必由此一节借厢成功，方能令崔、张之情有接下来发展的可能。老夫人要做法事，命红娘与法本相商，张生恰在一旁，又为君瑞之附斋提供了契机。王实甫"用笔而其笔到，则用一笔，斯一笔到，再用一笔斯一笔又到，因而用十百千乃至万笔，斯万笔并到"（金圣叹评文），过渡戏亦能笔笔皆到，真善用笔人也！

张生开口便唱"不做周方，埋怨杀你个法聪和尚"，是此折的第一妙语。"无序无由，斗然叫此一句，是为何所指耶？身自通夜无眠，千思万算，已成熟话。若法聪者，又不曾做蛆，向驴胃中度夏，渠安所得知先生心中何事，要人'做周方'耶？岂非极不成文，极无理可笑语！然却是异

样神变之笔，便将张生一夜中车轮肠肚总撮出来。"（金圣
叹评文）如果说张生初见莺莺或可谓之"一厢情愿"，则此
张生次日来拜法本时的情绪，亦不免有"一厢埋怨"的心
理作祟。若可借得半间僧房，即便不能够窃玉偷香，饱看
一会也能暂解相思之渴。"玲珑骰子安红豆，入骨相思知不
知？"（温庭筠《杨柳枝》）张生正因不知莺莺之知不知自
己相思，方才逗起整宿忐忑，爱而不得故生怨怼。爱恨交
织，一日之间，挑兮达兮，如三月兮！张生以己度人，无
由而怨之，法本何其冤枉！此节若俗笔写来，或将先写昨
夜思念如何，再写今朝来此为何，虽循规蹈矩却便索然无
味矣。【粉蝶儿】看似无序无由，却将张生昨日离开后的辗
转反侧写尽，善入戏场，斯之谓也！

"往常时见傅粉的委实羞，画眉的敢是谎"，是继第一
本第一折"颠不剌的见了万千，似这般可喜娘的庞儿罕曾
见"之后，张君瑞的又一次剖白：莺莺不仅是他见过的最
美丽的女子，也是多年以来第一个让他心动情荡、难以自
控的对象。"多情人一见了有情娘"，着两个"情"字，表
明崔、张二人婚恋的基础在"情"不在"色"；叠用"痒、
痒"二字，虽是【醉春风】曲格所要求，但亦令其"风魔"
之状如在目前。元稹在《莺莺传》故事中曾描述张生说：
"有张生者，性温茂，美丰容，内秉坚孤，非礼不可入。或
朋从游宴，扰杂其间，他人皆汹汹拳拳，若将不及，张生
容顺而已，终不能乱。以是年二十二，未尝近女色。知者
诘之，谢而言曰：'登徒子非好色者，是有淫行耳。余真好
色者，而适不我值。何以言之？大凡物之尤者，未尝不留

连于心，是知其非忘情者也。'"但元稹笔下外表"非礼不可入"的张生，事实上是一个始乱终弃、文过饰非的伪君子。《西厢记》对张生这一人物的性格做了极大翻写，从"负心汉"到"志诚种"，其转变的核心是一个"情"字，而这个"情"字，又在剧中时时处处得到了充分体现。"平生不会相思，才会相思，便害相思"（徐再思《折桂令·春情》），惟其如此，方能千折百回，不负至情。

张生拜见法本一节，是剧情的必要发展，曲家以宾白、演唱间行的形式出之，演来十分好看。"大师一一问行藏，小生仔细诉衷肠"是常礼；"先人拜礼部尚书多名望，五旬上因病身亡"，"平生正直无偏向，止留下四海一空囊"，则是作者借机将张生出身风范略作陈述。其父如此，其子肖之，"风清月朗"的是张父，亦是张生。直到"无意求官"、"有心待听讲"，张生才将此行的目的带出，但却又并不直接讲明，而是先拿出白银一两。"量着穷秀才人情"四句，"是将馈寓金，而预为谦让未遑之意。言穷措大人情如纸，无以为馈，纵说长道短，终是琐屑。此以自谦作调笑语，妙绝"（毛西河评文）。一两银子，在张生与住持间推来去，张生"忙里偷闲"觑法聪，央其代将心事透出："你若有主张，对艳妆，将言词说上，我将你众和尚死生难忘。"法聪并未搭话，台上一时间陷入尴尬，正尔山穷水尽之际，法本却主动发问，张生忙借机说出"欲假一室"的请求，偏偏法本不解其趣，又好心多为推荐……穷书生鸡同鸭讲，老和尚似哑如盲；张生急不可耐，观众乐不可支——"诵之如蕉叶雨声，何其爽哉！又如鼓声撒豆点动，何其快活

哉！"（金圣叹评文）

红娘的到来，令场上的谐谑滑稽斗然收敛。"好个女子也呵"，是张生对红娘的正面评价：红娘的"好"在其"大家举止"、"言语的当"，面貌可爱，妆扮得宜，更难得的是"胡伶渌老"不是寻常梅香可比。"渌老"指眼睛，是宋元时习语，《楚辞》中亦有"娥眉曼睩，目腾光些"，是则其目有光华，顾盼生姿；"胡伶"，一说又作"鹘伶"，以鹘眼最是明慧，故以喻伶俐聪慧，《太平乐府》有顾君泽之词云"懵懂的怜瞌睡，鹘伶的惜惺惺"，故知"惺惺"亦是聪明之义。"胡伶渌老"四字，可谓写尽红娘容止端肃之下的千伶百俐。

张生"偷睛望"，只觉红娘"眼挫里抹张郎"，"有一种急欲求当于红之心，遂有此一种唯恐不当于红之意"（潘廷章评文）。然而，张生之见红娘与他见莺莺时的颠倒痴狂不同，纯是怜惜之意："若共他多情的小姐同鸳帐，怎舍得他叠被铺床"，"我将小姐央，夫人快"，"我亲自写与从良"。【脱布衫】等三曲，寥寥数笔，摹出红娘意态风姿，亦写明张生虽然多情却只钟情莺莺一人，更以丫鬟之不俗映衬出莺莺之绰约非凡。金圣叹盛赞此节说："又用别样空灵之笔，重写阿红一遍也。抹，抹倒也，抹杀也，不以为意也。将欲写阿红不是叠被铺床人物，以明侍妾早是一位小姐矣，其小姐又当何如哉！……文之灵幻，全是一片神工鬼斧，从天心月窟雕镂出来。"（《第六才子书西厢记》）

法本引红娘察看佛殿，张生又偏要随行，其间书生种种猖狂孟浪、揶揄笑骂，是为了解莺莺境况，更是为进一步寻求机会接近芳卿。"功夫不负有心人",张生趁崔家道场"带得一分儿斋,追荐俺父母",终于获得了饱看、亲近莺莺的良契。剧情至此,承启之使命似已完成,但王实甫偏能斗然豁开,别出新妙。张生急不可耐地向红娘自报家门,姓甚名谁、籍贯何处、生辰年龄、婚姻状况,更贸然发问:"敢问小姐常出来么?"红娘不待张生说完,一盆冷水兜头浇下:"先生是读书君子"、"俺夫人治家严肃,有冰霜之操",向日莺莺潜出闺房曾遭责问,"何况以下侍妾乎"!"得问的问,不得问的休胡说"!一番言词曰孔曰孟、入礼入情,令张生瞠目结舌难对一辞。读书人鲁莽孟浪、慌不择言,小婢女淡定凛然、正色严斥,身份言行看似倒置,实则贴合人物心境,一谐一庄,反差强烈,尤令观众忍俊不禁。

红娘的当面抢白,是张生追求爱情路上遭遇的第一次正面挫折,而红娘背后,则可知更深一层的老夫人治家何等严肃。比起一个小小侍女,莺莺的母亲郑氏才是这段姻缘的最大阻碍。本指望借居寺中,小姐出来便可得见,没料想"夫人节操凛冰霜,不召呼,谁敢辄入中堂",也难怪书生会"心怀悒怏,把一天愁都撮在眉尖上"。但张生此时早已"情沾了肺腑,意惹了肝肠",不怨自己,反怪莺娘:"不合临去也回头儿望","待飏下教人怎飏"?只看他一会儿忧心今生难得有情人,怕"前世烧了断头香";一下子思及相守的可能,又恨不得将那人"手掌儿里奇擎,心坎儿里温存,眼皮儿上供养"。骈俪情语,写君瑞神魂颠倒却临难不惧,"一片志诚,虽死不变也如此"(金圣叹评文)。

【耍孩儿】等数曲,更是将张生的满腹心事、一腔妄想尽皆倾吐氍毹之上。"当初那巫山远隔如天样，听说罢又在巫山那厢"，与李商隐"刘郎已恨蓬山远，更隔蓬山一万重"、欧阳修"平芜尽处是春山，行人更在春山外"同一机杼，写张生因红娘之切责念及老夫人、莺莺可能的态度，愁怀备增。由此及彼，又由彼及更远之彼端，层层荡展化不开的相思愁绪。纵前途或有千般坎坷，一想到莺莺，君瑞仍不禁魂灵系之。他怨红娘不能代传音信："本待要安排心事传幽客，我子怕漏泄春光与乃堂"；忧心老夫人以礼法阻拦好事："夫人怕女孩儿春心荡，怪黄莺儿作对，怨粉蝶儿成双"；更担心莺莺可能的拒绝："小姐年纪小，性气刚"，怕"能拘束的亲娘"。但忽然转念，却又莫名乐观起来，觉得自己也并非毫无希望："他有德言工貌，小生有恭俭温良"，"郎才女貌合相仿"。恍惚之间，莺莺那天的娇态又从脑海跳到眼前。"你撇下半天风韵，我拾得万种思量。"爱情来临得如此突然却又如此自然，让人目眩神迷却又沉溺其中难以自拔。"无情不似多情苦，一寸还成千万缕"（晏殊《玉楼春》），张生初尝爱情滋味的患得患失，忽喜忽悲，在此【三煞】前数曲之中可谓表露无遗矣。《西厢记》文字"如喉中退出来一般，不见斧凿痕、笔墨迹也"（李贽等评文），"其文反反覆覆，重重叠叠，见精神而不见文字，即所称千古第一神物，讵其然乎！"（陈继儒等评文）

既已经"拾得万种思量"，便不能轻易纵笔撇去。只一句"却忘了辞长老"，被红娘打断的借厢之事便被轻巧接上。长老也似乎灵犀忽点，安排张生在"塔院侧过西厢一间房"。于无希望之际，忽然就有了一线生机。"院宇深，枕簟凉。一灯孤影摇书幌”，一想到佳人就在比邻，张生更觉长夜孤独难捱。君瑞辗转反侧，肖想那人有如“娇羞花解语，温柔玉有香”，许是思虑过甚，莺莺乍相逢时的娇模样居然记不甚真了。纵使竟此一夕“手抵着牙儿慢慢的想”，是否就能将模糊了的倩影雕镂重现？今宵这般难眠，他夜又将何如？【尾】曲不仅为本折作结，“记不真”、“慢慢的想”已然“轻飘一线，递过下节”（金圣叹评文），为下折“花阴酬韵”作衬矣！

可喜厮見淺淡粧

穿一套縞素衣裳

也不要香积厨，枯木堂。远着南轩，离着东墙，靠着西厢。近主廊，过耳房，都皆停当。

第三折

（正旦上云）老夫人着红娘问长老去了，这小贱人不来我行回话。
（红上云）回夫人话了，去回小姐话去。（旦云）使你问长老，几时做好事？（红云）恰回夫人话也，正待回姐姐话。二月十五日请夫人、姐姐拈香。（红笑云）姐姐，你不知，我对你说一件好笑的勾当。咱前日寺里见的那秀才，今日也在方丈里。他先出门儿外，等着红娘，深深唱个喏道①："小生姓张，名珙，字君瑞，本贯西洛人也，年二十三岁，正月十七日子时建生，并不曾娶妻。"姐姐，却是谁问他来？他又问："那壁小娘子，莫非莺莺小姐的侍妾乎？小姐常出来么？"被红娘抢白了一顿呵回来了②。姐姐，我不知他想甚么哩，世上有这等傻角③！（旦笑云）红娘，休对夫人说。天色晚也，安排香案④，咱花园内烧香去来。（下）
（末上云）搬至寺中，正近西厢居址。我问和尚每来⑤，小姐每夜花园内烧香。这个花园，和俺寺中合着。比及小姐出来⑥，我先在太湖石畔墙角儿边等待，饱看一会。两廊僧众都睡着了，夜深人静，月朗风清，是好天气也呵！正是：闲寻方丈高僧语，闷对西厢皓月吟。

【越调】【斗鹌鹑】玉宇无尘⑦，银河泻影，月色横空，花阴满庭⑧。罗袂生寒，芳心自警⑨。侧着耳朵儿听，蹑着脚步儿行：悄悄冥冥⑩，潜潜等等⑪。

【紫花儿序】等待那齐齐整整，袅袅婷婷，姐姐莺莺。一更之后⑫，万籁无声⑬，直至莺庭。若是回廊下没揣的见俺可憎⑭，将他来紧紧的搂定；则问你那会少离多，有影无形⑮。

注释：

① 唱个喏（rě）：许郑杨云："'唱喏'，就是叉手拜时口中同时呼'喏'的声音，古时的一种礼数。"

② 抢白：责备，训斥。石君宝《鲁大夫秋胡戏妻》："娶也曾娶的，我倒吃他抢白了这一场。"

③ 傻角：徐渭《南词叙录》云："傻角，痴人也，吴谓'呆子'。"

④ 香案：烧香之几案。唐、宋均有拜月祝告习俗，李端《拜新月》："开帘见新月，便即下阶拜。细语人不闻，北风吹裙带。"

⑤ 每：从元代俗字"懑"演变而来，此处用如"们"。

⑥ 比及：等到，在……之前。《论语·先进》："比及三年，可使有勇。"

⑦ 玉宇：天帝住在天上，以玉为殿宇，故以代指天空。陆游《十月十四夜月终夜如昼》："西行到峨眉，玉宇万里宽。"

⑧ 庭：庭园，园庭，非指庭院之庭。

⑨ 芳心：美人之心，曾巩《虞美人草》："芳心寂寞寄寒枝，旧曲闻来似敛眉。"警：警醒。

⑩ 冥冥：暗地里。《荀子·修身篇》："行乎冥冥而施乎无报。"

⑪ 等等：犹停停。

⑫ 更：古人夜间计时单位，一夜分为五个更次，每更次约两小时。一更相当于晚八时至十时。

⑬ 万籁：指天地人万物发出的各种声音。籁，声音。《庄子·齐物论》："汝闻人籁而未闻地籁，汝闻地籁而未闻天籁夫？"

⑭ 没揣：意外，没想到。汤显祖《牡丹亭还魂记》："没揣菱花，偷人半面，迤逗的彩云偏。"

⑮有影无形：可闻声不能睹其面。

（旦引红娘上云）开了角门儿①，将香桌出来者。（末唱）

【金蕉叶】猛听得角门儿呀的一声，风过处花香细生。踮着脚尖儿仔细定睛：比我那初见时庞儿越整。

（旦云）红娘，移香桌儿，近太湖石畔放者。（末做看科云）料想春娇厌拘束②，等闲飞出广寒宫③。看他容分一捻④，体露半襟，弹香袖以无言，垂罗裙而不语。似湘陵妃子，斜倚舜庙朱扉⑤；如月殿嫦娥，微现蟾宫素影⑥。是好女子也呵！

【调笑令】我这里甫能、见娉婷⑦，比着那月殿嫦娥也不恁般撑⑧。遮遮掩掩穿芳径，料应来小脚儿难行。可喜娘的脸儿百媚生，兀的不引了人魂灵！

（旦云）取香来。（末云）听小姐祝告甚么。（旦云）此一炷香，愿化去先人⑨，早生天界；此一炷香，愿堂中老母，身安无事；此一炷香……（做不语科）（红云）姐姐不祝这一炷香，我替姐姐祝告：愿俺姐姐早寻一个姐夫，拖带红娘咱！（旦再拜云）心中无限伤心事，尽在深深两拜中。（长吁科）（末云）小姐倚栏长叹，似有动情之意。

【小桃红】夜深香霭散空庭，帘幞东风静。拜罢也斜将曲栏凭，长吁了两三声。剔团圝明月如悬镜⑩，又不是轻云薄雾，都则是香烟人气⑪，两般儿氤氲得不分明⑫。

注释：

①角门儿：旁门。

②春娇：年轻美貌的女子。元稹《连昌宫词》："春娇满眼睡红

绡，掠削云鬟旋装束。”此指嫦娥。

③等闲：随随便便。广寒宫：月宫。旧题柳宗元《龙城录·明皇梦游广寒宫》："开元六年，上皇与申天师、道士鸿都客，八月望日夜，因天师作术，三人同在云上游月中，过一大门，在玉光中飞浮，宫殿往来无定，寒气逼人，露濡衣袖皆湿。顷见一大宫府，榜曰：'广寒清虚之府'，其守门兵卫甚严，白刃粲然，望之如凝雪。"

④容分一捻：捻，有美丽意。凌景埏曰："'容分一捻'，指美丽的形态显露了一小部分。"

⑤似湘陵妃子，斜倚舜庙朱扉：是说莺莺像斜靠着舜庙红门的湘水女神——尧的两个女儿娥皇、女英是舜帝的两个妃子。舜南巡死于苍梧山，二女追至，自投湘水，成为湘水女神。湘陵，湘水边舜的陵墓。

⑥蟾宫素影：指月中嫦娥素净洁白的身影。谢庄《月赋》："引元兔于帝台，集素娥于后庭。"唐李周翰注："常娥窃药奔月，因以为名。月色白，故云素娥。"莺莺孝服未除，故以蟾宫素影喻之。蟾宫，即月宫。《全上古三代秦汉三国六朝文》辑《灵宪》云："嫦娥遂托身于月，是为蟾蜍。"故称月宫为蟾宫。

⑦甫能：方才，刚刚。

⑧撑：漂亮，美丽。白朴《唐明皇秋夜梧桐雨》："行的一步步娇，生的一件件撑。"

⑨化去：谓死。《刘知远诸宫调》："妻父妻母在生时，凡百事做人且较容易。自从他化去，欺负杀俺夫妻两个。"

⑩剐：程度副词，极，很。团圞（luán）：圆。

⑪人气：指莺莺的长吁。

⑫氤氲（yīn yūn）：烟气蒸腾、纠结缭绕之意。沈约《芳树诗》："氤氲非一香，参差多异色。"

　　我虽不及司马相如①，我则看小姐颇有文君之意。我且高吟一绝，看他则甚：月色溶溶夜②，花阴寂寂春。如何临皓魄③，不见月中人？（旦云）有人墙角吟诗！（红云）这声音，便是那二十三岁不曾娶妻的那傻角。（旦云）好清新之诗！我依韵做一首。（红云）你两个是好做一首！（念诗云）兰闺久寂寞④，无事度芳春。料得行吟者，应怜长叹人。（末云）好应酬得快也呵！

【秃厮儿】早是那脸儿上扑堆着可憎⑤，那堪那心儿里埋没着聪明⑥。他把那新诗和得忒应声⑦，一字字诉衷情，堪听。

【圣药王】那语句清，音律轻，小名儿不枉了唤做莺莺。他若是共小生、厮觑定⑧，隔墙儿酬和到天明，方信道惺惺的自古惜惺惺⑨。

　　我撞出去，看他说甚么。

【麻郎儿】我拽起罗衫欲行，（旦做见科）他陪着笑脸儿相迎。不做美的红娘忒浅情，便做道谨依来命⑩。

　　（红云）姐姐，有人！咱家去来，怕夫人嗔着。（莺回顾下）（末唱）

【幺篇】我忽听、一声、猛惊，元来是扑剌剌宿鸟飞腾，颤巍巍花梢弄影，乱纷纷落红满径。

注释：

①司马相如：汉代著名辞赋家，与卓文君相恋私奔成婚。《史记·司马相如列传》："卓王孙有女文君新寡，好音，故相

如缪与令相重，而以琴心挑之。相如之临邛，从车骑，雍容闲雅甚都。及饮卓氏，弄琴，文君窃从户窥之，心悦而好之，恐不得当也。既罢，相如乃使人重赐文君侍者通殷勤。文君夜亡奔相如，相如乃与驰归成都。"

②溶溶：水流动的样子，常以形容月色如水。意本晏殊《无题》："梨花院落溶溶月，柳絮池塘淡淡风。"

③临：面对。皓魄：月或月光，此指月。权德舆《酬从兄》："清光杳无际，皓魄流霜空。"

④兰闺：女子的居室。庾肩吾《咏檐燕》："双燕集兰闺，双飞高复低。"

⑤早是：已经是，本来已经。扑堆：遍布，堆聚。

⑥埋没：此言蕴含、包藏。

⑦新诗：格律诗是唐朝出现的一种诗体，相对于古体诗为近体诗或新诗。和（hè）：依另一首诗的韵律作出来的诗称为和诗。应声：随声。此言莺莺才思敏捷，彼音刚落，此便出口。

⑧厮觑定：相互看着，注目良久。厮，相，相互。

⑨惺惺的自古惜惺惺：此指聪明人从来就喜欢聪明人，性格、才调相同的人相互爱慕、看重。惺惺，聪明机灵。惜，爱怜看重。

⑩不做美的红娘忒浅情，便做道谨依来命：凌濛初日："生欲行，莺欲迎，而红在侧，故谓其'浅情'、'不做美'。'便做道谨依来命'，言何不便依了我们意也。"

小姐你去了呵，那里发付小生①！

【络丝娘】空撇下碧澄澄苍苔露冷②，明皎皎花筛月影。

白日凄凉枉耽病，今夜把相思再整。

【东原乐】帘垂下，户已扃。却才个悄悄相问③，他那里低低应。月朗风清恰二更，厮㑇幸④，他无缘，小生薄命。

【绵搭絮】恰寻归路，伫立空庭，竹梢风摆，斗柄云横⑤。呀，今夜凄凉有四星⑥，他不偢人待怎生！虽然是眼角传情，咱两个口不言心自省。

今夜甚睡到得我眼里呵！

【拙鲁速】对着盏碧荧荧短檠灯⑦，倚着扇冷清清旧帏屏。灯儿又不明，梦儿又不成；窗儿外淅零零的风儿透疏棂，忒楞楞的纸条儿鸣；枕头儿上孤另，被窝儿里寂静。你便是铁石人，铁石人也动情。

【幺篇】怨不能，恨不成，坐不安，睡不宁。有一日柳遮花映，雾障云屏⑧，夜阑人静，海誓山盟——恁时节风流嘉庆，锦片也似前程⑨；美满恩情，咱两个画堂春自生。

【尾】一天好事从今定，一首诗分明照证。再不向青琐闼梦儿中寻⑩，则去那碧桃花树儿下等⑪。（下）

注释：

①发付：打发，处理。关汉卿《赵盼儿风月救风尘》："依着姨姨说，我且在客店中安下，看你怎么发付我。"

②苍苔：台阶上长的青苔。

③却才个：犹刚才。个，语助词，无实义。

④厮㑇幸：凌濛初日："㑇幸，有佹幸意，有跷蹊意，有可几幸意，有无着落意，亦在可解不可解。王（王伯良）解为戏弄，

非也。傒落乃是欺负作弄之解耳。"凌说近是，厮傒幸，言无缘、薄命，二人都无着落，怅惘失落。此是自怨自艾之语。

⑤斗柄云横：表示夜深。斗谓北斗，即大熊星座的七颗星——天枢、天璇、天玑、天权、玉衡、开阳、摇光七星组成的。把它们连接起来很像古代舀酒用的斗，故称北斗。其中玉衡、开阳、摇光三星为斗柄，又叫斗杓。其他四星为斗身，又叫斗魁。由于星空流转，斗柄所指的方位也不断变化。在固定的季节月份里，可以从斗柄的方位测定时间的早晚。句本汉乐府《善哉行》："月没参横，北斗阑干。"

⑥四星：古代秤杆以二分半为一星，四星即"十分"（陈继儒），乃极、甚之意。此言十分凄凉。

⑦短檠（qíng）灯：本指贫寒读书人读书照明的灯。韩愈《短灯檠歌》："长檠八尺空自长，短檠二尺便且光……太学儒生东鲁客，二十辞家来射策。夜书细字缀语言，两目眵昏头雪白。此时提携当案前，看书到晓那能眠？一朝富贵还自恣，长檠高张照珠翠。吁嗟世事无不然，墙角君看短檠弃。"这里代指读书之灯。檠，支撑灯盘的立柱，以柱之长短区分长檠与短檠。

⑧雾障云屏：云遮雾障。

⑨锦片也似前程：形容婚姻美好似锦如花。前程在元杂剧中多指婚姻，乔吉《李太白匹配金钱记》："寄与他多情女艳娇，你着他别寻一个前程倒好。"

⑩青琐闼（tà）：宫门，这里代指朝廷。青琐，古代宫门上的一种装饰。闼，宫中门。范云《古意赠王中书》："摄官青琐闼，遥望凤凰池。"

⑪碧桃花树儿下：元杂剧中男女幽会之地每称花下，如碧桃花下、牡丹花下、海棠花下，盖美其事兼美其地。

点评：

　　本折又称"联吟"、"酬韵"，由末扮张生主唱，向被赞为"绝世奇文、绝世妙文"（金圣叹评文）。在生旦花阴酬韵之前，曲家先由红娘妙手发端，向莺莺转述去长老处问事的经过：小梅香一改独对张生时的冷漠正经，绘声绘色地将张生的"傻角"行径加以模拟，言态娇憨，使红娘形象在伶俐之外又添一抹风趣；莺莺闻其言而笑，又叮嘱红娘"休对夫人说"，既回扣前文老夫人治家严谨，又令人想到"临去秋波那一转"，生无限遐思；紧接一句"天色晚也，安排香案，咱花园内烧香去来"，结住前文，劈开新景，有披闼见千帆之妙。李渔《闲情偶寄·词曲部》以为："编戏有如缝衣，其初则以完全者剪碎，其后又以剪碎者凑成。剪碎易，凑成难，凑成之工全在针线紧密。一节偶疏，全篇破绽出矣。每编一折，必须前顾数折，后顾数折。顾前者顾其照映，顾后者便于埋伏。照顾埋伏，不止照映一人，埋伏一事，凡是此剧中有名之人、关涉之事与前此后此所说之话，节节俱要想到。宁使想到而不用，勿使有用而忽之。"《西厢记》针线之紧密，于此寥寥数白，可见一斑。

　　张生既至寺中，近西厢而居，向和尚们打听得小姐每夜花园内烧香，为解相思之苦，必欲前往"饱看一会"。"两廊僧众都睡着了，夜深人静，月朗风清"，趁着夜色书生便悄离居所，潜向花园而去。张珙到达蒲郡是在"贞元十七年二月上旬”，法本为崔相国做法事之期定在二月十五，酬韵之夜当在十五之前不久，缺月渐盈之春夜。“花笼微月竹笼烟，百尺丝绳拂地悬”（元稹《杂忆诗》），天地尽皆笼罩在一片朦胧之中。“玉宇无尘，银河泻影，月色横空，花阴满庭”，良辰美景正称赏心乐事。“一更之后，万籁无声”，夜渐深凉侵罗袖，初学偷香，君瑞不免战战兢兢，他“侧着耳朵儿听，蹑着脚步儿行”，“悄悄冥冥，潜潜等等”；想到将见莺娘，又不免兴奋忐忑；来至墙下之后，情绪更加激动，只“等待那齐齐整整，袅袅婷婷，姐姐莺莺”。本折【越调】【斗鹌鹑】套曲用“庚青”韵，【斗鹌鹑】【紫花儿序】两支又多用叠字，音轻韵密如骤雨敲打梧桐，辅翼辞意令张生心境更彰一层。

即便知道莺莺拜月是在花园之内，张生还是期待近距离邂逅的可能：“若是回廊下没揣的见俺可憎，将他来紧紧的搂定；则问你那会少离多，有影无形。”王实甫“写一片等人性急，度刻如年，真乃手搦妙笔，心存妙境，身代妙人，天赐妙想”（金圣叹评文），情、景、事浑成圆融，气象独绝。正在胡思乱想之际，莺莺、红娘适时登场。“猛听得角门儿呀的一声”，红娘之开角门声必不大，“‘猛听得’者，不复听中忽然听得也。自初夜至此，专心静听，杳听不得，因而心断意决，反不复听矣。则忽然‘呀’的听得，谓之‘猛听得’也”（金圣叹评文）。“风过处花香细生”，是未见其人，先闻其衣香淡淡微微随风飘至。墙外的张生踮脚觑望，见小姐在月下花间愈发美丽：“看他容分一捻，体露半襟，彈香袖以无言，垂罗裙而不语。似湘陵妃子，斜倚舜庙朱扉；如月殿嫦娥，微现蟾宫素影。"初见时或因惊疑而记不真娇模样，再见时详审其姿容更惊为天人。

月色胧明，银汉无声，清风徐徐，暗香浮动，那人似月中嫦娥，姗姗而至，又手拈香炷，轻声祷祝。第三炷时莺莺不语，拜罢更长叹数声。斯时风定，香烟袅袅升腾，人气霭霭羼之，小姐氤氲的情愁让书生更加难控心猿，吟诗挑之："月色溶溶夜，花阴寂寂春"是墙外、墙内同见之景，"如何临皓魄，不见月中人"是莺莺、张生共有之情。诗人更巧借嫦娥言志，拓开时空，增其一分典重，减其一分轻率。情景两相激荡之下，红娘出语点明吟诗人身份，双关戏谑，使得莺莺依韵和作之举水到而渠成。"兰闺久寂寞，无事度芳春"抒写莺莺久居深闺的寂寞与光阴虚掷的凄清情绪，"料得行吟者，应怜长叹人"则是推己及人并酬答原诗之问。戏曲或小说中所谓的好诗，不必皆是警句，要在本色当行。张生、莺莺的场合之作皆是五绝，言简短而意深长，又妙在与剧情及角色身份、心理相称。"惺惺的自古惜惺惺"，因此联句酬韵，莺莺、张生之间有了从外而内的更深层互赏，为两人情事的进一步发展奠定了基础。

君瑞正思趁热打铁撞出去与小姐相见，不想红娘突然以"怕夫人嗔着"为名，唤莺莺归去。"张生略迟，莺莺早疾。一边尚在徘徊，一边撇然已飏。写一迟一疾之间，恰好惊鸿雪爪、有影无痕"（金圣叹评文）。好事戛然而止，但莺莺下场前却再次回顾，为后文留下新的悬念。崔、张二见，开阖得法，张弛有度，关目好极！

却才个悄悄相问、低低回应，一霎时佩环已归，独留墙外子影；上一刻还在火山之巅，下一分已堕冰海之渊。
"忽听、一声、猛惊"，"六声三韵"，自然流畅，为后世
激赏。"扑剌剌宿鸟飞腾，颤巍巍花梢弄影，乱纷纷落红满
径"，宿鸟飞故而花弄影，花梢颤于是红满径，张生被振翅
声警醒，怅然若失，备觉凄清。被小姐撇下的不是"碧澄
澄苍苔露冷"，不是"明皎皎花筛月影"，而是君瑞的一腔
热忱、满心志诚。"人间自是有情痴，此恨不关风与月"，花
鸟风月本无情，斗柄云横亦无心，曰愁曰恨皆是以我观物、
融情入景。张生经此一见，相思更甚昨日，归来后又是一
夜难眠。初见夜不寐或疑小姐心意未明，再见后心意已暗
通，君瑞"怨不能，恨不成"却更加"坐不安，睡不宁"。
四顾无聊，更觉寂静；枕上孤另，愈念锦片儿前程。【拙鲁
速】等三曲先铺下一片愁苦，随即掀翻而成踌躇满志之快
文，龙王掉尾不过如此。

生、莺花阴联吟，"生情布景，别出异样花样"（金圣
叹评文）：其境美，"玉宇无尘，银河泻影，月色横空，花
阴满庭"；其情深，"若是回廊下没揣的见俺可憎，将他来
紧紧的搂定"；其事通，"一字字诉衷情"，"一天好事从今
定，一首诗分明照证"。曲辞熔铸上，亦是情兴逸宕、鬼斧
神工：既以"悄悄冥冥"、"潜潜等等"、"齐齐整整"、"袅
袅婷婷"、"姐姐莺莺"等重叠字活画出张生一路上的志忑、
激动；又用"扑剌剌"、"忒楞楞"、"颤巍巍"、"乱纷纷"、
"碧澄澄"、"冷清清"等镶叠字渲染出良多声情；更有"忽
听、一声、猛惊"这样六声三韵、顿挫纡回的奇词。家常语
一经点染便成奇崛，《西厢记》千古绝唱，洵非虚誉！

早是那脸儿上扑堆着可憎，那堪那心儿里埋没着聪明。他把那新诗和得忒应声，一字字诉衷情，堪听。

都只是香烟人气两般，晃氤氲得不分明

第四折

（洁引聪上云）今日二月十五日开启①，众僧动法器者②！请夫人小姐拈香。比及夫人未来，先请张生拈香，怕夫人问呵，则说道贫僧亲者。（末上云）今日二月十五日，和尚请拈香，须索走一遭。

【双调】【新水令】梵王宫殿月轮高，碧琉璃瑞烟笼罩。香烟云盖结③，讽咒海波潮④。幡影飘飖⑤，诸檀越尽来到⑥。

【驻马听】法鼓金铎⑦，二月春雷响殿角；钟声佛号⑧，半天风雨洒松梢。侯门不许老僧敲⑨，纱窗外定有红娘报⑩。害相思的馋眼脑⑪，见他时须看个十分饱。

注释：

①开启：僧人开始做法事。

②动法器：即动响器，奏乐。法器，佛教、道教做法事时所用的鼓、磬、金钟、铙、钹、木鱼等响器。

③香烟云盖结：焚香产生的烟雾在上方的空中聚集成盖状的云。《贤愚经》卷六："香烟如意，乘虚往至世尊顶上，相结合聚，作一烟盖。"

④讽咒：念诵佛经。海波潮：喻诵经之声。

⑤幡：梵文意译，为旌旗的总称，有各种颜色，有的绘有狮、龙等图像，是用来供养和装饰佛菩萨像的。《长阿含经》："以佛舍利置于床上，使末罗童子举床四角，擎持幡盖，烧香散花，伎乐供养。"

⑥檀越：佛教徒称向寺院施舍财物、饮食的世俗信徒为檀越，

也称施主。檀，布施。越，谓有布施功德的人可超越贫穷
海，来世免受贫穷。

⑦法鼓金铎：鼓与铎都是佛教法器。法堂设二鼓，东北角者称
法鼓，西北角者称茶鼓。铎为金属制成的菱形乐器，有柄及
铃舌，摇动发声。这里用为动词，意思是击鼓摇铎。

⑧佛号：佛的名号，此用作动词，呼佛名号。

⑨侯门：唐范摅《云溪友议·卷一·襄阳杰》云，崔郊姑姑
的一个婢女与崔郊相恋，婢女被卖于连帅，郊为诗曰："侯
门一入深似海，从此萧郎是路人。"后以侯门指显贵之家。

⑩纱窗：指莺莺居室。

⑪馋眼脑：犹言贪看的眼睛。眼脑，眼。李文蔚《同乐院燕青
博鱼》："为甚么干支剌吐着舌头，呆不腾瞪着个眼脑？"

（末见洁科）（洁云）先生先拈香，恐夫人问呵，则说是老僧的
亲。（末拈香科）

【沉醉东风】惟愿存在的人间寿高，亡化的天上逍遥。
为曾祖父先灵①，礼佛法僧三宝②。焚名香暗中祷告：
则愿得红娘休劣，夫人休焦，犬儿休恶。佛啰，早成就了幽
期密约。

　　（夫人引旦上云）长老请拈香，小姐，咱走一遭。（末做见科）
　　（觑聪云）为你志诚呵，神仙下降也。（聪云）这生却早两遭儿也。
　　（末唱）

【雁儿落】我则道这玉天仙离了碧霄，元来是可意种来清
醮③。小子多愁多病身，怎当他倾国倾城貌④。

【得胜令】恰便似檀口点樱桃⑤，粉鼻儿倚琼瑶⑥。淡白梨

花面，轻盈杨柳腰。妖娆⑦，满面儿扑堆着俏；苗条，一团儿衔是娇⑧。

注释：

①曾祖父：此指曾祖父、祖父、父亲三代。先灵：道家称祖先为先灵，谓先辈之灵魂。此指亡灵。

②礼：此谓参拜。三宝：《释氏要览》云："三宝，谓佛、法、僧也。"佛宝，指一切佛；法宝，即佛教教义；僧宝，即依佛法修业宣扬佛法的僧众。

③可意种：称心如意人，心爱之人。清醮（jiào）：本指道士为消灾求福而设坛祭祷的法事活动。其法为清身洁体而筑坛设供，书表章以祷神灵，故称清醮。这里指僧人超度亡灵的法事活动。

④倾国倾城貌：《诗经·大雅·瞻卬》："哲夫成城，哲妇倾城。"哲，智也；城，国也；倾，倾败。诗刺周幽王宠爱褒姒，为使其笑，乃举烽火戏诸侯，终致国亡。此言美女可以覆灭国家。又，《汉书·外戚传上》："孝武李夫人，本以倡进。初，夫人兄延年性知音，善歌舞，武帝爱之……延年侍上起舞，歌曰：'北方有佳人，绝世而独立，一顾倾人城，再顾倾人国。宁不知倾城与倾国，佳人难再得。'上叹息曰：'善，世岂有此人乎？'平阳主因言延年有女弟，上乃召见之，实妙丽善舞，由是得幸。"此言佳人美貌可使满城满国的人为之倾倒。后以"倾国倾城"代指绝色女子。

⑤檀口：檀为浅绛色，常用以形容嘴唇红艳。张祜《黄蜀葵花》："无奈美人闲把嗅，直疑檀口印中心。"

⑥琼瑶：美玉。《诗经·卫风·木瓜》："投我以木桃，报之以琼瑶。"此谓鼻如美玉琢成。

⑦妖娆（ráo）：面庞艳冶美丽。

⑧一团儿衡是娇：犹言无处不娇好。

（洁云）贫僧一句话，夫人行敢道么？老僧有个敝亲，是个饱学的秀才，父母亡后，无可相报。对我说，央及带一分斋，追荐父母。贫僧一时应允了，恐夫人见责。（夫人云）长老的亲，便是我的亲，请来厮见咱。（末拜夫人科）（众僧见旦发科①）

【乔牌儿】大师年纪老，法座上也凝眺；举名的班首真呆偻②，觑着法聪头做金磬敲③。

【甜水令】老的小的，村的俏的④，没颠没倒，胜似闹元宵。稔色人儿⑤，可意冤家，怕人知道，看时节泪眼偷瞧。

【折桂令】着小生迷留没乱⑥，心痒难挠。哭声儿似莺啭乔林，泪珠儿似露滴花梢。大师也难学，把一个发慈悲的脸儿来朦着。击磬的头陀懊恼⑦，添香的行者心焦⑧。烛影风摇，香霭云飘，贪看莺莺，烛灭香消。

（洁云）风灭灯也。（末云）小生点灯烧香。（旦与红云）那生忙了一夜。

【锦上花】外像儿风流，青春年少；内性儿聪明，冠世才学。扭捏着身子儿百般做作，来往向人前卖弄俊俏。

（红云）我猜那生——

黄昏这一回，白日那一觉，窗儿外那会镂铎⑨。到晚来向书帏里比及睡着，千万声长吁捱不到晓。

注释：

①发科：戏曲术语，指做出各种逗笑的情态，以动观众。

②举名：做佛事时的呼令。班首：头领，此指主持法事的和尚。呆佬（láo）：元时方言口语，犹言痴呆懵懂。

③金磬（qìng）：此谓金属制成用于佛教仪式的响器。

④村：粗俗，无知，"雅"的反义词。《续演繁露》："古无'村'名，今之'村'，即古之鄙野也。凡地在国中、邑中，则名之为'都'。都，美也，言其人物衣制皆雅丽也。凡言美者曰都，曰'子都'、'都人士'、'车骑甚都'是也。及在郊外，则名之为'野'为'鄙'，言其朴拙无文也……隋世已有'村'名。唐令：在田野者为村，别置村正一人，则村之为义著矣。故世之鄙陋者，人因以'村'名之。"俏：此指聪明伶俐。

⑤稔（rěn）色人儿：指莺莺。稔色，言美得丰足。稔，谷熟。

⑥迷留没乱：即没撩没乱，言十分撩乱，心神不定。关汉卿《包待制智斩鲁斋郎》："空教我乞留乞良，迷留没乱，放声啼哭。"

⑦头陀：梵语，意为抖擞、淘汰、涤除烦恼之意，是佛教倡修的苦行，故称苦行僧为头陀。这里泛指僧人。

⑧行者：《释氏要览》："经中多呼修行人为行者。"这里泛指僧人。

⑨镬铎（huò duó）：宋元方言，喧闹之意。王晔《桃花女破法嫁周公》："则见乱交加不知是那个，则听的沸滚滚热闹镬铎。"

（末云）那小姐好生顾盼小子！

【碧玉箫】情引眉梢，心绪你知道；愁种心苗，情思我猜着。畅懊恼①，响铛铛云板敲②，行者又嚎，沙弥又哨③，恁须不夺人之好④。

（洁与众僧发科）（动法器了）（洁摇铃跪宣疏了⑤，烧纸科）（洁云）天明了也，请夫人小姐回宅。（末云）再做一会也好，那里发付小生也呵！

【鸳鸯煞】有心争似无心好，多情却被无情恼⑥。劳攘了一宵⑦，月儿沉，钟儿响，鸡儿叫。唱道是玉人归去得疾⑧，好事收拾得早。道场毕诸人散了，酩子里各归家⑨，葫芦提闹到晓⑩。（并下）

【络丝娘煞尾】⑪则为你闭月羞花相貌⑫，少不得蒯草除根大小。

题目　老夫人闭春院　崔莺莺烧夜香
正名⑬　小红娘传好事　张君瑞闹道场

西厢记五剧第一本终

注释：

①畅：程度副词，甚、很、极之意。

②云板：佛教中铸成云状的法器，也作击以报时之用。

③沙弥：本指刚出家、初受戒的僧人，俗称小和尚。哨：与上文"嚎"互文，叫也。

④恁须不夺人之好：毛西河曰："法事了则速莺之去，故曰'夺人之好'，与白中'再做一会也好'相应。"恁，您。

⑤宣疏：僧道做法事时，演说佛法、宣读祝告文字叫宣疏。

⑥有心争似无心好，多情却被无情恼：争似，怎如；无情，指

僧众，僧众既闹嚷于前，使张生"畅懊恼"，佛事毕又促莺回宅，故云。

⑦劳攘：辛苦劳碌。李好古《张生煮海》："一地里受煎熬，遍寰宇空劳攘，兀的不慌杀了海内龙王。"

⑧唱道是：真是，正是。用"唱道"二字是【鸳鸯煞】曲子的定格，第五句必以此二字开头。

⑨酩（míng）子里：也作"瞑子里"、"冥子里"，宋元俗语，有暗地里、昏暗糊涂、忽然、无端等意。

⑩葫芦提：宋元俗语，犹今言糊涂。郑廷玉《包待制智勘后庭花》："三下里葫芦提，把我来僝僽杀。"

⑪【络丝娘煞尾】：《西厢记》五本，前四本结束时，因情节未完，在套曲之外都用【络丝娘煞尾】二句，承上启下，第五本末剧情已完便不复用。

⑫闭月羞花：女子容貌之美能使花月羞愧。李白《西施》："秀色掩古今，荷花羞玉颜。"

⑬题目正名：元杂剧有二或四句对文，用来概括该本戏的内容，叫题目正名。一般取其末句作剧的全名，取末句中能代表戏之内容的几个字作剧的简名。题目与正名只是同一事物的不同叫法，所以有的只标"正名"，有的则标"题目正名"。题目正名的位置，有的放在剧的开头，有的放在剧的末尾，多则四句，少则二句。演出开场时用以向观众介绍剧情，如今之报幕。

点评：

本折又称"斋坛闹会"、"闹斋"。在张生的热盼中，二月十五终于到来。做法事、结良缘凑合一处，场面变温情、怅惘为热闹、诙谐，第一本"张君瑞闹道场杂剧"迎来了高潮。法事开始之前法本对张生叮嘱，侧面点衬了相国家仪礼之谨严，也令观众对莺莺的出场有了更多期待。

此折仍由张生主唱，【新水令】一曲如高屋建瓴，在观众眼前倾倒出此时此地之景貌：一轮圆月笼天罩地，高悬在巍峨的禅院上空，气象森严；碧琉璃瓦上瑞霭盘冒，为大片清冷着上慈悲安祥；再向下则是香烟如云团凝而不散，僧侣诵经，其声似海潮冲撞人的耳膜，在信众心中荡起涟漪——眼、耳、鼻、舌、身、意，均被包裹在这佛国的光辉里。忽地幡影飘飖，是幡动？是风动？是心动？难辨分明。诸檀越尽来到否？老夫人、莺莺、红娘三人尚且未到。斯三人未到，实亦只意中那一人未到耳。"昌黎有云：'伯乐一过冀北，而其野无马。'解之者曰：'非无马也，无良马也。'今云'诸檀越尽到'，无一人到也；非无一人到也，非此一人到也。妙笔。"（金圣叹评文）

"法鼓金铎，二月春雷响殿角；钟声佛号，半天风雨洒松梢"，似信口道出，却自俳自偶。用骈俪写景语，画出佛事开建、君瑞等莺不至时内心的焦躁，语言简明练达、形神俱佳，细咂来越觉馀韵不绝，"一片焰光扑人，好似烟花，烟花还有凋落，此却不凋落"（王世贞、李贽评文）。张生如热锅上的蚂蚁，不自觉魂灵又飞至莺莺身边，仿佛看到法本来到老夫人院门外相请、红娘代为通报、众人动身、莺莺将至……想到这次终于可以近距离大饱眼福，不免愈发兴奋、忐忑。长老请附斋的张生先行拈香，再次嘱咐

"恐夫人问呵，则说是老僧的亲"，这也让张生更加紧张，在焚香替先人祈福的同时暗中替自己祷告："则愿得红娘休劣，夫人休焦，犬儿休恶。佛啰，早成就了幽期密约。"红娘、夫人、犬儿，次序颠倒、人畜不分，令人啼笑皆非，不觉间亦随"傻角"心焦。

许是佛祖有灵，"为你志诚呵，神仙下降也"。万千期盼里，"可意种"如仙如幻飘飘然步入眼帘。"多愁多病身"对"倾国倾城貌"，自然工整。《李夫人歌》曰："北方有佳人，绝世而独立，一顾倾人城，再顾倾人国。宁不知倾城与倾国，佳人难再得。""我"之"多愁多病"，皆为"你"之"倾国倾城"；"你"既"倾国倾城"，"我"又何辞"多愁多病"！正所谓"衣带渐宽终不悔，为伊消得人憔悴"（柳永《蝶恋花》）。"至是而张生已三见莺莺矣。然而春院乃瞥见也，瞥见则未成乎其为见也。墙角乃遥见也，遥见则亦未成乎其为见也。夫两见而皆未成乎其为见，然则至是而张生为始见莺莺矣。是故作者于此，其用笔皆必致慎焉。其瞥见之文，则曰'尽人调戏'，'将花笑拈'、'兜率院'、'离恨天'、'这里遇神仙'，都作天女三昧'忽然一现'之辞。其遥见之文，则曰'遮遮掩掩，小脚难行，行近前来'，'我甫能见娉婷'，真是'百媚生'，都作前殿夫人'是耶、何迟'之辞。若至是则始亲见矣、快见矣、饱见矣、竟一日夜见矣，故其文曰'檀口点樱桃，粉鼻儿倚琼瑶。淡白梨花面，轻盈杨柳腰。妖娆，满面儿扑堆着俏，苗条，一团儿衙是娇'，方作清水观鱼数麟数鬣之辞。"（金圣叹评文）三番相见，总算得以将莺娘近睹细观，由口至鼻，从面到腰，如此"妖娆"、"苗条"，"一团儿霑是娇"，张生为之，纵死何辞！

而因佳人之美迷留没乱者又何止一张生，满寺僧众，俱为倾倒："老的小的，村的俏的"，"贪看莺莺"，"没颠没倒"。大师、班首、头陀、沙弥个个痴迷，更衬托出莺莺的极致姣丽。庄重严肃的斋坛建醮，因众僧贪看莺莺，胜似元宵。汉乐府《艳歌罗敷行》有诗句云："行者见罗敷，下担捋髭须。少年见罗敷，脱帽着帩头。耕者忘其犁，锄者忘其锄。来归相怨怒，但坐观罗敷。"本折之众僧看莺莺与乐府之众人观罗敷，有异曲同工之妙。在情人眼中是西施，固然美矣；然在人人眼中皆是西施，方是至美。曲家又忽从张生看莺莺换笔，转写张生看众人看莺莺，"你站在桥上看风景，看风景的人在楼上看你"（卞之琳《断章》），视角多重嵌套，意态横生。当局者迷，旁观者也未必清，精描豪染，总为莺莺。文字至此，真如龙跳虎卧也！

张生忙里忙外，分外殷勤，点灯烧香，不失其序，更显得与众不同，不仅引起了红娘的注意，更成功赢得了小姐的"好生顾盼"。"情引眉梢，心绪你知道；愁种心苗，情思我猜着"，一寺喧嚣里，你我眼中心上却只有你我，你我二人既已惺惺相惜，便欲此情此景只此你我相共，故而恼恨周围无关吵闹真真多馀。【得胜令】至【碧玉箫】数曲，提来放去，不显赘馀——因其是"一中多，多中一"；故能于"一中解无量，无量中解一"。

"天下没有不散的筵席"，亦没有不散的法事。"劳攘了一宵"，"道场毕诸人散了"，有情的二人不免叹恼。糊里糊涂各自归家，多情人到底是未曾尽兴，心意难平。第四折紧扣第一本"张君瑞闹道场"之题名，令生、莺之情借斋会之机萌根蘖芽、更上一层，场面上则是先热后冷，末尾馀韵不绝，愈觉隽永。【鸳鸯煞】之后，【络丝娘煞尾】乃是双结，《西厢记》每本的最后一折往往双"煞"挽住，以为前后两本之间情节的过渡。"则为你闭月羞花相貌，少不得蘮草除根大小"——隐约透出的不安情绪，已替第二本《崔莺莺夜听琴杂剧》的孙飞虎兵围普救寺埋下了先兆。金圣叹曰："结亦极壮浪。我曾细算此篇，最难是壮浪。"（《第六才子书西厢记》）圣叹真是读书种子！

我是個多愁多病身
怎當你傾國傾城貌

着小生迷留没乱，心痒难挠。哭声儿似莺转乔林，泪珠儿似露滴花梢。大师也难学，把一个发慈悲的脸儿来朦着。击磬的头陀懊恼，添香的行者心焦。烛影风摇，香霭云飘，贪看莺莺，烛灭香消。

西厢记五剧第二本

崔莺莺夜听琴杂剧

第一折

（净扮孙飞虎上开^①）自家姓孙，名彪，字飞虎。方今上德宗即位^②，天下扰攘。因主将丁文雅失政^③，俺分统五千人马，镇守河桥。近知先相公崔珏之女莺莺，眉黛青颦^④，莲脸生春，有倾国倾城之容，西子太真之颜^⑤，见在河中府普救寺借居。我心中想来，当今用武之际，主将尚然不正，我独廉何为？大小三军，听吾号令：人尽衔枚^⑥，马皆勒口^⑦，连夜进兵河中府，掳莺莺为妻，是我平生愿足。（法本慌上）谁想孙飞虎将半万贼兵^⑧，围住寺门，鸣锣击鼓，呐喊摇旗，欲掳莺莺小姐为妻。我今不敢违误，即索报知夫人走一遭。（下）（夫人慌上云）如此却怎了？俺同到小姐卧房里商量去。（下）（旦引红上云）自见了张生，神魂荡漾，情思不快，茶饭少进^⑨。早是离人伤感，况值暮春天道^⑩，好烦恼人也呵！好句有情怜夜月，落花无语怨东风。

注释：

①净：元杂剧中的净脚类似京剧的花脸，一般为性格刚猛的人物（可扮男，也扮女），也包括丑脚的反派人物。

②今上：当今天子。

③失政：政治混乱失当。

④眉黛：黛为古代妇女画眉用的青色颜料，常用来代指妇女眼眉。白居易《如梦令》："说着暂分飞，魇损一双眉黛。"青颦：眉青而常颦。

⑤西子：春秋时越国的美女西施。太真：即杨玉环，本为寿王妃，出家为女道士，号太真，后被唐玄宗册封为贵妃。

⑥衔枚：古代行军打猎及丧礼执绋时一种禁止喧哗的措施。衔，口含。枚，状如筷子的小棍。

⑦勒口：犹今言戴嚼子。

⑧将：率领。

⑨茶饭：饮食。

⑩天道：犹天气。关汉卿《感天动地窦娥冤》："这等三伏天道，你便有冲天的怨气，也召不得一片雪来。"

【仙吕】【八声甘州】恹恹瘦损①，早是伤神，那值残春②。罗衣宽褪③，能消几度黄昏④？风袅篆烟不卷帘⑤，雨打梨花深闭门⑥；无语凭阑干⑦，目断行云⑧。

【混江龙】落红成阵，风飘万点正愁人⑨；池塘梦晓，阑槛辞春⑩。蝶粉轻沾飞絮雪⑪，燕泥香惹落花尘。系春心情短柳丝长，隔花阴人远天涯近⑫。香消了六朝金粉⑬，清减了三楚精神⑭。

注释：

①恹恹（yān）：萎靡不振的样子。刘兼《春昼醉眠》："处处落花春寂寂，时时中酒病恹恹。"

②那：况，又，更加。沈佺期《答魑魅代书寄家人》："抱愁那

去国，将老更垂裳。”

③宽褪：宽松。

④能消几度黄昏：语本赵德麟《清平乐》：“断送一生憔悴，只消几个黄昏。”

⑤篆烟：焚香产生的烟上升时纡徐盘旋，形如篆字，故称篆香；也指制作成屈曲盘绕、状如篆字的香。无名氏《娇红传》：“日影萦阶睡正醒，篆烟如缕午风平。”

⑥雨打梨花深闭门：语本李重元《忆王孙·春词》：“杜宇声声不忍闻，欲黄昏，雨打梨花深闭门。”

⑦无语凭阑干：意本孙光宪《临江仙》：“含情无语、延伫倚栏干。”

⑧目断：极目远望。柳永《少年游》：“夕阳鸟外，秋风原上，目断四天垂。”行云：流动的云。《列子·汤问》：“薛谭学讴于秦青，未穷青之技，自谓尽之，遂辞归。秦青弗止，饯于郊衢，抚节悲歌，声振林木，响遏行云。薛谭乃谢求反，终身不敢言归。”

⑨落红成阵，风飘万点正愁人：上句本秦观《水龙吟》：“卖花声过尽，斜阳院落，红成阵、飞鸳鸯。”下句出自杜甫《曲江》：“一片花飞减却春，风飘万点正愁人。”

⑩池塘梦晓，阑槛辞春：感叹春光易逝，是说景色刚刚如谢灵运梦中所得诗句“池塘生春草”，春天却又匆匆归去。池塘梦，钟嵘《诗品》引《谢氏家录》：“康乐（谢灵运）每对惠连（灵运从弟谢惠连），辄得佳语。后在永嘉西堂，思诗竟日不就，寤寐间忽见惠连，即成‘池塘生春草’。”

⑪蝶粉轻沾飞絮雪：飘飞的柳絮粘在蝴蝶身上，好像一层雪。

蝶粉，蝴蝶身上的鳞粉。

⑫系春心情短柳丝长，隔花阴人远天涯近：柳丝虽短，可是连接相互爱慕的情思还不如柳丝长；天涯虽远，但与只隔着一簇花丛的心上人比，好像人比天涯更远。上句本杨果《越调·小桃红》："美人笑道：'莲花相似，情短藕丝长。'"下句本欧阳修："夜长春梦短，人远天涯近。"

⑬香消了六朝金粉：是说无心梳妆，身上的脂粉气消失。金粉，铅粉，妇女妆饰用的脂粉。六朝风气奢华，故称六朝金粉。

⑭清减了三楚精神：意即精神衰减。三楚，战国楚地，古有东西南三楚之分。阮籍《咏怀》言"三楚多秀士"，故借三楚写人之精神。

（红云）姐姐情思不快，我将被儿薰得香香的，睡些儿。（旦唱）

【油葫芦】翠被生寒压绣裀，休将兰麝薰；便将兰麝薰尽，则索自温存。昨宵个锦囊佳制明勾引①，今日个玉堂人物难亲近②。这些时坐又不安，睡又不稳，我欲待登临又不快③，闲行又闷，每日价情思睡昏昏。

【天下乐】红娘呵，我则索搭伏定鲛绡枕头儿上盹④，但出闺门，影儿般不离身。

（红云）不干红娘事，老夫人着我跟着姐姐来。（旦云）俺娘也好没意思。

这些时直恁般堤防着人⑤！小梅香伏侍的勤，老夫人拘系的紧，则怕俺女孩儿折了气分⑥。

注释：

①锦囊佳制：犹言美好的诗句。李商隐《李长吉小传》云：李贺"能苦吟疾书……恒从小奚奴，骑蹇驴，背一古破锦囊，遇有所得，即书投囊中。及暮归，太夫人使婢探囊出之，见所书多，辄曰：'是儿要当呕出心乃已尔。'上灯与食，长吉从婢取书，研墨叠纸足成之，投他囊中。"

②玉堂人物：玉堂本为汉代位于未央宫内的玉堂殿，汉时待诏于玉堂殿，后遂称学士为玉堂人物，此指张生。

③登临：登山临水。辛弃疾《水龙吟》："把吴钩看了，阑干拍遍，无人会，登临意。"此泛指游玩。

④搭伏定：伏在……之上。杨果《仙吕赏花时》："唱道则听得玉漏声频，搭伏定鲛绡（jiāo xiāo）枕头儿盹。"鲛绡，传说南海水中鲛人所织成的细纱，此指鲛绡做的枕头。《太平御览》引《博物志》："鲛人，水底居也，俗传从水中出，曾寄寓人家，积日卖绡。绡者，竹孚俞也。"

⑤直恁般：竟这样。堤防：防备，防范。

⑥折了气分：丢了光彩，失了体面。气分，光彩，体面，气概。

（红云）姐姐往常不曾如此无情无绪，自曾见了那生，便却心事不宁，却是如何？（旦唱）

【那吒令】往常但见个外人，氲的早嗔①；但见个客人，厌的倒褪②；从见了那人，兜的便亲③。想着他昨夜诗，依前韵，酬和得清新。

【鹊踏枝】吟得句儿匀，念得字儿真，咏月新诗，煞强似织锦回文④。谁肯把针儿将线引⑤，向东邻通个殷勤⑥。

【寄生草】想着文章士，旖旎人。他脸儿清秀身儿俊，性儿温克情儿顺⑦，不由人口儿里作念心儿里印。学得来一天星斗焕文章⑧，不枉了十年窗下无人问⑨。

注释：

①氲的：脸红，变颜色，亦作"晕的"、"缊地"。关汉卿《闺怨佳人拜月亭》："每常我听得绰的说个女婿，我早豁地离了坐位，悄地低了咽颈，缊地红了面皮。"

②厌的：突然，猛地。马致远《马丹阳三度任风子》："我骗土墙腾的跳过来，转茅檐厌的行过去。"倒褪：后退，倒退。

③兜（dǒu）的：陡然，顿时，立刻。纪君祥《赵氏孤儿大报仇》："可怎生到门前兜的又回身？"

④煞强似：更胜过，比……强得多。织锦回文：又名璇玑图，意思是像珠玉一样美好的诗句。回文，一种纵横反复都可通读的文体，诗词曲都有，此指回文诗。武曌（武则天）《苏氏织锦回文记》云：前秦符坚时，秦州刺史扶风窦滔妻苏氏名蕙，字若兰，窦滔镇守襄阳，苏蕙不与偕行，遂绝音问，"苏氏悔恨自伤，因织锦为回文，五彩相宣，莹心辉目，纵广八寸，题诗二百馀首，计八百馀言，纵横反覆，皆为文章。其文点画无缺，才情之妙，超今迈古，名曰璇玑图"。

⑤把针儿将线引：陈眉公曰："出《淮南子》。线因针而入，如女因媒而成也。"

⑥东邻：宋玉《登徒子好色赋》："天下之佳人，莫若楚国；楚国之丽者，莫若臣里；臣里之美者，莫若臣东家之子。东家之子，增之一分则太长，减之一分则太短，着粉则太白，施

朱则太赤。眉如翠羽，肌若白雪，腰如束素，齿若含贝。嫣然一笑，惑阳城，迷下蔡。然此女登墙窥臣三年，至今未许也。"本指多情美女，此指张生。张生搬至寺中，恰在莺莺东邻。

⑦温（yùn）克：本指喝了酒还能自我克制，保持温恭仪态，此言谈吐举止温和恭敬。《诗经·小雅·小宛》："人之齐圣，饮酒温克。"

⑧一天星斗焕文章：文章如漫天星斗一样灿烂夺目。焕，光彩夺目的样子。杜牧《华清宫》："雷霆驰号令，星斗焕文章。"

⑨不枉了十年窗下无人问：本指十年寒窗苦读，久不为世人所知。王伯良引徐渭云："'十年'句，莺莺自语，此只用现成语，'十年窗下'四字俱不着紧。言此人又俊又雅，又着人，又有文学，不由我不爱之也，非以功名显大期之也。"

（飞虎领兵上围寺科）（下）（卒子内高叫云）寺里人听者：限你每三日内，将莺莺献出来，与俺将军成亲，万事干休。三日之后不送出，伽蓝尽皆焚烧①，僧俗寸斩，不留一个。（夫人、洁同上，敲门了，红看了云）姐姐，夫人和长老都在房门前。（旦见了科）（夫人云）孩儿，你知道么？如今孙飞虎将半万贼兵，围住寺门，道你眉黛青颦，莲脸生春，似倾国倾城的太真，要掳你做压寨夫人②。孩儿，怎生是了也？（旦唱）

【六幺序】听说罢魂离了壳，见放着祸灭身，将袖梢儿揾不住啼痕。好教我去住无因，进退无门，可着俺那埚儿里人急偎亲③？孤孀子母无投奔，赤紧的先亡过了有福之人。耳边厢金鼓连天振④，征云冉冉，土雨纷纷。

【幺篇】那厮每风闻，胡云，道我眉黛青颦，莲脸生春，恰便似倾国倾城的太真。兀的不送了他三百僧人！半万贼军，半霎儿敢剿草除根。这厮每于家为国无忠信，恣情的掳掠人民，更将那天宫般盖造焚烧尽，则没那诸葛孔明，便待要博望烧屯⑤。

（夫人云）老身年六十岁，不为寿夭；奈孩儿年少，未得从夫⑥，却如之奈何？（旦云）孩儿有一计：想来只是将我与贼汉为妻，庶可免一家儿性命。（夫人哭云）俺家无犯法之男，再婚之女，怎舍得你献与贼汉，却不辱没了俺家谱⑦？（洁云）俺同到法堂两廊下，问僧俗有高见者，俺一同商议个长便⑧。（同到法堂科）（夫人云）小姐，却是怎生？（旦云）不如将我与贼人，其便有五：

【后庭花】第一来免摧残老太君；第二来免堂殿作灰烬；第三来诸僧无事得安存；第四来先君灵柩稳；第五来欢郎虽是未成人，

（欢云）俺呵，打甚么不紧⑨。（旦唱）

须是崔家后代孙。莺莺为惜己身，不行从着乱军：着僧众污血痕，将伽蓝火内焚，先灵为细尘，断绝了爱弟亲，割开了慈母恩。

【柳叶儿】呀，将俺一家儿不留一个龆龀⑩，待从军又怕辱没了家门。我不如白练套头儿寻个自尽，将我尸椁，献与贼人，也须得个远害全身。

【青歌儿】母亲，都做了莺莺生忿⑪，对傍人一言难尽。母亲，休爱惜莺莺这一身。

恁孩儿别有一计：

不拣何人，建立功勋，杀退贼军，扫荡妖氛，倒陪家门⑫，情愿与英雄结婚姻，成秦晋⑬。

注释：

①伽（qié）蓝：梵文僧伽蓝的省称，原指修建僧舍的基地，转而为寺院之总称。

②压寨夫人：语出《新五代史·唐家人传》："庄宗攻梁军于夹城，得符道昭妻侯氏，宠专诸宫，宫中谓之'夹寨夫人'。"戏曲小说中常用指占山为王的寇盗之妻。康进之《梁山泊李逵负荆》："把你这女孩儿与俺宋公明哥哥做压寨夫人！"

③那埚儿里：犹今言这所在、那所在。人急偎亲：人急迫而相偎傍也。

④金鼓：即钟鼓，古代用来节制军队的进退，击鼓则进，鸣金则退。

⑤博望烧屯：本为刘备事，戏曲小说中衍为诸葛亮火攻夏侯惇，被称为诸葛亮初出茅庐第一功。

⑥从夫：《礼记·丧服·子夏传》："妇人有三从之义，无专用之道，故未嫁从父，既嫁从夫，夫死从子。"后以"从夫"代指出嫁。

⑦辱没了俺家谱：犹言玷辱了家族的清白历史。辱没，玷辱。家谱，记载家族世系和人物事迹的谱籍。

⑧长便：长策，好办法。《水浒传》第三十三回："我却不妨，只恐刘高那厮不肯和你干休。我们也要计较个长便。"

⑨打甚么不紧：当时口语，不要紧，没什么要紧。"不"为语助

词，无实义。关汉卿《感天动地窦娥冤》："这个就依你，打甚么不紧。"

⑩龆龀（tiáo chèn）：即垂髫换齿的幼年之时。庾信《周上柱国齐王宪神道碑》："未逾龆龀，已议论天下事。"剧中代指儿童。

⑪生忿：不孝之意。闵遇五曰："元词多用'生忿'，或用'生分'，皆是戾气之意。"贾仲明《荆楚臣重对玉梳记》："常言道母慈悲儿孝顺，则为你娘狠毒儿生分。"是则生分为孝顺的反义。

⑫倒陪家门：不仅不要彩礼，反而倒陪送家私财产。家门，家私财产。

⑬成秦晋：结为夫妇。春秋时秦晋两国世通婚姻，后称联姻为成秦晋之好。

（夫人云）此计较可。虽然不是门当户对，也强如陷于贼中。长老，在法堂上高叫：两廊僧俗，但有退兵之策的，倒陪房奁，断送莺莺与他为妻①。（洁叫了，住②）（末鼓掌上云）我有退兵之策，何不问我？（见夫人了）（洁云）这秀才便是前日带追荐的秀才。（夫人云）计将安在？（末云）重赏之下，必有勇夫③；赏罚若明，其计必成。（旦背云）只愿这生退了贼者。（夫人云）恰才与长老说下，但有退得贼兵的，将小姐与他为妻。（末云）既是恁的，休谎了我浑家④，请入卧房里去，俺自有退兵之策。（夫人云）小姐和红娘回去者。（旦对红云）难得此生这一片好心。

【嫌煞】诸僧众各逃生，众家眷谁偢问，这生不相识横枝儿着紧⑤。非是书生多议论，也堤防着玉石俱焚⑥。虽然是不关亲，可怜见命在逡巡⑦，济不济权将秀才来尽。果若有出师表文⑧，吓蛮书信⑨，张生呵，则愿得笔尖儿横扫了五千人。（并下）

注释：

①断送：打发，送出。《张协状元》："我去讨米和酒并豆腐，断送你去。"

②住：停一会儿。犹话剧之"哑场"。

③重赏之下，必有勇夫：见《黄石公记》："芳饵之下，必有悬鱼；重赏之下，必有死夫。"

④浑家：妻子。尤袤《淮民谣》："无钱买刀剑，典尽浑家衣。"

⑤横枝儿着紧：非亲非故的局外人能急人之难，分人之忧。横枝儿，非正枝，此喻不相干的人。

⑥玉石俱焚：玉和石头都被烧毁，比喻好的坏的、相干的不相干的同归于尽。《尚书·胤征》："火炎昆冈，玉石俱焚。"

⑦命在逡（qūn）巡：犹命在旦夕。逡巡，顷刻，不一会儿。

⑧出师表文：三国时蜀相诸葛亮北伐曹魏前上书后主刘禅，即《出师表》。

⑨吓蛮书信：范传正《唐左拾遗翰林学士李公新墓碑铭》："天宝初，召见（李白）于金銮殿，玄宗明皇帝降辇步迎，如见园绮。论当世务，草答蕃书，辩如悬河，笔不停辍。"答蕃书今不传，后世传为"吓蛮书"。

点评：

　　本折又称"寺警"，由旦扮莺莺主唱。二月十五的斋醮，让张生对莺莺的钟情更厚一层，也令莺莺对张生的属意有所加深。但小姐毕竟已有婚约，书生虽占地利、人和，欲成好事，仍须天时。于是狂风飚起，啴谐之音，顿改噍杀：孙飞虎风闻崔相国之女"眉黛青颦，莲脸生春，有倾国倾城之容，西子太真之颜"，连夜兴兵，来势汹汹，兵围普救，必要掳莺莺为妻。祸从天降，一寺惶惶，却为张生提供了突破胶着的契机。

虎狼屯于阶陛，莺莺犹然不知。春已暮，韶华将逝的惆怅与知己难觅的伤感，让她思想到道场之夜、酬韵之夕那生的才貌品格，"神魂荡漾，情思不快，茶饭少进"。【八声甘州】、【混江龙】两曲，连续化用前人佳句，集千狐之白，萃而成裘。"恹恹瘦损，早是伤神，那值残春"，用唐人刘兼《春昼醉眠诗》"处处落花春寂寂，时时中酒病恹恹"诗意，渲染闺中女儿伤春愁怀，偘尔逼人。"罗衣宽褪"回和宾白中"茶饭少进"之语，又暗点出所思之人，"美人愁闷，不管罗衣褪"（秦观《品令》）全是"为伊消得人憔悴"（柳永《雨霖铃》）。春色将残，又哪堪风雨交至，"更能消几度风雨，匆匆春又归去"（辛弃疾《摸鱼儿》）！"渐黄昏，雨打梨花深闭门"（李重元《忆王孙》），阖轩闭户，不闻不问，乃因不忍闻也。想来青春一似春光，"只消几度黄昏"，便将"断送一生憔悴"（赵德麟《清平乐》）。"含情无语，延伫倚栏杆"（孙光宪《临江仙》），纵"凭高目断"（晏殊《诉衷情》），无限思量，将诉何人。读此曲时，眼前仿佛亲见那素服娇娃踟蹰于落红满地的深院，似水流年，如花容颜，却只能在幽闺自伤、自怜，让人亦随之情怀郁郁。

　　李清照《声声慢》词下阕曰："满地黄花堆积,憔悴损,如今有谁堪摘。守着窗儿,独自怎生得黑。梧桐更兼细雨,到黄昏、点点滴滴。这次第,怎一个愁字了得。"细较此【混江龙】之伤春与《声声慢》之悲秋,虽时序不同,但言似浅而思实深,回环曲折,婉转沉痛,何其太似!想来"逐句千狐之白,而又无补接痕"(金圣叹评文),皆以其愁绪流淌顺畅无碍,故能动人心、达远深。此际莺莺之愁,是伤春,是怀人,是时序、心绪两相凑泊酿成的化不开的粘稠情思。"一片花飞减却春,风飘万点正愁人"(杜甫《曲江》),美好年华的加速逝去,让莺莺触于目而惊于心。一梦醒来,"池塘生春草,园柳变鸣禽"(谢灵运《登池上楼》),美好的青春或已不在。蝶翼上仍有些微絮雪,燕泥中尚有几缕花氛,何不趁此残华将终身托付那人?然纵有深情,叵耐阻隔重重,焉得称心!"系春心情短柳丝长,隔花阴人远天涯尽",用反语相譬,抒发莺莺念君瑞而不得相近的怨恨,喻夸张于含蓄,遂成千古绝句。末二句写双文伤思而不得见生,无心梳妆,镇日烦闷。"香消金粉"、"清减精神"本是常语,一着"六朝"、"三楚"而风韵高标、雅意备增,令其恸、其哀有千万年之沉重。无怪何良俊赞曰:"如此数语,虽李供奉(李白)复生,亦岂能有以加之哉!"

　　红娘见小姐情思不快,安排莺莺休憩。【油葫芦】【天下乐】转虚为实,将莺莺想念张生细细描出。"昨宵个锦囊佳制明勾引,今日个玉堂人物难亲近",思而不见,偏又不能释怀，故而在室内"坐又不安，睡又不稳"，出户外"登临又不快，闲行又闷"，日夜不安，"每日价情思睡昏昏"。"红娘请之睡，则不可睡；及至无可奈何，则仍睡"（金圣叹评文），想要睡，又念及张生，遂恨红娘行监坐守、母亲拘束得紧。第一本里亦曾两次写张生整宿相思，此处又在莺莺"睡"上生出袅娜、跌宕，书房、闺阁相映成趣，作者真有生花妙笔！

红娘辩白，言道："姐姐往常不曾如此无情无绪，自曾见了那生，便却心事不宁，却是如何？"莺莺见问，亦自思之：那生到底好在何处呢？"兜的便亲"，是天生一种亲近；诗歌清新，是才华动人；他是"文章士"、是"旖旎人"，面清身俊，性温情顺——张生无所不好，才会惹得莺莺不由自主，"口儿里作念心儿里印"。"十年"句用当时成语为此曲、此节收束，王骥德引徐渭的话评之曰："莺莺自语……言此人又俊又雅，又着人，又有文学，不由我不爱之也，非以功名显达期之也。"【寄生草】总括了莺莺对君瑞之情的深刻、诚挚，披露出崔、张之恋已由一往情深递进至两情相悦，为日后二人经历千回百折而始终不渝打下了牢固的础石。也正在此时，孙飞虎与贼众涌上舞台，夫人、长老慌张到来，艳阳天惊雷现，一室旖旎陡变作虎穴龙潭。

莺莺乍闻贼讯，大惊失色。乱军叫嚣："三日内，将莺莺献出来，与俺将军成亲，万事干休。三日之后不送出，伽蓝尽皆焚烧，僧俗寸斩，不留一个。"父亲亡故，客居他乡，孤孀子母，无依无靠，寺中三百僧人，将受其累。莺莺情急之下，欲牺牲自己一人，保全众人。老夫人以辱没家谱为名不之许，法本遂提议到法堂廊下与僧俗共商应对之策。法堂之上，无人建言。莺莺见状再次重申要将自己献给贼人，并阐明其便有五："第一来免摧残老太君；第二来免堂殿作灰烬；第三来诸僧无事得安存；第四来先君灵柩稳；第五来欢郎虽是未成人，须是崔家后代孙。"从居所到法堂，莺莺已将以身饲虎的利弊厘清。想到母亲辱没家门的话，她甚至又想要自尽："将我尸榇，献与贼人，也须得个远害全身。"剧中借众人之口，反复强调莺莺"眉黛青颦，莲脸生春，似倾国倾城的太真"，但在王实甫笔下，莺莺之美不仅在容貌，更在心灵。面对无妄之灾，她仁、孝、智、勇，与杨妃之媚靡祸国有绝大不同。捐身是下策，献尸更是下下之策，见母亲心碎难舍，莺莺急中生智，又出一策："不拣何人，建立功勋，杀退贼军，扫荡妖氛，倒陪家门，愿与英雄结婚姻，成秦晋。"老夫人三害相权取其轻，认为"此计较可"。

长老法堂高叫后无人应答，张生始出，在手法上与孙飞虎兵临寺外，小姐犹自伤春怀人，是同一径路：必要逗起观众忧思，而后解之，方称大快人意。张生鼓掌而上，气宇从容，自荐有良策退兵，但须赏罚分明。夫人当众许诺："但有退得贼兵的，将小姐与他为妻。"见时机已然成熟，君瑞轻轻一句"既是恁的，休谎了我浑家，请入卧房里去，俺自有退兵之策"，以四两之力拨开千斤之险，场下观众不觉心弦一松又会心一笑。

莺莺见张生献策，既欣喜又感激："难得此生这一片好心"，"果若有出师表文，吓蛮书信，张生呵，则愿得笔尖横扫了五千人"。谚曰："患难见真情"，张生对莺莺早已有情，但莺莺对张生的爱重、信任必经此共患难方能见之。然而，倒悬未解，危卵未安，书生之谋，果能济否？

楔　子①

（夫人云）此事如何？（末云）小生有一计，先用着长老。（洁云）老僧不会厮杀，请秀才别换一个。（末云）休慌，不要你厮杀。你出去与贼汉说："夫人本待便将小姐出来，送与将军，奈有父丧在身。不争鸣锣击鼓②，惊死小姐，也可惜了。将军若要做女婿呵，可按甲束兵，退一射之地。限三日功德圆满③，脱了孝服，换上颜色衣服，倒陪房奁，定将小姐送与将军。不争便送来，一来父服在身，二来于军不利。"你去说来。（洁云）三日如何？（末云）有计在后。（洁朝鬼门道叫科④）请将军打话⑤。（飞虎卒上云）快送出莺莺来！（洁云）将军息怒。夫人使老僧来与将军说。（说如前了）（飞虎云）既然如此，限你三日后若不送来，我着你人人皆死，个个不存。你对夫人说去：怎的这般好性儿的女婿，教他招了者！（洁云）贼兵退了也，三日后不送出去，便都是死的。（末云）小子有一故人，姓杜，名确，号为白马将军。见统十万大兵，镇守着蒲关。一封书去，此人必来救我。此间离蒲关四十五里，写了书呵，怎得人送去？（洁云）若是白马将军肯来，何虑孙飞虎！俺这里有一个徒弟，唤作惠明，则是要吃酒厮打。若使央他去，定不肯去；须将言语激着他，他便去。（末唤云）有书寄与杜将军，谁敢去？谁敢去？

（惠明上，云）我敢去！

【正宫】【端正好】不念《法华经》⑥，不礼《梁皇忏》⑦，彪了僧伽帽⑧，袒下我这偏衫⑨。杀人心逗起英雄胆，两只手将乌龙尾钢椽撺⑩。

注释：

①楔子：第二本之楔子，应为一折。"楔子"只起序幕和过场作用，戏剧冲突不宜放在楔子里进行，且不唱套曲。

②不争：用于句首，与"若是"义同。王晔《桃花女破法嫁周公》："不争儿板僵身死，天那，着谁人送我无常！"

③功德：佛教以做善事，如念佛、诵经、布施等为功，得福报为德。此处功德圆满指做佛事结束。

④鬼门道：戏台上左右两边的上场门和下场门。因为所演多为古人古事，故称鬼门道或古门道。

⑤打话：对话。

⑥《法华经》：佛经名，为《妙法莲华经》的简称。

⑦《梁皇忏》：佛经名，为《慈悲道场忏法》的别称。不念《法华经》、不礼《梁皇忏》，泛指不念经。

⑧飑（diū）：抛掷，甩。

⑨偏衫：为开脊接领，斜披于左肩上的僧人法衣。

⑩乌龙尾钢橡揝（zuàn）：铁裹头棍，乌龙尾比喻棍之威力。揝，抓，握。

【滚绣球】非是我贪，不是我敢，知他怎生唤做打参①，大踏步直杀出虎窟龙潭。非是我揽②，不是我揽，这些时吃菜馒头委实口淡，五千人也不索炙煿煎燂③。腔子里热血权消渴，肺腑内生心且解馋，有甚腌臜④！

【叨叨令】浮沙羹宽片粉添些杂糁⑤，酸黄齑烂豆腐休调啖⑥。万馀斤黑面从教暗⑦，我将这五千人做一顿馒头馅。是必休误了也么哥⑧，休误了也么哥！包残馀肉把青盐蘸⑨。

（洁云）张秀才着你寄书去蒲关，你敢去么？（惠唱）

【倘秀才】你那里问小僧敢去也那不敢，我这里启大师用咱也不用咱。你道是飞虎将声名播斗南⑩；那厮能淫欲，会贪婪，诚何以堪！

（末云）你是出家人，却怎不看经礼忏，则厮打为何？（惠唱）

【滚绣球】我经文也不会谈，逃禅也懒去参⑪；戒刀头近新来钢蘸，铁棒上无半星儿土渍尘缄。别的都僧不僧、俗不俗、女不女、男不男，则会斋的饱也则向那僧房中胡浠⑫，那里怕焚烧了兜率伽蓝。则为那善文能武人千里，凭着这济困扶危书一缄，有勇无惭⑬。

注释：

①打：打坐。参：众僧参见住持、坐禅说法、念诵。

②挼：抢，争。

③炙燀（bó）煎爁（làn）：都是烹调方法。炙，烤；燀，爆；煎，炒；爁，炖。

④腌臜（ā za）：不洁。赵叔向《肯綮录》："不洁曰阿臜。"

⑤浮沙羹宽片粉添些杂糁：都指佛教徒的素食品。

⑥酸黄齑（jī）：酸菜。休调唉：不要调与我吃。唉，吃。此谓不要做素斋与我，我将去吃人肉馒头。

⑦万馀斤黑面从教暗：只管用万馀斤黑面去做馒头，面黑就让它黑去。从教，任从，听凭。苏轼《水龙吟》："似花还似非花，也无人惜从教坠。"暗，指面之黑。

⑧也么哥：表惊叹的语助词，无实义。用"也么哥"为【叨叨令】的定格。关汉卿《感天动地窦娥冤》："枉将人气杀也么

哥，枉气杀也么哥！"

⑨包残馀肉把青盐蘸：把做包子剩下的人肉，蘸着盐吃。

⑩声名播斗南：犹名扬天下。斗南，北斗星以南，指普天下。

《新唐书·狄仁杰传》："狄公之贤，北斗以南，一人而已。"

⑪逃禅也懒去参：懒得去学佛参禅。

⑫斋：此用作动词，吃斋。胡涎（yǎn）：犹今言装傻，或不干
正经事。

⑬有勇无惭：勇敢而无所羞愧。

（末云）他倘不放你过去，如何？（惠云）他不放我呵，你放心。

【白鹤子】着几个小沙弥把幢幡宝盖擎①，壮行者将捍棒镬叉
担②。你排阵脚将众僧安，我撞钉子把贼兵来探。

【二】远的破开步将铁棒彯，近的顺着手把戒刀钐③；有小
的提起来将脚尖踮④，有大的扳下来把髑髅勘⑤。

【一】瞅一瞅古都都翻了海波，混一混厮琅琅振动山岩⑥；
脚踏得赤力力地轴摇，手扳得忽剌剌天关撼⑦。

【耍孩儿】我从来驳驳劣劣⑧，世不曾忑忑忐忐，打熬成不
厌天生敢⑨。我从来斩钉截铁常居一，不似恁惹草拈花没
掂三⑩。劣性子人皆惨⑪，舍着命提刀仗剑，更怕甚勒马
停骖⑫。

【二】我从来欺硬怕软，吃苦不甘⑬，你休只因亲事胡扑
俺⑭。若是杜将军不把干戈退，张解元干将风月担，我将
不志诚的言词赚⑮。倘或纰缪⑯，倒大羞惭⑰。

（惠云）将书来，你等回音者。

【收尾】恁与我助威风擂几声鼓，仗佛力呐一声喊。绣旗

下遥见英雄俺，我教那半万贼兵唬破胆。（下）

注释：

①幢（chuáng）幡：幢为佛像前立的竿，顶上有宝珠，饰以丝
帛，表示佛统率众生制服众魔之意。幢幡连称，其意为幡。
宝盖：悬于佛菩萨及讲师读师高座上圆筒形丝帛制成的伞
盖，饰有宝玉。

②捍棒：棍棒。镬（huò）叉：金属器杖。

③钐（shàn）：砍，劈。

④踮（zhuàng）：踢。

⑤髑髅（dú lóu）：指头。勘：即砍，元人常用之。

⑥瞅一瞅古都都翻了海波，滉一滉厮琅琅（láng）振动山岩：
毛西河曰："瞅，怒目也；滉，犹荡，即摇也。"古都都，水
波翻动声。厮琅琅，山岩振动声。

⑦天关：天门，为日月星辰所行之道。李白《太白山》："太白
与我语，为我开天关。"

⑧驳驳劣劣：莽撞，粗鲁。

⑨打熬：锻炼，磨炼。不厌：不满足，不安分。天生敢：天生
勇敢。

⑩没掂三：不着紧要。本句与上句为对文，没掂三即斩钉截铁
的反义。

⑪惨：憯，愁怕。欧阳修《新营小斋凿地炉辄成五言卅七
韵》："衰颜惨时晚，病骨知寒疾。"

⑫勒马停骖（cān）：勒，拉缰止马。骖，周代四马驾车，中间
驾辕的马叫服，两边的叫骖。此处马与骖互文，泛指马。

⑭扑俺：亦作"扑掩"、"扑暗"。原为某种掷钱以射正反面之
数来博胜负的博戏，本文引申为猜测之义。

⑮"若是杜将军不把干戈退"三句：如果书至而杜将军不来杀
退贼兵，那张生就白盼望与莺莺成婚了，我也等于用不诚实
的话来骗人了。风月，风花雪月，喻指男女情爱之事。吴昌
龄《张天师断风花雪月》："元来你全无那风流情思，也枉耽
着一个风月的这名儿。"赚（zuàn），骗人。

⑯纰缪（pī miù）：差错，此作动词。

⑰倒大：绝大。杨讷《刘行首》："你怕不杨柳腰，容貌好，久
以后那里每着落，你跟着我脱凡尘倒大清高。"

（末云）老夫人、长老都放心，此书到日，必有佳音。咱眼
观旌节旗，耳听好消息①。你看一封书札逡巡至，半万雄兵
咫尺来。（并下）（杜将军引卒子上开）林下晒衣嫌日淡，池
中濯足恨鱼腥②。花根本艳公卿子，虎体原班将相孙③。自
家姓杜，名确，字君实，本贯西洛人也。自幼与君瑞同学儒
业，后弃文就武，当年武举及第，官拜征西大将军，正授管
军元帅，统领十万之众，镇守着蒲关。有人自河中来，听知
君瑞兄弟在普救寺中，不来望我；着人去请，亦不肯来，不
知主甚意。今闻丁文雅失政，不守国法，剥掠黎民；我为不
知虚实，未敢造次兴师。孙子曰④："凡用兵之法，将受命于
君⑤，合军聚众⑥，圮地无舍⑦，衢地交合⑧，绝地无留⑨；围地
则谋⑩，死地则战⑪；途有所不由⑫，军有所不击⑬，城有所不
攻⑭，地有所不争⑮，君命有所不受。故将通于九变之利者⑯，知

用兵矣。治兵不知九变之术^⑰，虽知五利^⑱，不能得人用矣^⑲。"吾之未疾进兵征讨者，为不知地利浅深出没之故也。昨日探听去，不见回报。今日升帐，看有甚军情，来报我知道者。（卒子引惠明和尚上开）（惠明云）我离了普救寺，一日至蒲关，见杜将军走一遭。（卒报科）（将军云）着他过来！（惠打问讯了云）贫僧是普救寺僧。今有孙飞虎作乱，将半万贼兵，围住寺门，欲劫故臣崔相国女为妻。有游客张君瑞奉书，令小僧拜投于麾下^⑳，欲求将军以解倒悬之危^㉑。（将军云）将过书来。（惠投书了）（将军拆书念曰）"珙顿首再拜大元帅将军契兄纛下^㉒：伏自洛中^㉓，拜违犀表^㉔，寒暄屡隔，积有岁月，仰德之私^㉕，铭刻如也。忆昔联床风雨^㉖，叹今彼去天涯；客况复生于肺腑，离愁无慰于羁怀^㉗。念贫处十年藜藿^㉘，走困他乡；羡威统百万貔貅^㉙，坐安边境。故知虎体食天禄，瞻天表^㉚，大德胜常；使贱子慕台颜^㉛，仰台翰^㉜，寸心为慰。辄禀：小弟辞家，欲诣帐下，以叙数载间阔之情；奈至河中府普救寺，忽值采薪之忧^㉝。不期有贼将孙飞虎，领兵半万，欲劫故臣崔相国之女，实为迫切狼狈。小弟之命，亦在逡巡。万一朝廷知道，其罪何归？将军倘不弃旧交之情，兴一旅之师，上以报天子之恩，下以救苍生之急；使故相国虽在九泉，亦不泯将军之德。愿将军虎视去书，使小弟鹄观来旌^㉞。造次干渎^㉟，不胜惭愧。伏乞台照不宣^㊱。张珙再拜。二月十六日书。"（将军云）既然如此，和尚你行，我便来。（惠明云）将军是必疾来者。（将军云）虽无圣旨发兵，将在军，君命有所不受。大小三军，听吾将令：速点五千人马，人尽衔枚，马皆勒口，星夜起发，直至河府中普救寺，救张生走一遭。（飞虎引卒子上开）（将军引卒子骑竹马调阵拿绑下^㊲）（夫人、洁同末上云）下书已两日，不见回音。（末云）山门外呐喊摇旗，莫不是俺哥哥军至了？（末见将军了）（引夫人拜了）（将军云）杜确有失防御，致令老夫人受惊，切勿见罪是幸。（末拜将军了）自别兄长台颜，一向有失听教。今得一见，如拨云睹日。（夫人云）老身子母，如将军所赐之命，将何补报？（将军云）不敢，此乃职分之所当为。敢问贤弟：因甚不至戎帐？（末云）小弟欲来，奈小疾偶作，不能动止³⁹，所以失敬。今见夫人受困，所言退得贼兵者，以小姐妻之，因此愚弟作书请吾兄。（将军云）既然有此姻缘，可贺，可贺！（夫人云）安排茶饭者。（将军云）不索。倘有馀党未尽，小官去捕了，却来望贤弟。左右那里，去斩孙飞虎去！（拿贼了）本欲斩首示众，具表奏闻，见丁文雅失守之罪。恐有未叛者，今将为首者各杖一百，馀者尽归旧营去者！（孙飞虎谢了下）（将军云）张生建退贼之策，夫人面许结亲，若不违前言，淑女可配君子也⁴⁰。（夫人云）恐小女有辱君子。（末云）请将军筵席者！（将军云）我不吃筵席了，我回营去，异日却来庆贺。（末云）不敢久留兄长，有劳台候。（将军望蒲关起发）（众念云）马离普救敲金镫，人望蒲关唱凯歌。（下）（夫人云）先生大恩，不敢忘也。自今先生休在寺里下，则着仆人寺内养马，足下来家内书院里安歇⁴⁰。我已收拾了，便搬来者。到明日略备草酌，着红娘来请你，是必来一会，别有商议。（末云）这事都在长老身上。（问洁云）小子亲事，未知何如？（洁云）莺莺亲事，拟定妻君⁴⁰。只因兵火至，引起雨云心。（下）（末云）小子收拾行李，去花园里去也。（下）

注释：

① 眼观旌节旗，耳听好消息：宋元以来戏曲小说习语，指等

待胜利捷报，也指等待某事之成功。旌节旗，亦作"旌捷旗"，泛指出使出征所持之符节旗帜。

②濯（zhuó）足：洗足。《楚辞·渔父》："沧浪之水清兮，可以濯吾缨；沧浪之水浊兮，可以濯吾足。"

③花根本艳公卿子，虎体原班将相孙：意谓杜确出身高贵，如花之艳丽来自其根，虎体斑纹天生自有。班，通"斑"，虎纹。

④孙子：春秋末期吴国军事家孙武，有《孙子兵法》十三篇。下面的引文出自其中的《九变篇》。

⑤将受命于君：将帅从国君那里接受命令。

⑥合军聚众：集合军队。

⑦圮（pǐ）地无舍：低下易为水淹之地不能安营扎寨。

⑧衢（qú）地交合：四通八达之地要结交邻国以为救援。

⑨绝地无留：危绝之地，不可久留。

⑩围地则谋：容易被包围之地要设谋。

⑪死地则战：处于力战则生否则即亡之地则要积极备战。

⑫途有所不由：有的道路于军不利是不能走的。

⑬军有所不击：有些敌军如归军、穷寇是不能进攻的。

⑭城有所不攻：有的城邑拔之而不能守，委之而不为患，则不必攻打。

⑮地有所不争：小利之地，得之不便于战，失之不害于己，不必争夺。

⑯通：精通。九变：指用兵的各种变化。

⑰治兵：统帅、指挥军队。

⑱五利：指"圮地无舍"等五条好处。

⑲不能得人用：不能充分发挥军队的作用。

⑳麾（huī）下：主帅的麾旗之下，即部下。此处用为对将帅的敬称。麾，古代将帅指挥军队的旗帜。

㉑倒悬：人被倒挂，喻处境危急。《孟子·梁惠王下》："民之悦之，犹解倒悬也。"

㉒顿首：周礼九拜之一，以头叩地。顿首用于书信的开头或结尾，表示敬礼的意思。契兄：贤兄。纛（dào）下：相当于今之"阁下"。纛，古代军队的大旗。

㉓伏：敬词，同"伏惟"、"伏以"。用在下对上、卑对尊、幼对长的场合，表示以卑承尊的敬畏。

㉔犀表：犀首，魏官名，若后之虎牙将军，故以犀表指武将仪表，表示尊敬赞扬。

㉕仰：表示敬慕之词。《诗经·小雅·车舝（xiá）》："高山仰止，景行行止。"德：恩泽好处。私：内心感情。

㉖联床风雨：风雨之夜，联床倾心交谈。韦应物《示全真元常》："宁知风雨夜，复此对床眠。"

㉗羁怀：作客他乡的心情。张实《流红记》："于时万物摇落，悲风素秋，颓阳西倾，羁怀增感。"

㉘藜藿（lí huò）：代指粗淡的饭食。藜，野菜，藿，豆叶。

㉙貔貅（pí xiū）：本为古代猛兽名，后用来代指军队。

㉚天表：皇帝的容颜。《宋史·哲宗纪一》："天表粹温，进止中度。"

㉛台颜：犹尊面。台，本为星名，即三台，古以三台比三公，故用为对他人的尊称，如兄台等。

㉜台翰：犹尊函。翰，书信。

㉝采薪之忧：生病的婉称。采薪，打柴。《孟子·公孙丑下》：

"昔者有王命，有采薪之忧不能造朝。"朱熹注："采薪之忧，
言病不能采薪。"

㉞ 鹄（hú）观来旄（máo）：引颈等待大军的到来。鹄，天鹅，
其颈长，故称引颈而待为"鹄观"、"鹄望"，状急切盼望之
状。旄：古代旗杆头上用旄牛尾装饰，故以"旄"代指旌
旗，此处以"旄"代杜确军队。

㉟ 干渎（dú）：冒犯。

㊱ 台照：犹台鉴。不宣：不尽，不一一细说，多用于书信尾。
王士禛《香祖笔记》："宋人书问，自尊与卑曰'不具'，以
卑上尊曰'不备'，朋友交驰曰'不宣'。"

㊲ 骑竹马调阵：指演出时剧中人骑着竹马对阵开打。竹马，以
竹竿作为代表马的道具。

㊳ 动止：即行动。止，语气助词，在句末表肯定。

㊴ 淑女：好姑娘。《诗经·关雎》："窈窕淑女，君子好逑。"

㊵ 足下：对人的敬称，本来上级、同辈皆可用，后专用于对同
辈的敬称。

㊶ 拟定：此指一定，必定。王实甫《吕蒙正风雪破窑记》："凭
着咱两个这般标致，拟定绣球儿是我每。"

点评：

　　毛西河论元人杂剧之楔子曰："'楔子'，楔隙儿也。元
剧限四折，倘情事未尽，则从隙中下一楔子。此在套数之
外者，故名'楔'。"杂剧中的楔子往往比较简短，"多用
白，而不可不唱，以一二小令为之，非【赏花时】即【端
正好】，木楔然"（即空主人）。此本之楔子，由净扮惠明

主唱【正宫】【端正好】套曲十一支，叙一本乃至一剧的关键，不同常格。历来亦有将其列为"第二折"或并入"第一折"者，凌濛初本、王骥德本等刊本作"楔子"，今从之。

张生之计，凡有三步：首先缓兵，其次传书，最后解围。三步环环相扣，一步不成，全盘皆输。第一步，"先用着长老"："不要你厮杀。你出去与贼汉说：'夫人本待便将小姐出来，送与将军，奈有父丧在身。不争鸣锣击鼓，惊死小姐，也可惜了。将军若要做女婿呵，可按甲束兵，退一射之地。限三日功德圆满，脱了孝服，换上颜色衣服，倒陪房奁，定将小姐送与将军。不争便送来，一来父服在身，二来于军不利。'"果如张生所料，孙飞虎应下三日之约，暂时退兵。夫用兵之道，攻心为上：孙飞虎本是丁文雅麾下，对崔相国家事有所了解，知莺莺父孝未除；僧众三百对兵士五千，实力悬殊，料法本不敢妄然以卵击石；三日之期，亦不算长，过此三日，则崔家更将倒陪房奁，送莺成亲，于军有利——张生之言字字针对孙飞虎的心理揣摩而出，其计初成，自不在话下。

贼兵虽暂退一射，但若要白马将军三日内必至，第二步则须有猛士突围而出，代为传书。法本举荐惠明："俺这里有个徒弟"，"则是要吃酒厮打。若使央他去，定不肯去；须将言语激着他，他便去"。张生究竟如何激将，又引起了观众新的期待。"谁敢去？谁敢去？""我敢去！"一问一答，一个"敢"字，风起云涌，显书生智、见英雄胆。"不念《法华经》，不礼《梁皇忏》"，是其行不是僧；"戴了僧伽帽，袒下我这偏衫"，则其相不类僧。"杀生"是佛门第一戒，但惠明紧握乌龙尾钢椽撦，越怯懦庸众而出，"大踏步直杀出虎窟龙潭"，"将这五千人做一顿馒头馅"，我不入地狱谁入地狱，是好和尚、真罗汉！大师再问敢不敢，"你那里问小僧敢去也那不敢，我这里启大师用咱也不用咱"，跳脱之笔，是不答而答；"你道是飞虎将声名播斗南；那厮能淫欲，会贪婪，诚何以堪"，凸显了惠明的嫉恶如仇、侠肝义胆。

张生故意面带疑色，惠明被激得直言自荐："别的都僧不僧、俗不俗、女不女、男不男，则会斋的饱也则向那僧房中胡渚，那里怕焚烧了兜率伽蓝。则为那善文能武人千里，凭着这济困扶危书一缄，有勇无惭。"一寺之惶惶与一人之勇猛相照，更袒露了惠明的孤高耿直、磊落豪迈。他更预演了突围的策略，远、近、小、大，脚踏手扳，动作大开大合、腾挪翻转，舞台上雄壮之气立现。【耍孩儿】两支，连用三次"我从来"，转答为问，反客为主，要张生放心，更戏谑张生之策恐未必周全。惠明诚挚不伪，"何难立地成佛"（汤显祖等评文）！

"恁与我助威风擂几声鼓，仗佛力呐一声喊。绣旗下遥见英雄俺，我教那半万贼兵唬破胆"，【收尾】一曲终了，猛僧此去如龙腾虎啸，观众目送其转身横扫千军，凝伫永叹，内心波澜长久难散。惠明快人快语，其形象"焕若神明"（金圣叹评文），真能万古常耀氍毹！

惠明不负众望，白马将军得信即刻发兵，于是张生计策的三步均得以施行。叛军被平，孙飞虎被斩杀，一场哗变终如君瑞所讲、所愿，尘埃落定。围解之后杜确、张生、郑氏之间的叙话，看似俗套，其实闲笔不闲：张生"今见夫人受困，所言退得贼兵者，以小姐妻之，因此愚弟作书请吾兄"，是将与郑氏之约告知义兄；杜确"张生建退贼之策，夫人面许结亲，若不违前言，淑女可配君子也"，是身为兄长向郑氏的告嘱；郑氏"恐小女有辱君子"，似谦语又似"王顾左右而言他"，为后来推脱赖婚埋下了伏笔；末尾夫人安排张生家内书院安歇，"到明日略备草酌，着红娘来请你，是必来一会，别有商议"云云，则是下启了第二折"请宴"、第三折"赖婚"与第四折"听琴"。对白瞻前而顾后，针线之密，天工巨匠亦不过如此。

　　清人李渔《闲情偶寄·词曲部》论曰："一部《西厢》，止为张君瑞一人，又止为白马解围一事。其馀枝节，皆从此一事而生——夫人之许婚，张生之望配，红娘之勇于作合，莺莺之敢于失身，与郑恒之力争原配而不得，皆由于此。是'白马解围'四字，即作《西厢》之主脑也。"第二本楔子之重，笠翁之言已经道尽。本节又妙在于通盘文戏中陡然耸一武场，在儿女情长中突入英雄气壮。张生之智谋、惠明之莽勇，相形益彰。排场奇险，足显"实甫香艳豪迈，无所不可"（陈栋《北泾草堂曲论》）。

我把
五千人
作一頓嚵
珍饈

着几个小沙弥把幢幡宝盖擎，壮行者将捍棒镬叉担。你排阵脚将众僧安，我撞钉子把贼兵来探。

第二折

（夫人上云）今日安排下小酌，单请张生酬劳。道与红娘，疾忙去书院中请张生，着他是必便来，休推故①。（下）（末上云）夜来老夫人说，着红娘来请我，却怎生不见来？我打扮着等他，皂角也使过两个也②，水也换了两桶也，乌纱帽擦得光挣挣的③，怎么不见红娘来也呵？（红娘上云）老夫人使我请张生，我想若非张生妙计呵，俺一家儿性命难保也呵。

【中吕】【粉蝶儿】半万贼兵，卷浮云片时扫净，俺一家儿死里逃生。舒心的列山灵，陈水陆④，张君瑞合当钦敬。当日所望无成，谁想一缄书到了为媒证⑤。

【醉春风】今日个东阁玳筵开⑥，煞强如西厢和月等。薄衾单枕有人温，早则不冷、冷。受用足宝鼎香浓，绣帘风细，绿窗人静⑦。

可早来到也。

【脱布衫】幽僻处可有人行？点苍苔白露泠泠⑧。隔窗儿咳嗽了一声。

（红敲门科）（末云）是谁来也？（红云）是我。

他启朱唇急来答应。

（末云）拜揖小娘子。（红唱）

【小梁州】则见他叉手忙将礼数迎⑨，我这里"万福，先生"。乌纱小帽耀人明，白襕净⑩，角带傲黄鞓⑪。

【幺篇】衣冠济楚庞儿整⑫，可知道引动俺莺莺。据相貌，凭才性，我从来心硬，一见了也留情。

注释：

①推故：借故推辞。

②皂角：植物名，一名皂荚，所结的荚果含有碱质，可以做肥皂用。

③乌纱帽：据《晋书·舆服志》，二宫直官戴乌纱帽。隋唐为大小官员视事及燕见宾客之服。其后流行于民间，贵贱皆服。

④列山灵，陈水陆：言开宴席。山灵水陆，即山珍海错。

⑤媒证：即媒人。

⑥东阁玳（dài）筵：款待贤士的筵宴。东阁，古称礼贤待客之处为东阁。玳筵，以玳瑁（海龟类爬行动物，甲壳有花纹，可做装饰品）装饰坐具的筵席，此处代指丰盛的筵席。

⑦"受用足宝鼎香浓"三句：意为尽情享受婚后的安适生活。绿窗，绿色纱窗，此处用以描摹闲适的闺阁氛围。

⑧泠泠（líng）：形容露珠的晶莹透澈。

⑨叉手：唐代以来的一种施礼方式，宋元间以叉手为常礼。

⑩白襕（lán）：一种上下相连的较长的衫。《宋史·舆服志五》："襕衫以白细布为之，圆领大袖，下施横襕为裳，腰间有襞积，进士及国子生、州县生服之。"

⑪角带傲黄鞓（tīng）：带的本体曰鞓，以革制成，外裹各色绫绢，裹黄绢者即为黄鞓，黄鞓而饰以兽角，故称角带。《元史·舆服志一》：宣圣庙执事儒服："软角唐巾，白襕插领，黄鞓角带，皂靴。"是知此处张生的穿着是唐至宋元时期士人惯常的服饰。

⑫衣冠济楚：衣帽整齐光鲜。

（末云）既来之，则安之^①。请书房内说话。小娘子此行为何？

（红云）贱妾奉夫人严命，特请先生小酌数杯，勿却。（末云）便去，便去。敢问席上有莺莺姐姐么^②？（红唱）

【上小楼】"请"字儿不曾出声，"去"字儿连忙答应；可早莺莺根前，"姐姐"呼之，喏喏连声。秀才每闻道"请"，恰便似听将军严令，和他那五脏神愿随鞭镫^③。

（末云）今日夫人端的为甚么筵席？（红唱）

【幺篇】第一来为压惊，第二来因谢承。不请街坊，不会亲邻，不受人情。避众僧，请老兄，和莺莺匹聘。

（末云）如此小生欢喜。（红）

则见他欢天喜地，谨依来命。

（末云）小生客中无镜，敢烦小娘子，看小生一看何如？（红唱）

【满庭芳】来回顾影，文魔秀士，风欠酸丁^④。下工夫将额颅十分挣^⑤，迟和疾擦倒苍蝇^⑥，光油油耀花人眼睛，酸溜溜螫得人牙疼。

（末云）夫人办甚么请我？（红唱）

茶饭已安排定，淘下陈仓米数升，煠下七八碗软蔓青^⑦。

（末云）小生想来，自寺中一见了小姐之后，不想今日得成婚姻，岂不为前生分定？（红云）姻缘非人力所为，天意尔。

【快活三】咱人一事精，百事精；一无成，百无成。世间草木本无情，

自古云：地生连理木，水出并头莲，

他犹有相兼并^⑧。

【朝天子】休道这生，年纪儿后生，恰学害相思病。天生聪俊，打扮素净，奈夜夜成孤另。才子多情，佳人薄

幸，兀的不担阁了人性命。

（末云）你姐姐果有信行？（红）

谁无一个信行？谁无一个志诚？恁两个今夜亲折证⑨。

我嘱咐咱：

【四边静】今宵欢庆，软弱莺莺，可曾惯经？你索款款
轻轻，灯下交鸳颈。端详可憎⑩，好煞人也无干净⑪。

注释：

①既来之，则安之：语出《论语·季氏》。这里是说，既然来
　　了，就要安心待一会儿。

②敢问：犹请问。敢，表敬助词，无实义。

③五脏神：五脏指心、肝、脾、肺、肾。《黄庭内景经》云，每
　　一脏都有一神主管，合称五脏神。愿随鞭镫：只是愿意的意
　　思。元代嘲笑趋饮食者多用此句，这里是红娘嘲笑张生着急
　　赴宴。

④文魔秀士，风欠酸丁：红娘嘲笑张生痴傻之言。文魔，读书
　　入迷的人，书痴。秀士，优秀之士。风欠，风傻呆气。酸
　　丁，寒酸迂腐。

⑤挣：擦拭。

⑥迟和疾擦倒苍蝇：谓苍蝇无论落得慢还是快，都会被滑倒。

⑦煠（zhá）：通"炸"。蔓菁（mán jīng）：即蔓菁，根可做菜。

⑧【快活三】曲：这个人运气好，一事顺利，就百事成功；运
　　气不好，就事事无成。意思是说有缘千里来相会，无缘对面
　　不相逢，都是命中注定的。连理木，两棵枝干交生在一起
　　的树。并头莲，一茎开两花的荷花。两者都常被用来比喻

夫妇。

⑨亲折证：当面折辩对证。

⑩端详：亦作"端相"，细看也。

⑪好煞人：指男女欢会。无干净：不肯罢休。

（末云）小娘子先行，小生收拾书房便来。敢问那里有甚么景致？（红唱）

【耍孩儿】俺那里落红满地胭脂冷，休孤负了良辰媚景①。夫人遣妾莫消停，请先生勿得推称②。俺那里准备着鸳鸯夜月销金帐③，孔雀春风软玉屏④。乐奏合欢令⑤，有凤箫象板⑥，锦瑟鸾笙⑦。

（末云）小生书剑飘零，无以为财礼，却是怎生？（红唱）

【四煞】聘财断不争，婚姻事有成，新婚燕尔安排庆。你明博得跨凤乘鸾客⑧，我到晚来卧看牵牛织女星⑨。休傒幸，不要你半丝儿红线⑩，成就了一世儿前程。

【三煞】凭着你灭寇功，举将能，两般儿功效如红定。为甚俺莺娘心下十分顺？都则为君瑞胸中百万兵。越显得文风盛，受用足珠围翠绕，结果了黄卷青灯⑪。

【二煞】夫人只一家，老兄无伴等，为嫌繁冗寻幽静。

（末云）别有甚客人？（红唱）

单请你个有恩有义闲中客，且回避了无是无非窗下僧。夫人的命，道足下莫教推托，和贱妾即便随行。

（末云）小娘子先行，小生随后便来。（红唱）

【收尾】先生休作谦，夫人专意等。常言道"恭敬不如从命"，休使得梅香再来请。（下）

（末云）红娘去了，小生拽上书房门者。我比及到得夫人那里，夫人道："张生，你来了也？饮几杯酒，去卧房内，和莺莺做亲去！"小生到得卧房内，和姐姐解带脱衣，颠鸾倒凤，同谐鱼水之欢⑫，共效于飞之愿⑬。觑他云鬟低坠，星眼微朦⑭，被翻翡翠，袜绣鸳鸯。不知性命何如，且看下回分解。（笑云）单羡法本好和尚也：只凭说法口，遂却读书心。（下）

注释：

①良辰媚景：即良辰美景，好时光，好景色。谢灵运《拟魏太子邺中集诗八首序》："天下良辰美景赏心乐事，四者难并。"

②推称：借口推托。

③销金帐：绣着金线的帐子。苏轼《赵成伯家有姝丽吟春雪谨依元韵》诗自注："世传陶谷学士买得党太尉家故妓，遇雪，陶取雪水烹团茶，谓妓曰：'党家应不识此。'妓曰：'彼粗人，安有此景？但能于销金暖帐下浅斟低唱，吃羊羔儿酒耳。'陶默然，愧其言。"

④孔雀春风软玉屏：出窦毅为女择婿故事。《旧唐书·高祖太穆皇后窦氏传》："毅闻之，谓长公主曰：'此女才貌如此，不可妄以许人，当为求贤夫。'乃于门屏画二孔雀，诸公子有求婚者，辄与两箭射之，潜约中目者许之。前后数十辈莫能中，高祖后至，两发各中一目。毅大悦，遂归于我帝。"

⑤合欢令：喜庆吉祥的乐曲。

⑥凤箫：即排箫，是用小竹管编排而成的一种管乐器，"其形参差，象凤之翼"，故称凤箫。象板：乐器名，似是指击节

用的象牙拍板。

⑦锦瑟：华美的瑟。瑟，古代弦乐器。鸾笙：凤形的笙。笙，管乐器，《风俗通·声音》："随（人名）作笙，长四寸，十二簧，象凤之身，正月之音也。"

⑧跨凤乘鸾客：喻美满夫妻。刘向《列仙传》："萧史者，秦穆公时人也。善吹箫，能致孔雀、白鹤于庭。穆公有女字弄玉，好之，公遂以女妻焉。日教弄玉作凤鸣。居数年，吹似凤声，凤凰来止其屋。公为作凤台，夫妇止其上不下。数年，一旦皆随凤凰飞去。"

⑨牵牛织女星：牵牛、织女本为二星名，后来演化为两个神人，产生出爱情神话传说。

⑩红线：指红定，即财礼。旧时男方付给女方之定亲财礼，多以红绡、红线裹缠，故称。

⑪黄卷青灯：指读书人的清苦生活。《遁斋闲览》："古人写书，皆用黄纸以檗染之，所以辟蠹，故曰黄卷。"故称书籍为黄卷。青灯，幽暗之灯光。

⑫鱼水之欢：原出《管子·小问》，喻时人皆得配偶以居其室，后以鱼水和谐、鱼水之欢比喻夫妇和乐。

⑬于飞之愿：于飞，即飞，"于"为动词词头，无实义。《诗经·大雅·卷阿》："凤凰于飞，翙翙其羽，亦集爰止。"后以于飞之乐比喻夫妇。

⑭星眼：明亮的眼睛。微朦：微闭。

点评：

此折又称"请宴"，上承"到明日略备草酌，着红娘来请你",下探"是必来一会，别有商议"，由红娘主唱。金圣叹尝论此折之作用以为："前文一大篇，破贼也；后文一大篇，赖婚也。破贼之一大篇，则有莺莺寻计、惠明递书，皆是生成必有之大波大浪也；赖婚之一大篇，则有莺莺失惊、张生发怒，亦是生成必有之大哭大笑也。今此则于破贼之后、赖婚之前矣，此际其安得又有一大篇也乎？作者细思久之，细思彼张生之于莺莺，其切切思思，如得旦暮遇之，固不必论也；即彼莺莺之于张生，其切切思思，如得旦暮遇之，殆亦非一口之所得说、一笔之所得写也。无端而孙飞虎至，无端而老夫人许，欻然二无端自天而降，此时则彼其一双两好之心头口头、眠中梦中、茶时饭时，岂不当有如云浮浮、如火热热、如贼脉脉、如春荡荡者乎？乃今前文之一大篇才破贼，后文之一大篇便赖婚。破贼之一大篇，既必无暇与彼一双两好写此如云如火、如贼如春一段神理；而赖婚之一大篇，即又何暇与彼一双两好写此如云如火、如贼如春之一段神理乎？千不得已，万不得已，算出赖婚必设宴，设宴必登请，而因于两大篇中间忽然闲闲写出一红娘请宴。亦不于张生口中，亦不于莺莺口中，只闲闲于闲人口中恰将彼一双两好之无限浮浮热热、脉脉荡荡，不觉两边都尽。"（《第六才子书西厢记》）第二折通场不过叙红娘请张生赴宴，若俗笔写来，或仅三、五宾白便无聊带过，王实甫偏能"冷处着神，闲处寓趣"（朱朝鼎评文），成一大篇好文，无中幻有，枯木生春，笔力矫健令人羡叹。

　　张生自退贼后，殷切期盼红娘前来相请："夜来老夫人说，着红娘来请我，却怎生不见来？"君瑞开口便言"夜来"，可知又是一夜辗转难寐。人说"女为悦己者容"，书生为见伊人竟也一番打扮，等红娘的光景还在不停修饰仪容："皂角也使过两个也，水也换了两桶也，乌纱帽擦得光挣挣的，怎么不见红娘来也呵？"殷勤热切，顾盼酸丁，令人笑其憨痴、感其情重。千呼万唤，红娘终于登场，曲家却又不令其即至书房、直面张生，而是写小梅香一路迤逦而来的心理活动。王国维曰："以我观物，故物皆着我之色彩。"因为有了灭寇功、举将能，那二十三岁不曾娶妻的傻角，如今看来"天生聪俊，打扮素净"。"俺一家儿死里逃生"，"张君瑞合当钦敬"——红娘态度的转变，表现了旁观者对当日寺警时婚约的认可，也为良缘受阻时红娘的拔刀相助奠定了基础，是崔、张情爱更深发展的一大关目。

【粉蝶儿】【醉春风】首叙张生之功，次言婚约之成，再明请宴之意；回扣前此酬韵月下、各自相思的凄清，更畅想日后小姐书生携手"宝鼎香浓，绣帘风细，绿窗人静"，"琴瑟在御，莫不静好"（《诗经·郑风·女曰鸡鸣》）的情境。"小女儿家又聪慧，又年轻：彼见昨日惊魂动魄，今日眉花眼笑，便从自己灵心所道，说出小小一段快乐"（金圣叹评文），小梅香之娇俏、伶俐跃出纸上。中国传统戏曲的舞台表演尚虚拟，重程式。台上往往不做实景，演员的唱、念、做、打，辅以几件简单砌末，便在观众眼前立画出一幅情景——指天即是雁过，遮面便能避风；执鞭而马走，划桨则舟行……这种虚拟性、程式性的特点，一方面令舞台演出极为灵动、好看，但另一方面也对曲家、演员的综合能力提出了更高的要求。红娘来到张生居所，见"幽僻处可有人行？点苍苔白露泠泠"，隔窗一声轻咳，久候人马上警醒；再扣门扉，他果然"急来答应"。此时台上并无一物，剧作家两三句曲辞便切出小径、幽居、轩窗、蓬门，既促成了类似"墙里秋千墙外道，墙外行人，墙里佳人笑"的空间效果，又使得演员的表演更具姿态。人言"宇宙是一大戏场"（苴中硕人语），吾人于《西厢记》场上见宇宙矣！

【小梁州】二曲，是红娘眼中张生今日模样："乌纱小帽耀人明，白襕净，角带傲黄鞓"，"衣冠济楚庞儿整"。想到全活一家老小的恩情，她更由衷赞叹："据相貌，凭才性"，"引动俺莺莺"，"我从来心硬，一见了也留情"！这是红娘感戴君瑞之语，与前此众口交誉莺莺美貌是同一机杼，不当因之诬蔑红娘轻佻。张生已有被红娘抢白的经历，见红娘到来，不敢造次，"叉手忙将礼数迎"。但毕竟心痒难耐，便不等红娘讲明来意，主动发问："小娘子此行为何？"红娘甫答，生又夺口而出："便去，便去。敢问席上有莺莺姐姐么？"无怪红娘明知其心急，仍不免嗤笑揶揄："'请'字儿不曾出声，'去'字儿连忙答应"；"秀才每闻道'请'，恰便似听将军严令，和他那五脏神愿随鞭镫"。"今日夫人端的为甚么筵席"，是从解围后夫人"是必来一会，别有商议"而问。红娘"第一来为压惊，第二来因谢承"，"请老兄，和莺莺匹聘"，张生"如此小生欢喜"——可见老夫人之外，红娘、张生等人皆不疑有变。张生突然想起客中无镜，要红娘看自己一看。他来回顾影的可笑模样，又引来小丫鬟的一阵戏谑："下工夫将额颅十分挣，迟和疾擦倒苍蝇，光油油耀花人眼睛，酸溜溜螫得人牙疼。"家常问答，一来一去，极易流于堆砌、杂凑，曲家偏能信手拈来，如行云流水，悠然自在。

"既来之，则安之"，书房闲叙的二人，念及之前般般、之后种种，尚以为书生小姐间的缘分乃是天意注定。张生忐忑激动，不停问东问西；红娘随口调侃，又不免好言相慰："谁无一个信行？谁无一个志诚？恁两个今夜亲折证。"听闻张生忧心没有财礼，红娘不假思索脱口便说："聘财断不争，婚姻事有成"，"凭着你灭寇功，举将能，两般儿功效如红定。为甚俺莺娘心下十分顺？都则为君瑞胸中百万兵。"书生你有功、有才、有志诚，俺小姐"不要你半丝儿红线，成就了一世儿前程"。红娘的满心满意、书生的欢天喜地与后篇老夫人的"忘恩负义"形成了鲜明的对比。

潘廷章在《西来意》中总评第二折说："此篇张生与红娘纯用欣欣喜色之词：张之欣欣喜色，在文魔而不俗；红之欣欣喜色，在善谑而不虐。张之文魔，一味工于修容，急于趋命，神情跃跃，拟于天际真人；红之善谑，亦即以其工于修容、急于趋命而调侃之，或寓讽于称扬，或故褒于庆幸，使张生愈加腾跃，神骨俱飞……红见张之文魔而为之陶陶，张得红之善谑而愈加跃跃。盖极写其踌躇满志之意也。而要之，张不自知也，身未离西厢，魂已在东阁，反茫然不知其事之安出者；而红亦不自知也，三分游戏，七分爱敬，喜时之言多失信又未免称许过望。盖必如是，而后为踌躇满志之极也。唯如是其满志，则下文《停婚》一篇，势便跌得重、截得开也。"欲抑先扬，此已扬至天矣；蓄势待发，此又蓄至满矣；台上台下皆喜气盈腮，只待才子抱得美人归矣！第三折幕开老夫人忽然赖婚，如何不人人恨恨！

则见他叉手忙将礼数迎，我这里「万福，先生」。乌纱小帽耀人明，白襕净，角带傲黄鞋。

那见珠围翠绕，不出黄卷青灯

第三折

（夫人排桌子上云）红娘去请张生，如何不见来？（红见夫人云）张生着红娘先行，随后便来也。（末上见夫人施礼科）（夫人云）前日若非先生，焉得有今日。我一家之命，皆先生所活也。聊备小酌，非为报礼，勿嫌轻意。（末云）"一人有庆，兆民赖之①。"此贼之败，皆夫人之福。万一杜将军不至，我辈皆无免死之术。此皆往事，不必挂齿。（夫人云）将酒来，先生满饮此杯。（末云）"长者赐，少者不敢辞②。"（末做饮酒科）（末把夫人酒了）（夫人云）先生请坐。（末云）小子侍立座下，尚然越礼，焉敢与夫人对坐？（夫人云）道不得个"恭敬不如从命"。（末谢了，坐）（夫人云）红娘，去唤小姐来，与先生行礼者。（红朝鬼门道唤云）老夫人后堂待客，请小姐出来哩！（旦应云）我身子有些不停当，来不得。（红云）你道请谁哩？（旦云）请谁？（红云）请张生哩。（旦云）若请张生，扶病也索走一遭。（红发科了）（旦上）免除崔氏全家祸，尽在张生半纸书。

【双调】【五供养】若不是张解元识人多，别一个怎退干戈？排着酒果，列着笙歌。篆烟微，花香细，散满东风帘幕。救了咱全家祸，殷勤呵正礼，钦敬呵当合③。

【新水令】恰才向碧纱窗下画了双蛾④，拂试了罗衣上粉香浮渰⑤，则将指尖儿轻轻的贴了钿窝⑥。若不是惊觉人呵，犹压着绣衾卧⑦。

（红云）觑俺姐姐这个脸儿，吹弹得破⑧，张生有福也呵！（旦唱）

【幺篇】没查没利谎偻科⑨，你道我宜梳妆的脸儿吹弹得破。

（红云）俺姐姐天生的一个夫人的样儿。（旦唱）

你那里休聒，不当一个信口开河。知他命福是如何，我
做一个夫人也做得过。

注释：

①一人有庆，兆民赖之：《尚书·吕刑》篇："一人有庆，兆民
　赖之，其宁惟永。"一人，原指天子，这里指老夫人。庆，
　善，福。意即众人能活下来，全靠老夫人的福分。

②长者赐，少者不敢辞：《礼记·曲礼》："长者赐，少者贱者
　不敢辞。"是说对长者的赐予，年少的及僮仆之类卑贱者不
　能推辞，宜即受之。长者，年高有德或有地位的人。

③当合：合当，应该。关汉卿《感天动地窦娥冤》："端详这文
　册，那厮乱纲常当合败。"

④双蛾：双眉。《诗经·卫风·硕人》："蝤首蛾眉，巧笑倩
　兮，美目盼兮。"蛾，蚕蛾，其眉细而长，故以状眉。

⑤浮涴（wò）：浮污，浮土。

⑥钿窝：凌景埏认为，指女子面颊贴花钿的地方。一说为衣服
　上的装饰品。

⑦犹压着绣衾卧：意本柳永《定风波》："日上花梢，莺穿柳
　带，犹压香衾卧。"

⑧吹弹得破：形容皮肤娇嫩，口吹指弹可使之破。

⑨没查没利：无定准、信口胡说之意。偻科：闵遇五日："古
　注：偻科，犹云小辈。宋时谓干办者曰偻科。"所谓干办，
　即聪明干练之意。

　　（红云）往常两个都害①，今日早则喜也。（旦唱）

【乔木查】我相思为他，他相思为我，从今后两下里相思都较可②。酬贺间礼当酬贺，俺母亲也好心多。

（红云）敢着小姐和张生结亲呵，怎生不做大筵席，会亲戚朋友，安排小酌为何？（旦云）红娘，你不知夫人意。

【搅筝琶】他怕我是陪钱货③，两当一便成合④。据着他举将除贼，也消得家缘过活⑤。费了甚一股那，便待要结丝萝⑥！休波，省人情的奶奶忒虑过⑦，恐怕张罗。

注释：

①害：指患相思病。害，患也。

②较可：犹痊愈。较、可，都指病愈。

③陪钱货：旧以为女子出嫁要陪送嫁妆，又不能得济，俗称女子为陪钱货。王晔《桃花女破法嫁周公》："你道是石哥哥，我不合救了他亡身祸，因此上被周公家知道我这陪钱货。"

④两当一便成合：言老夫人算悭，以酬谢、成亲两件事，并作一次酒席。

⑤消得：受用得。消，受用，消受。白居易《哭从弟》："一片绿衫消不得，腰金拖紫是何人。"家缘：家产，家业。关汉卿《感天动地窦娥冤》："俺公公撞府冲州，阔闾的铜斗儿家缘百事有。想着俺公公置就，怎忍教张驴儿情受。"

⑥费了甚一股那，便待要结丝萝：谓诸般事一起办完便算结丝萝。一股那，即一股脑儿。丝萝：兔丝和女萝。兔丝，亦作"菟丝"，蔓生植物，茎柔弱细长。女萝，地衣类植物，形状如线。二者都只能依附他物生长。《古诗十九首·冉冉孤生竹》："与君为新婚，兔丝附女萝。"后以丝萝喻婚姻。

⑦省人情：懂世故。忒虑过：考虑得太过分。

（末云）小子更衣咱。（做撞见旦科）（旦唱）

【庆宣和】门儿外，帘儿前，将小脚儿那^①。我恰待目转秋波，谁想那识空便的灵心儿早瞧破^②，谑得我倒趄，倒趄。

（末见旦科）（夫人云）小姐近前，拜了哥哥者！（末背云）呀，声息不好了也！（旦云）呀，俺娘变了卦也！（红云）这相思又索害也。（旦唱）

128

【雁儿落】荆棘剌怎动那^③，死没腾无回豁^④，措支剌不对答^⑤，软兀剌难存坐^⑥！

【得胜令】谁承望这即即世世老婆婆^⑦，着莺莺做妹妹拜哥哥。白茫茫溢起蓝桥水^⑧，不邓邓点着袄庙火^⑨。碧澄澄清波，扑剌剌将比目鱼分破^⑩。急攘攘因何，扢搭地把双眉锁纳合^⑪。

注释：

①那：音义并同"挪"，移动。

②识空（kòng）便：能见机行事，机灵的意思。空便为机会、空闲之意。周文质《越调斗鹌鹑·自悟》："想当日子房公会觅全身计，一个识空便抽头的范蠡。"

③荆棘剌怎动那：惊得我不能动弹。荆棘剌，即惊棘剌，惊恐意，棘剌为语助词，无实义。

④死没腾：蒙住，痴呆无生气的样子。没腾，语助词，无实义。无名氏《风雨像生货郎旦》："气的我死没腾软瘫做一垛，拘不定精神衣怎脱？四肢沉，寸步难那！"无回豁：无

表情、无反应之意。

⑤措支剌：慌张失态、不知所措的样子。措，也作"错"。支剌，语助词，无实义。关汉卿《诈妮子调风月》："教我死临侵身无措，错支剌心受苦。"

⑥软兀剌：即软。兀剌，语助词，无实义。关汉卿《温太真玉镜台》："软兀剌走向前来，恶支煞倒退回去。"

⑦即即世世：亦作"积积世世"，乃老于世故之谓，有奸诈、老奸巨猾之意。董解元《西厢记诸宫调》："是俺失所算，谩摧挫，被这个积世的老虔婆瞒过我。"

⑧蓝桥水:《史记·苏秦列传》："信如尾生，与女子期于梁下，女子不来，水至不去，抱柱而死。"尾生与女子期于蓝桥之下，后遂以蓝桥水代指使相爱者分离的大水。

⑨祆（xiān）庙火：祆，一种宗教，亦称拜火教。《渊鉴类函》卷五十八引《蜀志》："昔蜀帝生公主，诏乳母陈氏乳养。陈氏携幼子与公主居禁中约十馀年，后以宫禁出外。六载，其子以思公主疾亟。陈氏入宫有忧色，公主询其故，阴以实对。公主遂托幸祆庙为名，期与子会。公主入庙，子睡沉，公主遂解幼时所弄玉环，附之子怀而去。子醒见之，怒气成火而庙焚也。"此以"祆庙火"代指使相爱者分离的大火。

⑩比目鱼：又称偏口鱼，身体扁平，两目列在一侧。古人以为比目鱼二鱼相合始可游行，常用以比喻恋人或夫妻。石君宝《鲁大夫秋胡戏妻》："短桑科长不出连枝树，沤麻坑养不活比目鱼。"

⑪扢搭把双眉锁纳合：意思是一下子将愁眉紧锁。扢搭，拟闭锁声。纳合，纳而合之。

（夫人云）红娘看热酒，小姐与哥哥把盏者！（旦唱）

【甜水令】我这里粉颈低垂，蛾眉频蹙，芳心无那①。俺可甚"相见话偏多②"！星眼朦胧，檀口嗟咨，撷窨不过③。这席面儿畅好是乌合④！

（旦把酒科）（夫人央科）（末云）小生量窄。（旦云）红娘，接了台盏者！

【折桂令】他其实咽不下玉液金波⑤。谁承望月底西厢，变做了梦里南柯⑥。泪眼偷淹，酩子里揾湿香罗。他那里眼倦开软瘫做一垛；我这里手难抬称不起肩窝。病染沉疴⑦，断然难活。则被你送了人呵，当甚么喽啰⑧！

（夫人云）再把一盏者。（红递盏了）（红背与旦云）姐姐，这烦恼怎生是了。（旦唱）

【月上海棠】而今烦恼犹闲可⑨，久后思量怎奈何？有意诉衷肠，争奈母亲侧坐。成抛趖⑩，咫尺间如间阔。

【幺篇】一杯闷酒尊前过，低首无言自摧挫⑪。不甚醉颜酡，却早嫌玻璃盏大，从因我，酒上心来觉可⑫。

注释：

①无那：无奈。柳永《定风波》："无那，恨薄情一去，音书无个。"

②相见话偏多：当时成语，这里是反说，无话可说之意。

③撷窨（diān yìn）：王伯良曰："撷，顿足也；窨，怨闷而忍气也。盖失意之甚，撷弄其足，而窨气自忍之谓。"冯梦龙《杀狗记》："空叹息，空撷窨，争奈是亲非亲，遣人愁闷。"

④畅好是：真是，实在是。孟汉卿《张孔目智勘魔合罗》："须

是你药杀他男儿，又带累他妻。呀！你畅好会使拖刀计，漾一个瓦块儿在虚空里，怎生住的？"乌合：乌鸦的聚合，用以比喻散乱没有约束或聚散无常、匆匆来去。《后汉书·邳彤传》："驱集乌合之众，遂震燕、赵之地。"这里有仓卒、胡乱应付的意思。

⑤玉液金波：均指美酒。

⑥梦里南柯：南柯一梦，一场梦。出李公佐《南柯太守传》，故事讲淳于棼梦入蚁穴中的槐安国，被蚁王招为驸马，出任南柯太守二十年，生五男二女，享尽荣华。后公主病亡，被疑而遣返回乡，遂梦醒。

⑦沉疴（kē）：重病。《晋书·乐广传》："客豁然意解，沉疴顿愈。"

⑧喽啰：聪明干练，逞强，含有狡猾义，亦作"偻㑩"。罗大经《鹤林玉露》卷五："偻㑩，俗言狡猾也。"

⑨闲可：平常，引申为小事、不打紧。关汉卿《望江亭中秋切鲙旦》："那白日也还闲可，到晚来独自一个，好生孤凄！"

⑩抛趓：抛开躲避，抛闪，分离。趓，同"躲"。柳永《定风波》："镇相随，莫抛趓。针线闲拈伴伊坐。和我，免使年少，光阴虚过。"

⑪摧挫：折磨，忧伤。柳永《鹤冲天》："悔恨无计那。迢迢良夜，自家只恁摧挫。"

⑫"不甚醉颜酡（tuó）"四句：是说张生本未很醉，却早已嫌酒杯太大而酒力难支。是因为他量窄不胜酒力？不是，这都是因为我。如果真是酒力涌上心来，那还不至于如此。醉颜酡，酒后面红耳赤的醉态。

（夫人云）红娘，送小姐卧房里去者。（旦辞末出科）（旦云）俺娘好口不应心也呵！

【乔牌儿】老夫人转关儿没定夺①，哑谜儿怎猜破；黑阁落甜话儿将人和②，请将来着人不快活。

【江儿水】佳人自来多命薄，秀才每从来懦。闷杀没头鹅③，撇了陪钱货，下场头那答儿发付我！

【殿前欢】恰才个笑呵呵，都做了江州司马泪痕多④。若不是一封书将半万贼兵破，俺一家儿怎得存活。他不想结姻缘想甚么？到如今难着莫⑤。老夫人谎到天来大，当日成也是恁个母亲，今日败也是恁个萧何⑥。

【离亭宴带歇拍煞】从今后玉容寂寞梨花朵⑦，胭脂浅淡樱桃颗，这相思何时是可？昏邓邓黑海来深，白茫茫陆地来厚，碧悠悠青天来阔；太行山般高仰望，东洋海般深思渴。毒害的恁么⑧！俺娘呵，将颤巍巍双头花蕊搓，香馥馥同心缕带割，长挺挺连理琼枝挫。白头娘不负荷⑨，青春女成担阁，将俺那锦片也似前程蹬脱⑩。俺娘把甜句儿落空了他，虚名儿误赚了我。（下）

注释：

①转关儿没定夺：变来变去没个准主意。转关，沈括《梦溪笔谈》卷十九载："予曾见一玉臂钗，两头施转关，可以屈伸，合之令圆，仅于无缝，为九龙绕之，功侔鬼神"，则转关类今之合页，屈伸自如，转动灵活，故用以比喻狡诈多变。

②黑阁落（lào）甜话儿将人和：暗地里甜言蜜语许了人的心愿。阁落，旮旯，角落，此谓暗地里。

③没头鹅：王伯良曰："鹅，天鹅也。天鹅群飞，以首一只为引领，谓之头鹅。如得头鹅，则一群可致。"群鹅无主则不知所措，此指张生。

④江州司马泪痕多：白居易《琵琶行》："座中泣下谁最多？江州司马青衫湿。"江州，治所在今江西九江。后多用为感伤身世、爱情、别离的典故。

⑤着莫：即捉摸。

⑥当日成也是恁个母亲，今日败也是恁个萧何：《史记·淮阴侯列传》载，韩信当初投奔汉王刘邦，不被重用，出走，萧何把他追回，并向刘邦举荐，拜为大将；其后刘邦得天下，怀疑韩信谋反，萧何又为吕后设计，骗韩信入宫，擒而杀之。后世谚云："成也萧何，败也萧何。"

⑦玉容寂寞梨花朵：化用白居易《长恨歌》诗句："玉容寂寞泪阑干，梨花一枝春带雨。"

⑧恁么：如此，这样。

⑨负荷：担承，负担，这里是管顾之意。

⑩蹬脱：踢开，强行拆散。石君宝《李亚仙花酒曲江池》："只为些蝇头微利，蹬脱了我锦片前程。"

（末云）小生醉也，告退。夫人根前，欲一言以尽意，未知可否。前者，贼寇相迫，夫人所言，能退贼者，以莺莺妻之。小生挺身而出，作书与杜将军，庶几得免夫人之祸。今日命小生赴宴，将谓有喜庆之期；不知夫人何见，以兄妹之礼相待？小生非图哺啜而来①，此事果若不谐，小生即当告退。（夫人云）先生纵有活我之恩，奈小姐先相国在日，曾许下老身侄儿郑恒。即日有书赴京，唤去了，未见来。如若此子至，其事将如之何？莫若多以金帛相酬，先生拣豪门贵宅之女，别为之求，先生台意若何？（末云）既然夫人不与，小生何慕金帛之色！却不道"书中有女颜如玉"②？则今日便索告辞。（夫人云）你且住者，今日有酒也③。红娘，扶将哥哥去书房中歇息，到明日咱别有话说。（下）（红扶末科）（末念）有分只熬萧寺夜，无缘难遇洞房春。（红云）张生，少吃一盏却不好？（末云）我吃甚么来！（末跪红科）小生为小姐，昼夜忘餐废寝，魂劳梦断，常忽忽如有所失。自寺中一见，隔墙酬和，迎风带月，受无限之苦楚。甫能得成就婚姻，夫人变了卦，使小生智竭思穷，此事几时是了？小娘子，怎生可怜见小生，将此意申与小姐，知小生之心。就小娘子前解下腰间之带，寻个自尽。（末念）可怜刺股悬梁志④，险作离乡背井魂。（红云）街上好贱柴，烧你个傻角⑤！你休慌，妾当与君谋之。（末云）计将安在？小生当筑坛拜将⑥。（红云）妾见先生有囊琴一张⑦，必善于此。俺小姐深慕于琴。今夕妾与小姐同至花园内烧夜香，但听咳嗽为令⑧，先生动操⑨。看小姐听得时，说甚么言语，却将先生之言达知。若有话说，明日妾来回报。这早晚怕夫人寻⑩，我回去也。（下）

注释：

① 哺啜（bǔ chuò）：吃喝。

② 书中有女颜如玉：意谓只要读书就会得到美丽的女子。宋真宗赵恒《劝学文》："富家不用买良田，书中自有千钟粟。安居不用架高堂，书中自有黄金屋。娶妻莫恨无良媒，书中有女颜如玉。出门莫恨无人随，书中车马多如簇。男儿欲遂平

生志，六经勤向窗前读。"（出自《古文珍宝》）

③有酒：喝多了酒。有，犹多也。

④刺股悬梁志：发奋苦读获取功名之志。刺股，战国时苏秦以连横说秦王，说十上而不行，归家后发奋读书，倦欲睡，引锥刺股，血流至足，后佩六国相印。股，大腿。悬梁，东汉孙敬，好学，晨夕读书不休，至眠睡疲寝，以绳系头悬屋梁，后为当世大儒。

⑤街上好贱柴，烧你个傻角：元代实行火葬，此为红娘调侃张生之语，说他这样死不值得。

⑥筑坛拜将：《史记·淮阴侯列传》载，萧何追还韩信后，刘邦设坛拜韩信为大将军。筑坛，修建土台拜将用。

⑦囊琴：放在囊中的琴。

⑧为令：为号。

⑨动操：弹琴。刘向《别录》："君子因雅琴之适，故从容以致思焉。其道闭塞悲愁，而作者名其曲曰操，言遇灾害不失其操也。"

⑩这早晚：这时候。关汉卿《感天动地窦娥冤》："他说今日好日辰，亲送女儿到我家来。老身且不索钱去，专在家中等候。这早晚窦秀才敢待来也。"

点评：

  本折又称"赖婚"、"停婚"，由旦扮莺莺主唱，是第二本乃至全剧的一大关目。老夫人赖婚，既在意料之外，又在意料之中——兵危之下，尚且忧心爱女辱没家谱；倒悬得解，又怎甘心莺莺改配寒素？自故事发展的角度而言，则"此出夫人不变一卦，缔婚后趣味浑如嚼蜡，安能谱出许多佳况哉？"（汤显祖评文）王思任曰："事不奇不传"，《西厢记》之得以永久传世者，固由其情真，更因其事奇。

张生来，筵席开。夫人再致谢忱："前日若非先生，焉得有今日。我一家之命，皆先生所活也。聊备小酌，非为报礼，勿嫌轻意。"张生应对谦敬有礼，不矜功、不伐能："此贼之败，皆夫人之福。万一杜将军不至，我辈皆无免死之术。此皆往事，不必挂齿"；言谈间引经据典，尽显诗礼传家、儒生本色。宾主落座，一片祥和，夫人才命红娘"去唤小姐来，与先生行礼者"，治家严肃可见一斑。莺莺闻唤，在幕后先辞后允，远扣第一折"往常但见个外人，氲的早嗔；但见个客人，厌的倒褪；从见了那人，兜的便亲"；上场之后第一句白"免除崔氏全家祸，尽在张生半纸书"近连寺警、解围；开口便唱"张解元"，更显得情意深重胜过从前。

排酒果、列笙歌，是主人辞色；篆烟微、花香细、帘幕东风，则于静中显动，描摹出家宴氛围环境，又在嗅觉、触觉的纤微变化中流露了莺莺内心的悸动。由幕后到台前，莺莺句句不离张生，"殷勤呵正礼，钦敬呵当合"，是感恩亦是爱恋，"表得此人已是双文芳心系定，香口噙定；如胶入漆，如日射壁；虽至于天终地毕、海枯石烂之时，而亦决不容易移者也"（金圣叹评文）。"恰才向碧纱窗下画了双蛾，拂试了罗衣上粉香浮溆，则将指尖儿轻轻的贴了钿窝"，莺莺预知今日必见张生，出门前早曾刻意梳扮。"若不是惊觉人呵，犹压着绣衾卧"，讲惊觉却不明言为何惊觉，暗用柳永《定风波》"日上花梢，莺穿柳带，犹压香衾卧"

之典，是回想更早之前随日出而起，亦或"恐终宵辗转，绣衾亦未必压得牢也"（潘廷章评文）。

【新水令】一曲，先铺排、后摇漾，时空交错来往，摹写女儿情动，又急、又怯，又盼望、又不安，一团娇涩，如在眼前。红娘旁插一句"觑俺姐姐这个脸儿，吹弹得破，张生有福也呵"，为小姐骄傲，更替莺莺欢喜。莺莺被说中心事，不觉羞恼呵斥，但当红娘说道"俺姐姐天生的一个夫人的样儿"时，她又不免得意，更对那人信心满满，"知他命福是如何，我做一个夫人也做得过"。一"他"一"我"，可知心心念念早在张生之畔，亦已将终身托付之矣。"我相思为他，他相思为我"，是首肯了从前彼此之情；"从今后两下里相思都较可"，则是为终于能够彼此相守而感到欣慰、雀跃。但既然"酬贺间礼当酬贺"，"小姐和张生结亲呵，怎生不做大筵席，会亲戚朋友，安排小酌为何"？面对红娘的疑问，莺莺一边自慰自解"他（夫人）怕我是陪钱货，两当一便成合"，"据着他（张生）举将除贼，也消得家缘过活"，一边对自己的母亲颇为不满"省人情的奶奶忒虑过，恐怕张罗"。

夫人行为暗藏蹊跷，红娘、莺莺都已有所察觉，是知赖婚之前，平静的水面之下已然暗涌汹汹。作者偏不顺势直写至夫人翻脸，忽令张生外出更衣，使二人门外忽然撞见，用两情绵绵暂将此浪头按下，曲折幽奇，"笔癫老秀"（王思任评文），他人莫及。李商隐《无题》诗云："身无彩凤双飞翼，心有灵犀一点通"，"我恰待目转秋波，谁想那识空便的灵心儿早瞧破"，便是变化巧用前人诗句。是无心相遇？是有意相逢？心既有灵犀，身便插双翼。"一对新人、两双俊眼，千般传递、万种羞惭"（金圣叹评文），怎不教有情人又惊诧、又腼腆、又狂喜！

然而，老夫人一待两人相见，立时上前打断。"小姐近前，拜了哥哥者"，九个字，似飓风如海啸，劈头罩下狂澜，艳阳高照登时变脸，万里天愁云惨淡。莺莺、张生闻言，魂消魄散。"荆棘刺怎动那，死没腾无回豁，措支剌不对答，软兀剌难存坐"，纯用俗语，铺排出小儿女满怀欣喜突然遭逢巨大打击时的心神无着、手足无措。莺莺回缓过来，深怨母亲："谁承望这即即世世老婆婆，着莺莺做妹妹拜哥哥。""蓝桥水"、"祆庙火"用尾生及陈氏子两个典故，写莺莺情深难遂；"白茫茫"、"不邓邓"、"碧澄澄"，"扑刺刺"，叠字暗对连缀，一声紧过一声，似劲弩发强珠，击碎琉璃盘，更四下迸溅，直唱出莺莺满腔心恸。

母亲"急攘攘"变卦毁约，"挖搭"一声，莺莺、张生愁眉顿锁，绮筵生寒。夫人命"小姐与哥哥把盏"，是想强迫二人接受"兄妹"的安排。莺莺知其意，千般不愿，无心劝酒；张生也以"量窄"为由，不接酒盏；郑氏见状，心有不甘，"央"张生饮之。莺莺怜惜张生，更恼恨母亲，"红娘，接了台盏者"，似釜底抽薪，是她为争取爱情、反抗母亲发出的第一声呐喊。【折桂令】先悯解元，次诉自己，见张生落魄憔悴，莺莺更加难过，"他那里眼倦开软瘫做一垛；我这里手难抬称不起肩窝"，才巴望"两下里相思都较可"，谁想到"病染沉疴，断然难活"！"则被你送了人呵，当甚么喽啰"，则将矛头直指自家亲娘，怨她拆散良姻，又在席上强人所难，硬逼张生接下"认哥哥"的苦酒。然而老夫人偏不罢休，定要莺莺再把一盏。莺莺知不能免，内心烦恼：今日尚且如此，日后恐怕更加难熬；见张生接杯闷饮，"低首无言自摧挫"，又不免更加自责。

老夫人目的一旦达成，急促莺莺返回闺房。莺莺离席，对母亲的不满见乎辞色。"老夫人转关儿没定夺，哑谜儿怎猜破"，老夫人的态度说变就变，不难想知原来的模糊言语乃是故意，不过是暂时"黑阁落甜话儿将人和"，直到今日请宴，才将真实意图表露。好梦成虚，莺莺怨自己红颜命薄，更怨张生性格怯懦，不敢争取幸福，但张生到底无错，问题的症结仍在母亲："若不是一封书将半万贼兵破，俺一家儿怎得存活。他不想结姻缘想甚么"，"老夫人谎到天来大，当日成也是恁个母亲，今日败也是恁个萧何"。【乔牌儿】至【殿前欢】三曲，以俗语为主，间用熟典，将莺莺对母亲的满腹怨怼倾泻而出，既贴合角色当下心境，又不失其大家闺秀身份，自然流畅，不露雕琢痕迹，"本色当行"，斯之谓也。

离筵席愈来愈远，离那人亦愈来愈远，从今后又是"我相思为他，他相思为我"的无尽想念。【离亭宴带歇拍煞】"至终篇，越用淋淋漓漓之墨，作拉拉杂杂之笔。盖满肚怨毒，撑喉拄颈而起；满口谤讪，触齿破唇而出"（金圣叹评文）。"玉容寂寞梨花朵，胭脂浅淡樱桃颗"化用白居易《长恨歌》"玉容寂寞泪阑干，梨花一枝春带雨"诗句，赋、比兼用，拟出莺莺久后相思容颜憔悴之态。这相思"昏邓邓黑海来深，白茫茫陆地来厚，碧悠悠青天来阔；太行山般高仰望，东洋海般深思渴"，更无时较可，全都因"俺娘呵，将颤巍巍双头花蕊搓，香馥馥同心缕带割，长挽挽连理琼枝挫"。"白头娘不负荷，青春女成担阁"，"设果成亲，则向前光景如锦片然，有无穷之好，而今则蹭脱之矣"（徐渭评文），真是锥心头血写成。末尾"俺娘把甜句儿落空了他，虚名儿误赚了我"，又回归他、我之言，更将"俺娘"横亘中间，再次点破矛盾的关键所在。【煞尾】连用叠词比拟铺排，将无形之相思熔铸为有像之实景，浓墨重彩，静动相成，场上唱来淋漓尽致、激越悲切，令人目随神摇，也为莺莺日后勇于突破礼教桎梏埋下了伏笔。

莺莺离开后，"没头鹅"不舍撇下"陪钱货"，退席前打破沉闷，向老夫人据理力争："前者，贼寇相迫，夫人所言，能退贼者，以莺莺妻之。小生挺身而出，作书与杜将军，庶几得免夫人之祸。今日命小生赴宴，将谓有喜庆之期；不知夫人何见，以兄妹之礼相待？"张生直接抬出前日老夫人如何承诺、自己如何退贼；又诘之以今日筵席之目的、失信之原因；要老夫人作答，以子之矛、攻子之盾。"小生非图哺啜而来，此事果若不谐，小生即当告退"，则可见书生不仅不懦，更饶有节操、气魄。郑氏不得不承认先生有活我之恩，却以"小姐先相国在日，曾许下老身侄儿郑恒"、"如若此子至，其事将如之何"百般推脱，随后又提出"多以金帛相酬"，妄图以权势金钱威逼利诱白衣书生妥协。张生拒绝了郑氏的提议，但在单独面对红娘时，却一改之前的有礼、有据、有节，撒泼耍赖起来：他向红娘下跪，要她可怜，甚至威胁"就小娘子前解下腰间之带，寻个自尽"。颓唐失意、慌不择言，亦可见他对莺莺用情之深。红娘又气又笑，但不忍有情人就此分离，授以琴挑之计，为生、莺之情劈开一线生机。

至此折，戏剧的主要冲突已经转为相爱的二人与老夫人之间的矛盾。赖婚之后，舞台上莺莺、张生均是满怀悲愤怨艾，临了场面忽转为滑稽，给人希望又蹶起新波，"故知文章不变不奇，不宕不逸"（汤显祖评语）。良缘受阻，筑坛拜将；两肋插刀，幸有红娘。吾人且拭目，看"撮合山"如何成就"大事"。

他谁
道月底
西厢
变作梦
理

谁承望这即即世世老婆婆，着莺莺做妹妹拜哥哥。白茫茫溢起蓝桥水，不邓邓点着袄庙火。碧澄澄清波，扑剌剌将比目鱼分破。急攘攘因何，扢搭地把双眉锁纳合。

第四折

（末上云）红娘之言，深有意趣。天色晚也，月儿，你早些出来么！（焚香了）呀，却早发擂也①。呀，却早撞钟也②。（做理琴科）琴呵，小生与足下湖海相随数年，今夜这一场大功，都在你这神品——金徽、玉轸、蛇腹、断纹、峄阳、焦尾、冰弦之上③。天那，却怎生借得一阵顺风，将小生这琴声，吹入俺那小姐玉琢成、粉捏就、知音的耳朵里去者④！（旦引红上，红云）小姐，烧香去来，好明月也呵！（旦云）事已无成，烧香何济？月儿，你团圆呵，咱却怎生！

【越调】【斗鹌鹑】云敛晴空，冰轮乍涌⑤；风扫残红，香阶乱拥；离恨千端，闲愁万种。夫人那，"靡不有初，鲜克有终"⑥。他做了个影儿里的情郎，我做了个画儿里的爱宠⑦。

【紫花儿序】则落得心儿里念想，口儿里闲题，则索向梦儿里相逢。俺娘昨日个大开东阁，我则道怎生般炮凤烹龙⑧。朦胧⑨！可教我"翠袖殷勤捧玉钟⑩"，却不道"主人情重⑪"？则为那兄妹排连，因此上鱼水难同。

（红云）姐姐，你看月阑⑫，明日敢有风也。（旦云）风月天边有⑬，人间好事无。

【小桃红】人间看波：玉容深锁绣帏中，怕有人搬弄。想嫦娥西没东生有谁共？怨天公，裴航不作游仙梦⑭。这云似我罗帏数重，只恐怕嫦娥心动，因此上围住广寒宫。

注释：

①发擂：敲鼓。此指报夜间时辰的鼓声。

②撞钟：佛寺有早撞钟、暮击钟以报时，此指后者。

③神品：精妙无比的琴。金徽：徽为琴面上标识音阶的识点，弹奏时所按之处。《唐国史补》卷下："蜀中雷氏斫琴，常自品第，第一者以玉徽，次者以瑟瑟徽，又次者以金徽，又次者以螺蚌之徽。"玉轸（zhěn）：轸为系琴弦的柱，转动可以调节音调。蛇腹：古代名琴，琴身断纹如蛇腹花纹，故名。断纹：古代名琴。琴以古旧为佳，琴身崩裂成纹则证明年代久远，故名断纹。峄（yì）阳：古代名琴，以峄山（今山东邹县东南）南坡所产桐木制成，故名。焦尾：古代名琴。传说蔡邕闻爨下烧桐木声，知其良，请而裁为琴，因其尾犹焦，故名焦尾。冰弦：古代名琴，以冰蚕丝为弦，故称。

④知音：出《列子·汤问》："伯牙善鼓琴，钟子期善听。伯牙鼓琴，志在登高山，钟子期曰：'善哉，峨峨兮若泰山。'志在流水，钟子期曰：'善哉，洋洋兮若江河。'伯牙所念，钟子期必得之。伯牙游于泰山之阴，卒逢暴雨，止于岩下，心悲，乃援琴而鼓之。初为霖雨之操，更造崩山之音。曲每奏，钟子期辄穷其趣。伯牙乃舍琴而叹曰：'善哉，善哉，子之听夫志，想象犹吾心也。'"又，《淮南子·修务训》："钟子期死而伯牙绝弦破琴，知世莫赏也。"知音本指懂音乐者，后世称知己为知音，此处双关。

⑤冰轮：指月亮。朱庆馀《十六夜月》："昨夜忽已过，冰轮始觉亏。"

⑥靡（mǐ）不有初，鲜克有终：《诗经·大雅·荡》："天生烝民，其命匪谌。靡不有初，鲜克有终。"靡，无。鲜，寡。

克，能。原指人生之初无不具有善性，但很少能把这种善性保持到底。此处指不能善始善终。

⑦画儿里的爱宠：出《闻奇录·画工》所载唐进士赵颜与画中女子相爱之事，后以人妖殊途而分离。此谓因母亲食言而与张生好事成虚。

⑧炮凤烹龙：极言肴馔珍异，比喻筵席之丰盛。李贺《将进酒》："烹龙炮凤玉脂泣，罗帷绣幕围春风。"

⑨朦胧：糊涂。《西游记》第三回："我老孙超出三界之外，不在五行之中，已不伏他管辖，怎么朦胧，又敢来勾我？"

⑩翠袖殷勤捧玉钟：晏几道《鹧鸪天》："彩袖殷勤捧玉钟，当年拼却醉颜红。"

⑪主人情重：苏轼《满庭芳》："主人情重，开宴出红妆……坐中有狂客，恼乱愁肠。"此言老夫人使莺莺劝酒，给二人增添愁怨。

⑫月阑：月亮周围的光晕，是有风的征兆。

⑬风月：原指美景，引申指男女情爱，此处双关。

⑭裴航：事见裴铏《传奇·裴航》，写唐代秀才裴航落第出游，路经蓝桥驿，渴而求浆，遇见云英，艳丽惊人。裴航求婚，老妪提出须得玉杵臼捣药乃可，约以百日为期。裴航至京，重金购得玉杵臼。云英又命裴航捣药百日。结为夫妇后，二人俱入玉峰洞，成仙。游仙梦：王仁裕《开元天宝遗事》："龟兹国进奉枕一枚，其色如玛瑙，温温如玉，其制作甚朴素。若枕之，则十洲三岛、四海五湖，尽在梦中所见。帝因立名为'游仙枕'，后赐与杨国忠。"

（红做咳嗽科）（末云）来了。（做理琴科）（旦云）这甚么响？

（红发科）（旦唱）

【天净沙】莫不是步摇得宝髻玲珑[1]？莫不是裙拖得环珮玎玲？莫不是铁马儿檐前骤风[2]？莫不是金钩双控，吉丁当敲响帘栊[3]？

【调笑令】莫不是梵王宫，夜撞钟？莫不是疏竹潇潇曲槛中[4]？莫不是牙尺剪刀声相送[5]？莫不是漏声长滴响壶铜[6]？潜身再听在墙角东，元来是近西厢理结丝桐[7]。

【秃厮儿】其声壮，似铁骑刀枪冗冗[8]；其声幽，似落花流水溶溶；其声高，似风清月朗鹤唳空[9]；其声低，似听儿女语，小窗中，喁喁[10]。

【圣药王】他那里思不穷，我这里意已通，娇鸾雏凤失雌雄[11]。他曲未终，我意转浓，争奈伯劳飞燕各西东[12]，尽在不言中。

注释：

①步摇得宝髻玲珑：谓走路摇动得发髻上的珠宝首饰碰击发出的声音。《释名·释首饰》："步摇，上有垂珠，步则摇也。"

②铁马：即风铃，又称檐马，房檐下悬挂的小铁片或铃铛。

③金钩双控，吉丁当敲响帘栊：谓挂卷珠帘的铜钩与帘相碰，发出声响。

④曲槛（jiàn）：此指围竹之栏杆。

⑤牙尺：以象牙为装饰或由象牙制成的尺子，此为尺之美称。
声相送：一声接一声。

⑥漏声长滴响壶铜：即铜壶滴漏的声响。漏，古代用铜斗盛

水，底穿小孔，斗中有刻着度数的漏箭，水漏则刻度渐次显露，以为计时。

⑦理结：抚弄。丝桐：桓谭《新论》："神农氏始削桐为琴，绳丝为弦。"故以丝桐代指琴。

⑧似铁骑（jì）刀枪冗冗：形容琴声雄壮，如无数骑兵奔驰，刀枪交错有声。铁骑，身披铠甲的骑兵。冗冗，刀枪碰击声。

⑨鹤唳（lì）空：鹤在空中鸣叫。《史记·乐书》："师旷不得已，援琴而鼓之。一奏之，有玄鹤二八集乎廊门；再奏之，延颈而鸣，舒翼而舞。"此谓琴声如鹤鸣。

⑩"似听儿女语"三句：言琴声低切，如少男少女在小窗下窃窃私语。喁喁（yóng），状亲切小声说话的声音。

⑪娇鸾雏凤失雌雄：葛洪《西京杂记》："庆安世年十五，为成帝侍郎。善鼓琴，能为《双凤》、《离鸾》之曲。"后以鸾离凤分、离鸾别凤喻夫妻离散、情人不能相聚。

⑫伯劳飞燕各西东：犹劳燕分飞，不能比翼齐飞，喻夫妻分离。古乐府《东飞伯劳歌》："东飞伯劳西飞燕，黄姑织女时相见。"

我近书窗听咱。（红云）姐姐，你这里听，我瞧夫人，一会便来。（末云）窗外是有人，已定是小姐。我将弦改过，弹一曲，就歌一篇，名曰《凤求凰》①。昔日司马相如，得此曲成事，我虽不及相如，愿小姐有文君之意。（歌曰）有美人兮，见之不忘。一日不见兮，思之如狂。凤飞翩翩兮，四海求凰。无奈佳人兮，不在东墙。张弦代语兮，欲诉衷肠。何时见许兮，慰我彷徨？愿言配德兮②，携手相将。不得于飞兮，使我沦亡。（旦云）是弹得好也呵！其词哀，其意切，凄凄然如鹤唳天。故使妾闻之，不觉泪下。

【麻郎儿】这的是令他人耳聪，诉自己情衷。知音者芳心自懂，感怀者断肠悲痛。

【幺篇】这一篇与本宫、始终、不同③。又不是《清夜闻钟》，又不是《黄鹤》《醉翁》，又不是《泣麟》《悲凤》④。

【络丝娘】一字字更长漏永，一声声衣宽带松。别恨离愁，变做一弄⑤。张生呵，越教人知重⑥。

（末云）夫人且做忘恩，小姐，你也说谎也呵！（旦云）你差怨了我。

【东原乐】这的是俺娘的机变⑦，非干是妾身脱空⑧。若由得我呵，乞求得效鸾凤。俺娘无夜无明并女工⑨，我若得些儿闲空，张生呵，怎教你无人处把妾身作诵。

【绵搭絮】疏帘风细，幽室灯清，都则是一层儿红纸，几棍儿疏棂⑩，兀的不是隔着云山几万重！怎得个人来信息通？便做道十二巫峰⑪，他也曾赋高唐来梦中。

（红云）夫人寻小姐哩，咱家去来。（旦唱）

【拙鲁速】则见他走将来气冲冲，怎不教人恨匆匆，谍得人来怕恐。早是不曾转动，女孩儿家直恁响喉咙。紧摩弄⑫，索将他拦纵⑬，则恐怕夫人行把我来厮葬送。

（红云）姐姐，则管听琴怎么？张生着我对姐姐说，他回去也。（旦云）好姐姐呵，是必再着住一程儿。（红云）再说甚么？（旦云）你去呵，

【尾】则说道夫人时下有人唧哝，好共歹不着你落空⑭。不问俺口不应的狠毒娘，怎肯着别离了志诚种。（并下）

【络丝娘煞尾】不争惹恨牵情斗引⑮，少不得废寝忘餐病症。

题目　张君瑞破贼计　莽和尚生杀心

正名　小红娘昼请客　崔莺莺夜听琴

西厢记五剧第二本终

注释：

①《凤求凰》：司马相如向卓文君求爱时所弹之曲。

②愿言配德：希望匹配成婚姻。愿，想要。言，语助词，无实义。配德，德相匹配。

③这一篇与本宫、始终、不同：王伯良曰："凡琴曲，各宫调自为始终，初弹之宫调，为本宫本调。张生先弄一曲，后改弦作《凤求凰》，故言此曲与初弹'本宫'、'始终'改换不同也。"

④"又不是《清夜闻钟》"三句：《清夜闻钟》、《黄鹤》、《醉翁》、《泣麟》、《悲凤》都是古代的琴曲名。

⑤一弄：一曲。乐一曲曰一弄。

⑥知重：相知敬重。

⑦机变：奸巧欺诈。《孟子·尽心上》："为机变之巧者，无所用耻焉。"

⑧脱空：说谎，无着落。关汉卿《赵盼儿风月救风尘》："则俺这脱空的故人何处？"

⑨并女工：犹言赶着做活计。并，竟。

⑩疏棂：窗棂。疏，窗。

⑪十二巫峰：传说巫山有十二峰。

⑫摩弄：即摸弄，抚摸。有调哄、曲意顺从之意。李好古《沙门岛张生煮海》："甜话儿将人摩弄，笑脸儿把咱陪奉。"

⑬拦纵：阻挡，阻拦。无名氏《小尉迟将斗将认父归朝》："单看的你这一条鞭，到处无拦纵。"

⑭则说道夫人时下有人唧哝，好共歹不着你落空：王伯良曰："言亲事不成，以有人在夫人处间阻之也。"毛西河曰："言夫人前目下有人为你说，定不落空也。"均通。时下，目下，眼前。唧哝，多言。

⑮斗引：亦作"逗引"，勾引，引诱。张寿卿《谢金莲诗酒红梨花》："这花儿曾莺燕邀留，更有那蜂蝶斗引。"

点评：

本折又称"琴心挑引"、"听琴"，与第一本"酬韵"一折，同而不同。人则同为莺莺、红娘、张生，景则同为月下，事则同为拜月。第当初为生窥莺，如今乃莺聆生；彼时两情未通，此刻则两心相印矣。实甫故于"犯"中求变，"真世间未见之极笔"（金圣叹语）！

此折仍由莺莺主唱，但却以张生开场。只见他又望天、又焚香、又听钟鼓，恨不得明月早升、莺娘早出，一片等人急色。想着今夜成与不成全在琴上，"傻角"竟对着瑶琴叮咛一番："琴呵，小生与足下湖海相随数年，今夜这一场大功，都在你这神品——金徽、玉轸、蛇腹、断纹、峄阳、焦尾、冰弦之上。"忽担心莺莺或听不到自己的琴声，便祈祷上天佐助："天那，却怎生借得一阵顺风，将小生这琴声，吹入俺那小姐玉琢成、粉捏就、知音的耳朵里去者！"杜牧

《赤壁》诗有句曰："东风不与周郎便，铜雀春深锁二乔"，此反用其义，求顺风襄送琴音；李白《闻王昌龄左迁龙标遥有此寄》亦曰："我寄愁心与明月，随君直到夜郎西"，张生愿风将琴声送入莺莺耳朵，与太白诗意异曲同工。此句又妙在于"耳朵"前下"玉琢成、粉捏就、知音的"三个定语。人言"一滴水中看世界，半片花上窥人生"，则实甫是从"耳朵"上点露出双文无处不姣好、无处不聪明，又兼写了张生对莺莺的浓情。君瑞经老夫人当面反悔折辱仍不改初衷，更心心念念爱莺怜莺，此段宾白"真切有味"，"我欲赞一辞也不得"（汤显祖评文）。

红娘唤小姐外出烧香，"好明月也呵"，饶富怂恿之意。莺莺脱口便说："事已无成，烧香何济？月儿，你团圆呵，咱却怎生！"不觉将"烧香本意，一一漏出"（徐渭等评文）。酬韵夜第三愿尚无语而叹，今夕则坦言怀人伤独矣，只一言便与离席时"久后相思"的情绪衔而通也。此折亦用【越调】【斗鹌鹑】套，所选曲牌也与第一本第三折大致相同。对比张生"玉宇无尘，银河泻影，月色横空，花阴满庭。罗袂生寒，芳心自警"，莺莺所唱"云敛晴空，冰轮乍涌；风扫残红，香阶乱拥；离恨千端，闲愁万种"更显烦躁纷乱。金圣叹曰："有时写人是人，有时写景是景；有时写人却是景，有时写景却是人。如此节，四句十六字，字字写景，字字是人。"他人眼中的好明月，却令莺莺触目生痛，"字字是人"，这"人"是莺莺，亦是张生。只因夫人有始无终，"他做了个影儿里的情郎，我做了个画儿里的爱宠"，是"骈俪中情语"（王骥德等评文），较之"水中月"、"镜中花"更加熨帖绮侧。"情郎"、"爱宠"是何等粘腻深情,"影儿里"、"画儿里"又这般缥缈无踪,"则落得心儿里念想,口儿里闲题,则索向梦儿里相逢"。李清照有《如梦令》小词云:"谁伴明窗独坐,我共影儿俩个。灯尽欲眠时,影也把人抛躲。无那,无那,好个凄凉的我。"双文"影儿"、"画儿"无限伤感,正与易安同其凄凉。想到昨日"兄妹排连",自此"鱼水难同",莺莺处处伤情。

【小桃红】一支,由红娘"月阑"之语兴起,反用罗隐"天为素娥媚怨苦,并教西北起浮云"成句,讲天上嫦娥亦如人间自己,被重重束缚不得其伴。"人间玉容,着绣围深锁,是怕人搬弄,此则有理矣。嫦娥在天上,裴航又未必作仙游之梦升腾以犯之也,天公何用怕其心动,而用月阑以围嫦娥于广寒之内,亦若人间之绣围深锁之耶?此所以深怨天公也,盖受母拘禁而并为嫦娥伸冤。"(徐渭评文)莺莺借嫦娥寓写怨词,"妙在夹天、夹人、夹嫦娥、夹自己,叙得一片怨乱"(潘廷章《西来意》)。

红娘见时机成熟,咳嗽为号,张生赶忙动操。【天净沙】连用四个"莫不是",写莺莺遥闻琴音而暂不知其源,模拟想象猜测:"步摇得宝髻玲珑"、"裙拖得环珮丁玲"是自其身边想起;"铁马儿檐前骤风"、"金钩双控,吉丁当敲响帘栊"是举目四望而猜;"梵王宫,夜撞钟"、"疏竹潇潇曲槛中",是向寺内别处猜之;"牙尺剪刀声相送"、"漏声长滴响壶铜",则是向更远处杂猜之矣。"看他八句八样,伧只谓可以漫然杂写,岂知其间又必有小小章法如是哉"(金圣叹评文)!一路缘声而求,由远渐近,直至"潜身再听在墙角东",才明白"元来是近西厢理结丝桐"。张珙鸣琴传情，莺娘隔墙细听。【秃厮儿】巧妙化用韩愈《听颖师弹琴》"昵昵儿女语，恩怨相尔汝。划然变轩昂，勇士赴敌场。浮云柳絮无根蒂，天地阔远随飞扬。喧啾百鸟群，忽见孤凤皇"之诗句，以"壮"、"幽"、"高"、"低"领起四"似"，梳排次序，增减意象，拟琴音之变化玄妙。【圣药王】则由声入情，写莺莺闻弦音而知雅意，与张生似伯牙钟期，更心有灵犀。

　　莺莺近书窗而听，红娘巧借"我瞧夫人，一会便来"，暂时离开，让隔窗二人有了进一步交流的契机。张生于是改弦更张，再奏《凤求凰》。莺莺谛聆此曲，由衷赞叹："是弹得好也呵！其词哀，其意切，凄凄然如鹤唳天。故使妾闻之，不觉泪下。"如怨如慕，如泣如诉，感人至深，"千古泪眼，至今未干"（陈继儒等评文）。"这的是令他人耳聪，诉自己情衷。知音者芳心自懂，感怀者断肠悲痛"，是在【圣药王】之后，应眼下张生改奏，向更幽邃处交融。【幺篇】"本宫、始终、不同"也用六声三韵，与"忽听、一声、猛惊"遥相呼应，其下铺排多支传世著名琴曲，反复比较品咂，更显得莺莺是真知琴理者。【络丝娘】化用温庭筠《更漏子》"梧桐树，三更雨，不道离情正苦。一叶叶，一声声，空阶滴到明"，变雨声为琴声，又夸饰以"一声声衣带宽松"，将知心人不得相守却痴缠不放的煎熬表露无遗。"张生啊，越教人知重"，至此则双文已倾倒于张生也。因此，当张生埋怨"夫人且做忘恩，小姐，你也说谎也呵"时，双文才会暗自辩白："你差怨了我"，"的是俺娘的机变"、"俺娘无夜无明并女工","若由得我呵，乞求得效鸾凤"，"我若得些儿闲空"，"怎教你无人处把妾身作诵"——相府小姐口中出此"乞求"二字，其深悲极怨可见；而"若得些儿闲空"，则为后文"密约"埋下伏笔。

张生罢琴，万籁无声，只馀"疏帘风细，幽室灯清"。室迩人遐，有情的二人在窗榥内外，却似远"隔着云山几万重"。"千金纵买相如赋，脉脉此情谁诉"（辛弃疾《摸鱼儿》），但莺莺此时又能向何处请来骚人作赋，传递深情与张生！不惟不得骚人作赋，又突出小梅香"从中作梗"矣。"则见他走将来气冲冲，怎不教人恨匆匆，谎得人来怕恐"，莺莺此时尤不知红娘已然"投诚"，见红娘回转，尚怕其将往夫人处搬弄，"女孩儿家直恁响喉咙，紧摩弄，索将他拦纵，则恐怕夫人行把我来厮葬送"。【拙鲁速】"写双文胆小，写双文心虚，写双文娇贵，写双文机变，色色写到"（金圣叹评文）！

红娘来到后，再横生枝叶："姐姐，则管听琴怎么？张生着我对姐姐说，他回去也。"面对可能的永诀，莺莺再也顾不得管自己"口不应的狠毒娘"，哀求红娘代为挽留。"好姐姐呵，是必再着住一程儿"，"你去呵，则说道夫人时下有人唻哝，好共歹不着你落空"，"怎肯着别离了志诚种"等言，皆可见满心相许之意。"莺固多情，描者亦是画笔"（徐渭评文），"琴心"一折，真能传情写人、将角色性情俱摄纸上！

他那里思不穷，我这里意已通，娇鸾雏凤失雌雄。他曲未终，我意转浓，争奈伯劳飞燕各西东，尽在不言中。

知音者芳
心自同
感怀者断
肠怨痛

西厢记五剧第三本

张君瑞害相思杂剧

楔　子

（旦上云）自那夜听琴后，闻说张生有病，我如今着红娘去书院里，看他说甚么。（叫红科）（红上云）姐姐唤我，不知有甚事，须索走一遭。（旦云）这般身子不快呵，你怎么不来看我？（红云）你想张……（旦云）张甚么？（红云）我张着姐姐哩[1]。（旦云）我有一件事，央及你咱。（红云）甚么事？（旦云）你与我望张生去走一遭，看他说甚么，你来回我话者。（红云）我不去，夫人知道不是耍。（旦云）好姐姐，我拜你两拜，你便与我走一遭。（红云）侍长请起[2]，我去则便了。说道："张生，你好生病重，则俺姐姐也不弱。"只因午夜调琴手，引起春闺爱月心。

【仙吕】【赏花时】俺姐姐针线无心不待拈[3]，脂粉香消懒去添，春恨压眉尖[4]。若得灵犀一点[5]，敢医可了病恹恹。（下）

（旦云）红娘去了，看他回来说甚话，我自有主意。（下）

注释：

①张：看，望。《水浒传》第四十五回："不想石秀却在板壁后假睡，正张得着，都看在肚里了。"

②侍长：也作"使长"，奴仆对主人的称呼。

③不待：不想，不愿，犹懒得。李文蔚《同乐院燕青博鱼》：
"我心中不待与他吃酒，我则想着衙内。"

④春恨：相思之愁。白居易《酬刘和州》："不似刘郎无景行，
长抛春恨在天台。"

⑤灵犀一点：犀牛角贯通两端的白线，葛洪《抱朴子·登
涉》："通天犀角有一赤理如綖，有自本彻末。"常用以比喻
心心相印、两情相通，李商隐《无题》："身无彩凤双飞翼，
心有灵犀一点通。"

点评：

　　第三本楔子为一过场，却不可等闲放过。莺莺登台第
一句云："自那夜听琴后，闻说张生有病，我如今着红娘去
书院里，看他说甚么。""那夜听琴"是回扣上一本"崔莺
莺夜听琴"；"闻说张生有病"是点题这一本"张君瑞害相
思"；"如今着红娘去书院"，既是楔子的剧情，又向后探衬
了第一折"前候"。小姐主动差遣贴身丫鬟前去探生，亦可
见听琴之后莺莺心态的又一转捩。李笠翁曰："编戏有如缝
衣，其初则以完全者剪碎，其后又以剪碎者凑成。剪碎易，
凑成难，凑成之工，全在针线紧密。一节偶疏，全篇破绽
出矣。"（《闲情偶寄·词曲部》）才叹信息不通，便有红娘
探病，两本间"楔子"之紧，足见《西厢》针线之密。

　　红娘应唤而至，问小姐有何差遣。莺莺不答，反诘红
娘："这般身子不快呵，你怎么不来看我？"欲求梅香代为
探病，却又抹不开面皮不想直言，种种扭捏，娇羞可爱，
令人解颐。红娘那般聪慧，怎会不知"你病他病，总一般

病"（魏浣初评文），张口便驳："你想张……"莺莺闻听又惊又臊，连忙打断："张甚么？"此时若红娘再答"你想张生"，则莺莺或将恼羞成怒就此作罢，更无探病一篇矣。作者偏令梅香借音巧答"我张着姐姐哩"，一时将话头转回"怎不来看我"，再由小姐开口吩咐。

　　红娘以"夫人知道不是耍"为由，拒绝替小姐"望张生去走一遭"。莺莺情急，再顾不得脸面、尊卑："好姐姐，我拜你两拜，你便与我走一遭。"张爱玲曾说："见了他，她变得很低很低，低到尘埃里。但她心里是欢喜的，从尘埃里开出花来。"（胡兰成《今生今世》）君瑞今日，已令莺莺心折如此。红娘心中早已答应，见状仍不免揶揄、调侃："侍长请起，我去则便了。"一丫鬟一淑媛，一爽飒一腼腆，无边妙趣，漾开涟漪。"张生，你好生病重，则俺姐姐也不弱。"两下里都害相思，张生病况究竟如何？

第一折

（末上云）害杀小生也。自那夜听琴之后，再不能够见俺那小姐。我着长老说将去，道："张生好生病重！"却怎生不见人来看我？却思量上来，我睡些儿咱。（红上云）奉小姐言语，着我看张生，须索走一遭。我想咱每一家，若非张生，怎存俺一家儿性命也！

【仙吕】【点绛唇】相国行祠，寄居萧寺。因丧事，幼女孤儿，欲将从军死。

【混江龙】谢张生伸志，一封书到便兴师。显得文章有用，足见天地无私①。若不是剪草除根半万贼，险些儿灭门绝户了俺一家儿。莺莺君瑞，许配雄雌；夫人失信，推托别词；将婚姻打灭，以兄妹为之。如今都废却成亲事。一个价糊突了胸中锦绣②，一个价泪揾湿了脸上胭脂。

【油葫芦】憔悴潘郎鬓有丝③，杜韦娘不似旧时④，带围宽清减了瘦腰肢。一个睡昏昏不待观经史，一个意悬悬懒去拈针指；一个丝桐上调弄出离恨谱，一个花笺上删抹成断肠诗；一个笔下写幽情，一个弦上传心事：两下里都一样害相思。

【天下乐】方信道才子佳人信有之，红娘看时，有些乖性儿⑤，则怕有情人不遂心也似此。他害的有些抹媚⑥，我遭着没三思⑦，一纳头安排着憔悴死。

却早来到书院里，我把唾津儿润破窗纸，看他在书房里做甚么。

【村里迓鼓】我将这纸窗儿湿破，悄声儿窥视。多管是和衣儿睡起，罗衫上前襟褶袷⑧。孤眠况味，凄凉情绪，无人伏侍。觑了他涩滞气色⑨，听了他微弱声息，看了他黄瘦脸儿。张生呵，你若不闷死，多应是害死。

注释：

①天地无私：沈璟云："言不容贼从之肆恶而巫殄灭之也。"

②胸中锦绣：胸中才学。锦绣，常用以喻指美好的事物，此谓才学。李白《冬日于龙门送从弟令问之淮南序》："兄心肝五脏皆锦绣耶？不然何开口成文、挥翰雾散？"

③潘郎鬓有丝：《晋书·潘岳传》："岳美姿仪，辞藻绝丽。"后世称夫婿或情人为潘郎。又，潘岳《秋兴赋》："余春秋三十有二，始见二毛……斑鬓髟以承弁兮，素发飒以垂领。"遂有"潘鬓"之称，代指未老先衰、鬓发斑白。

④杜韦娘：本指唐代名妓，后成美女代称，亦用为曲调名。孟棨《本事诗·情感》："刘尚书禹锡罢和州，为主客郎中。集贤学士李司空罢镇在京，慕刘名，尝邀至第中，厚设饮馔。酒酣，命妙妓歌以送之。刘于席上赋诗曰：'鬐鬓梳头宫样妆，春风一曲杜韦娘。司空见惯浑闲事，断尽江南刺史肠。'李因以妓赠之。"（范摅《云溪友议》作刘禹锡与杜鸿渐事、胡仔《苕溪渔隐丛话》引《唐宋遗史》作韦应物与杜鸿渐事。）此后杜韦娘便成了美女的代称。

⑤乖：反常，背离。

⑥抹媚：一说意谓不坦率、装模作样。抹，一作"魔"，迷惑、迷恋很深的意思。

⑦没三思：元人称心为三思台，没三思即无心之谓，引申为不明白、没主意、困惑等义。关汉卿《钱大尹智宠谢天香》："想当也波时，不三思，越聪明不能够无外事。"

⑧褶袏（zhě zhì）：衣服上的褶皱。

⑨涩滞气色：面色无光，没精打采。

【元和令】金钗敲门扇儿①。

（末云）是谁？（红唱）

我是个散相思的五瘟使②。俺小姐想着风清月朗夜深时，使红娘来探尔。

（末云）既然小娘子来，小姐必有言语。（红唱）

俺小姐至今脂粉未曾施，念到有一千番张殿试③。

（末云）小姐既有见怜之心，小生有一简，敢烦小娘子达知肺腑咱。（红云）只恐他番了面皮。

【上马娇】他若是见了这诗，看了这词，他敢颠倒费神思。

他拽扎起面皮来④："查得谁的言语你将来，

这妮子怎敢胡行事！"他可敢嗤、嗤的扯做了纸条儿。

（末云）小生久后多以金帛拜酬小娘子。（红唱）

【胜葫芦】哎，你个馋穷酸倈没意儿⑤，卖弄你有家私，莫不图谋你东西来到此？先生的钱物，与红娘做赏赐，是我爱你的金赀？

【幺篇】你看人似桃李春风墙外枝⑥，卖俏倚门儿⑦。我虽是个婆娘有志气，则说道："可怜见小子，只身独自！"恁的呵，颠倒有个寻思⑧。

注释：

①金钗敲门扇儿：钗，妇女首饰，由两股合成。《释名·释首饰》："钗，叉也，象叉之形因名之也。"以首饰叩门另见陈

鸿《长恨歌传》："方士抽簪叩扉，有双鬟童出应门。"

②五瘟使：本指传播瘟疫疾病的瘟神，又称五瘟神。此处红娘乃为张生排遣相思者，不是传播者。此"五瘟使"盖指"氤氲使"。氤氲使主婚姻成就，故可解相思。此曲"五"处依曲律当用仄声，故不得更为"氤氲使"。

③殿试：又称廷试，本是科举考试中由皇帝对会试合格者在廷殿上进行的考试。宋元间用为对读书人的敬称。关汉卿《包待制三勘蝴蝶梦》："他本是太学中殿试，怎想他拳头上便死。"

④拽扎起面皮：犹板起脸来。拽扎，本指绷紧，收拾起。

⑤馋穷酸俫：犹穷酸，对贫寒读书人的调侃称呼。俫，语助词，无实义。没意儿：没意思。

⑥桃李春风墙外枝：即出墙花。叶绍翁《游园不值》："春色满园关不住，一枝红杏出墙来。"后以出墙花、墙外枝喻指妓女。关汉卿《南吕·一枝花·不伏老》："攀出墙朵朵花，折临路枝枝柳……半生来折柳攀花，一世里眠花宿柳。"

⑦卖俏倚门：指妓女生涯。《史记·货殖列传》："刺绣文，不如倚市门。"

⑧颠倒：反倒，反而。

（末云）依着姐姐："可怜见小子，只身独自！"（红云）兀的不是也。你写来，咱与你将去。（末写科）（红云）写得好呵，读与我听咱。（末读云）"琪百拜，奉书芳卿可人妆次①：自别颜范②，鸿稀鳞绝③，悲怆不胜。孰料夫人以恩成怨，变易前姻，岂得不为失信乎？使小生目视东墙，恨不得腋翅于妆台左右；患成思渴，垂命有日。因红娘至，聊奉数字，以表寸心。万一有见怜之意，书以掷下，庶几尚可保养。造次不谨④，伏乞情恕。后成五言诗一首，就书录呈：相思恨转添，谩把瑶琴弄。乐事又逢春，芳心尔亦动。此情不可违，虚誉何须奉⑤。莫负月华明，且怜花影重。"（红唱）

【后庭花】我则道拂花笺打稿儿，元来他染霜毫不勾思⑥。先写下几句寒温序，后题着五言八句诗。不移时，把花笺锦字，叠做个同心方胜儿⑦。忒聪明，忒敬思⑧，忒风流，忒浪子。虽然是假意儿，小可的难到此。

【青哥儿】颠倒写鸳鸯两字，方信道"在心为志"⑨。

（末云）姐姐将去，是必在意者！（红唱）

看喜怒其间觑个意儿⑩。放心波学士！我愿为之，并不推辞，自有言词。则说道："昨夜弹琴的那人儿，教传示。"

注释：

①芳卿：对女子的亲敬称呼。可人：可意人，称心如意人。妆次：妆台之间，书信中对女子的尊称，犹称男子阁下。

②颜范：容颜，模样。范，模，型。《聊斋志异·章阿端》："一老大婢，掣耳蓬头，臃肿无度。生知其鬼，捉臂推之，笑曰：'尊范不堪承教！'"

③鸿稀鳞绝：没有音信。鸿即雁，雁传书事始自《汉书·苏武传》："（常惠）教使者谓单于，言天子射上林中，得雁，足有系帛书，言武等在某泽中。"鳞指鱼，古乐府《饮马长城窟行》："客从远方来，遗我双鲤鱼。呼儿烹鲤鱼，中有尺

素书。"又,《史记·陈涉世家》:"(陈涉吴广)乃丹书帛曰'陈胜王'置入所罾鱼腹中。卒买鱼烹食,得鱼腹中书,固以怪之矣。"故有鱼传书之说。

④不谨:不戒慎,不小心。有冒失意,谦语。

⑤虚誉:虚名。

⑥霜毫:本指秋天的兽毛。秋天兽毛末端最细,制笔最佳。毛笔以兔、羊等毛为头,故以霜毫代指毛笔。勾思:即构思。

⑦方胜儿:本指方形彩结,是用丝织品做成的装饰。孟元老《东京梦华录》卷六:"御龙直一脚指天,一脚圈曲幞头,着红方胜锦袄子。"一说方胜即同心结。此指叠成方形或菱形的信笺。郑德辉《㑇梅香骗翰林风月》:"这简帖儿方胜小,见甚景像便待把香烧。"

⑧敷思:此为风流放浪、潇洒可爱之意。钟嗣成《正宫醉太平》:"打攧槎会唱鹧鸪词,穷不了俺风流敷思。"

⑨在心为志:《毛诗序》:"诗者,志之所之也,在心为志,发言为诗。"这里隐去后句,意取"发言为诗"。

⑩喜怒其间觑个意儿:在莺莺高兴的时候找个机会。喜怒,偏义复词,取喜义。

这简帖儿我与你将去,先生当以功名为念,休堕了志气者!

【寄生草】你将那偷香手,准备着折桂枝①。休教那淫词儿污了龙蛇字②,藕丝儿缚定鹍鹏翅③,黄莺儿夺了鸿鹄志④;休为这翠帏锦帐一佳人,误了你玉堂金马三学士⑤。

(末云)姐姐在意者!(红云)放心,放心。

【煞尾】沈约病多般⑥,宋玉愁无二⑦,清减了相思样子。则你那眉眼传情未了时，我中心日夜藏之⑧。怎敢因而⑨，"有美玉于斯⑩"，我须教有发落归着这张纸⑪。凭着我舌尖儿上说词，更和这简帖儿里心事，管教那人儿来探你一遭儿。（下）

（末云）小娘子将简帖儿去了，不是小生说口，则是一道会亲的符篆⑫。他明日回话，必有个次第⑬。且放下心，须索好音来也。且将宋玉风流策，寄与蒲东窈窕娘⑭。（下）

注释：

①折桂枝：《晋书·郤诜传》："武帝于东堂会送，问诜曰：'卿自以为何如？'诜对曰：'臣举贤良对策，为天下第一，犹桂林之一枝、昆山之片玉。'"后以"折桂"比喻科举及第。

②龙蛇字：形容字体流利，笔势如龙盘蛇曲。李白《草书歌行》："时时只见龙蛇走，左盘右蹙如惊电。"

③藕丝：喻感情之缠绵。孟郊《去妇》："妾心藕中丝，虽断犹牵连。"

④黄莺：用为美女的代称。孟棨《本事诗·情感》载，戎昱与所爱将别，为诗命歌之："好是春风湖上亭，柳条藤蔓系离情。黄莺久住浑相识，欲别频啼四五声。"此处用黄莺双关莺莺。鸿鹄志：指远大抱负。《史记·陈涉世家》："陈涉少时，尝与人佣耕。辍耕之垄上，怅恨久之，曰：'苟富贵，无相忘。'佣者笑而应曰：'若为佣耕，何富贵也？'陈涉太息曰：'嗟乎，燕雀安知鸿鹄之志哉！'"

⑤玉堂金马三学士：喻才华出众的人。王辟之《渑水燕谈录·高逸》载欧阳文忠公、赵少师、吕学士同燕集，文忠

公亲作口号云："金马玉堂三学士，清风明月两闲人。"金
马，汉代宫门，因门傍有铜马而得名。旧以身历玉堂金马为
仕宦得意。《汉书·扬雄传下》："今子幸得遭明盛之世，处
不讳之朝，与群贤同行，历金门上玉堂有日矣。"

⑥沈约病多般：《南史·沈约传》："初，约久处端揆，有志台
司，论者咸谓为宜。而帝终不用。乃求外出，又不见许。与
徐勉素善，遂以书陈情于勉，言己老病，'百日数旬，革带
常应移孔；以手握臂，率计月小半分'。欲谢事，求归老之
秩。"此喻像沈约一样多病。

⑦宋玉愁无二：与宋玉的愁一模一样。宋玉，战国文学家，他
所写的《九辩》多悲愁之语，后人言悲秋、愁多，往往以宋
玉为喻。李贺《恼公》："宋玉愁空断，娇饶粉自红。"

⑧则你那眉眼传情未了时，我中心日夜藏之：意谓早在你们没完
没了地以眉目传情的时候，我就已经看在眼里，记在心里了。

⑨因而：此言草率、凑合、怠慢、不重视。

⑩有美玉于斯：《论语·子罕》："有美玉于斯，韫椟而藏诸？
求善贾而沽诸？"这里用为歇后语，取后句"韫椟而藏诸"
之意。

⑪发落：处置。关汉卿《钱大尹智宠谢天香》："今日升堂坐起
早衙，张千，有该佥押的文书，将来我发落。"归着：着落，
结果。

⑫会亲：本是婚姻的一种礼仪，指婚后男女两家共邀亲属相见
之礼。吴自牧《梦粱录·嫁娶》："至一月，女家送弥月礼
合，婿家开筵，延款亲家及亲眷，谓之贺满月会亲。"此谓
成亲。符箓（lù）：道教符箓派用来遣神役鬼、镇魔压邪、治

病消灾的一种似字非字的图形，这里指有灵验的文书神符。

⑬次第：此为分晓、结果意。《水浒传》第十七回："太守问我贼人消息，我回覆道：'未见次第，不曾获的。'"

⑭窈窕（yǎo tiǎo）娘：美好的女子。《诗经·关雎》："窈窕淑女，君子好逑。"美状为窈，美心为窕，此言心貌俱美。

点评：

本折又称"锦字传情"、"前候"，由红娘主唱。楔子写莺莺遣红娘探病，第一折却先从张生一头叙起，饶富新意。张生自听琴之后，因再不能见小姐，故着长老说将去，道张生好生病重，是知"傻角"不傻，"病重"是假，相思是真。张生自揭情由之后，旋以"我睡些儿咱"为由下场；红娘登台，犹是甫奉主命之后。观众此时已是"旁观者清"，再看小红娘一路款款而至，不觉减却一分替人担忧之躁动烦扰，增入一分看人热闹的悠然心情。好曲家真如良帅，驱来送往似调兵遣将，运筹文字之间，决胜甗鬲之上！

红娘之叙前情，自【点绛唇】至【天下乐】凡唱四曲，一曲一转。【点绛唇】讲故相一家寄居萧寺，罹孙飞虎之难。【混江龙】写张生见义勇为，夫人先许婚后悔婚，小姐书生良姻梦断。【油葫芦】借前人典故，以潘安仁、杜韦娘事譬喻君瑞憔悴、莺莺肠断；"带围宽清减了瘦腰肢"，用柳永《蝶恋花》"衣带渐宽终不悔，为伊消得人憔悴"之成句，状莺莺为情消瘦之样貌；其后更连下三对"一个"，将崔、张二人"两下里都一样害相思"并置细勾，其词忽短忽长、忽断忽续，"如风吹落花，东西夹堕，最是好看"（金圣叹评文）。【天下乐】"才子佳人信有之"，是红娘亲见二人情动意牵、超逾常态，此时心中的笑、爱、怜、叹；随后巧从"才子佳人"推及自己："红娘看时，有些乖性儿，则怕有情人不遂心也似此。他害的有些抹媚，我遭着没三思，一纳头安排着憔悴死"——"若我遭此不遂心的事，别无他计，只索死便休，决不如你们乔样也"（潘廷章评文）。金圣叹曰："上《琴心》一篇，红娘既得莺莺的托，则此篇不过走覆张生，而张生苦央代递一书耳。题之枯淡窘缩，无逾于此。乃吾读其文，又见其缬缬然有如许六七百言之一大篇"，"因此题更无下笔处，故将前事闲闲自叙一遍作起也。然便真似有一聪明解事女郎，于纸上行间，纤腰微袅，小脚徐挪，一头迤逦行来，一头车轮打算。一时文笔之妙，真无逾于是也"（《第六才子书西厢记》）。

红娘来至书房门外，并未马上叩门而入，而是先以唾津润破窗纸向内窥探张生情状：褶裎在罗衫前襟，可知张生是和衣而睡、凄凉孤眠；"涩滞气色"、"微弱声息"、"黄瘦脸儿"，又可察其饱受相思熬煎；"张生呵，你若不闷死，多应是害死"，则是代书生不平。【村里迓鼓】"不是画出红娘，只欲画出一个害相思的张生来。独自卧病书斋，种种情态谁人见来？特借红娘挖窗俏视，曲曲传写"（潘廷章评文）。

小丫鬟金钗敲门扇儿，病书生启扉延入。"散相思的五瘟使"不说受命探病，却道"俺小姐想着风清月朗夜深时，使红娘来探尔"。"风清月朗夜深时"，是今夜，是听琴夜，是酬韵夜？当夜又是何等风月，令小姐想到使梅香往探书生？红娘言语一片镜花水月，引人探问遐思，虚虚实实中自有妙趣。张生闻言忙问小姐言语，红娘又不答，旁接一句"俺小姐至今脂粉未曾施，念到有一千番张殿试"，直抵过问病千言、疗疾万方，张生病已减却大半。实甫有时辗开一瞬似一年，有时斧斫半日于三两言，【元和令】曲中带白，红娘、张生一唱一念，问答间略无滞碍，便将情节闪转至传简。张生情切如在面前，曲家淘称细心大胆。

张生欲请红娘传简，红娘不可，又夸张模拟莺莺可能的言行："他若是见了这诗，看了这词，他敢颠倒费神思。他拽扎起面皮来：'查得谁的言语你将来，这妮子怎敢胡行事！'他可敢嗤、嗤的扯做了纸条儿。"此处预写后篇莺莺见简时之情状却不点破，"深表红娘灵慧过人，而又未尝漏泄后篇"（金圣叹评文），小梅香演来亦庄亦谐，别是一番风情。张生试图以利诱之，快口婢子闻言气恼，一阵奚落："莫不图谋你东西来到此？""是我爱你的金赀"？"我虽是个婆娘有志气！则说道：'可怜见小子，只身独自！'恁的呵，颠倒有个寻思"。金圣叹尝赞曰："世间有斤两、可计算者，银钱；世间无斤两、不可计算者，情义也。如张生、莺莺男贪女爱，此真何与红娘之事？而红娘便慨然将千金一担，两肩独挑。细思此情此义，真非秤之可得称、斗之可得量也。"（《第六才子书西厢记》）小红娘身在"贱籍"，却重义轻利有侠骨，不做钱媒，愿为情使，无怪乎千载而下，痴男怨女犹引颈盼之！

张生从善如流，连忙央求；红娘毫不做作，干脆答应。张生拂笺走笔，立成一札，倾吐相思，祈小姐见怜。其情书虽略乏风流意味，但所附五言诗却向来为人所褒扬：前四句"相思恨转添，谩把瑶琴弄。乐事又逢春，芳心尔亦动"，是从自己相思备增写到料想莺莺亦应如是；后四句"此情不可违，虚誉何须奉。莫负月华明，且怜花影重"，则是劝勉莺莺为爱而勇，莫负深情。"谩把瑶琴弄"前承"琴心"；"且怜花影重"后启莺莺"隔墙花影动"之和又遥点逾墙会莺之情节。四十字动之以情，晓之以理；由此及彼再由彼及此，由过去到现在又由现在到未来；盘绕回荡，绮侧动人。

红娘不通文墨，然观张生一挥而就亦不免连声葆赞："忒聪明，忒敬思，忒风流，忒浪子"，更为张生志诚愈发感动："放心波学士！我愿为之，并不推辞，自有言词"，"凭着我舌尖儿上说词，更和这简帖儿里心事，管教那人儿来探你一遭儿"。小丫鬟临行前叮嘱病书生"当以功名为念，休堕了志气"，并唱【寄生草】发扬其意，向惹争议。然而倘从全剧观之，夫人固是特重门第，莺莺对仕途经济亦不持反对态度。红娘此言实是劝勉书生不要萎靡颓堕、当自振作，更多的是对张生的爱重。评家因之而斥红娘为"禄蠹"，不免有失苛刻。

本折场景多次切换，于空中幻色，写出途中、窗外、门前、室内，如花开次第，色色不同。小红娘探病、传简，"忽嗔忽喜、忽予忽夺"（潘廷章评文），如春蹄款段，更兴味盎然。实甫的称善入戏场者矣！君瑞有大恩，夫人轻然诺，好婚姻一时成耽搁。"两下里都一样害相思"，"方信道才子佳人信有之"。"会亲的符篆"已去，好音须索来耶？

管教那
人来
探你一
遭儿

沈约病多般，宋玉愁无二，清减了相思样子。则你那眉眼传情未了时，我中心日夜藏之。怎敢因而，「有美玉于斯」，我须教有发落归着这张纸。凭着我舌尖儿上说词，更和这简帖儿里心事，管教那人儿来探你一遭儿。

第二折

（旦上，云）红娘伏侍老夫人，不得空，偌早晚敢待来也。困思上来，再睡些儿咱。（睡科）（红上云）奉小姐言语，去看张生，因伏侍老夫人，未曾回小姐话去。不听得声音，敢又睡哩。我入去看一遭。

【中吕】【粉蝶儿】风静帘闲，透纱窗麝兰香散①，启朱扉摇响双环。绛台高②，金荷小③，银釭犹灿④。比及将暖帐轻弹，先揭起这梅红罗软帘偷看⑤。

【醉春风】则见他钗亸玉横斜，鬓偏云乱挽。日高犹自不明眸，畅好是懒、懒。（旦做起身长叹科）（红唱）半晌抬身，几回搔耳，一声长叹。

我待便将简帖儿与他，恐俺小姐有许多假处哩。我则将这简帖儿放在妆盒儿上，看他见了说甚么。（旦做照镜科，见帖看科）

（红唱）

【普天乐】晚妆残⑥，乌云亸⑦，轻匀了粉脸，乱挽起云鬟。将简帖儿拈，把妆盒儿按，开拆封皮孜孜看⑧，颠来倒去不害心烦。

（旦怒叫）红娘！（红做意云⑨）呀，决撒了也⑩！厌的早挖皴了黛眉⑪。

（旦云）小贱人，不来怎么！（红唱）

忽的波低垂了粉颈，氲的呵改变了朱颜。

注释：

①香散：香飘。

②绛台：红色的烛台。

③金荷：亦称铜荷，烛台上部承接烛泪的铜盘，盘为荷花形，盘上插烛。庾信《对烛赋》："铜荷承泪蜡，铁铗染浮烟。"

④银釭：灯。晏几道《鹧鸪天》："今宵剩把银釭照，犹恐相逢是梦中。"灿：明，亮。

⑤梅红罗软帘：淡红色绫罗所制帐帘，闺房床帐多用之。

⑥晚妆残：王伯良曰："晨而曰'晚妆'，宿妆未经梳洗也。"

⑦乌云軃："軃"为哥戈韵，此处叶寒山韵，读如"dǎn"。

⑧孜孜看：仔细看，认真看。晁端礼《殢人娇》："旋剔银灯，高褰斗帐，孜孜地、看伊模样。"

⑨做意：做出某种表情，此指做出警觉、注意的样子。

⑩决撒：败露，坏了事。石君宝《鲁大夫秋胡戏妻》："（梅英云）你曾逗人家女人来么？（秋胡背云）我决撒了也……"

⑪扢（gē）皱：皱起，紧皱。高文秀《黑旋风双献功》："我便道：'眉儿镇常扢皱。'你便唱：'夫妻每醉了还依旧。'"

（旦云）小贱人，这东西那里将来的？我是相国的小姐，谁敢将这简帖来戏弄我？我几曾惯看这等东西？告过夫人，打下你个小贱人下截来。（红云）小姐使将我去，他着我将来，我不识字，知他写着甚么？

【快活三】分明是你过犯①，没来由把我摧残；使别人颠倒恶心烦。你不"惯"，谁曾"惯"？

姐姐休闹，比及你对夫人说呵，我将这简帖儿，去夫人行出首去来②！（旦做揪住科）我逗你耍来。（红云）放手，看打下下截来！（旦云）张生两日如何？（红云）我则不说。（旦云）好姐姐，

你说与我听咱！（红唱）

【朝天子】张生近间、面颜，瘦得来实难看。不思量茶饭，怕见动弹③；晓夜将佳期盼，废寝忘餐。黄昏清旦，望东墙淹泪眼。

（旦云）请个好太医看他证候咱④。（红云）他证候吃药不济。

病患、要安，则除是出几点风流汗。

（旦云）红娘，不看你面时，我将与老夫人看，看他有何面目见夫人！虽然我家亏他，只是兄妹之情，焉有外事。红娘，早是你口稳哩，若别人知呵，甚么模样！（红云）你哄着谁哩！你把这个饿鬼，弄的他七死八活，却要怎么？

【四边静】怕人家调犯⑤，"早共晚夫人见些破绽，你我何安。"问甚么他遭危难？撺断、得上竿，掇了梯儿看⑥。

注释：

①过犯：过错，罪过。

②出首：此谓告发他人。

③怕见：懒得。李清照《永遇乐》："如今憔悴，风鬟霜鬓，怕见夜间出去。"

④太医：本指御医。元设太医院，领管所有医生，供随时召用，一般医生也可称太医。证候：即症候、病情、症状。

⑤调（tiáo）犯：嘲笑讥讽，说是道非。

⑥撺（cuān）断、得上竿，掇了梯儿看：意谓鼓动别人登梯子爬上竿去，自己却撤走梯子，看人家下不来的样子。释晓莹《罗湖野录》："黄鲁直与兴化海老手帖云：'莫送人上树，拔却梯也。'"关汉卿《望江亭中秋切鲙旦》："我我我，撺断

张君瑞害相思杂剧 第二折

的上了竿；你你你，掇梯儿着眼看。"这里是说莺莺惹得张
生害了相思病，却又撒手不管。

（旦云）将描笔儿过来，我写将去回他，着他下次休是这般！（旦
做写科）（起身科云）红娘，你将去说："小姐看望先生，相待兄
妹之礼如此，非有他意。再一遭儿是这般呵，必告夫人知道。"
和你个小贱人都有说话！（旦掷书下）（红唱）

【脱布衫】小孩儿家口没遮拦，一迷的将言语摧残①。把
似你使性子②，休思量秀才，做多少好人家风范③。（红做拾
书科）

【小梁州】他为你梦里成双觉后单，废寝忘餐。罗衣不
奈五更寒④，愁无限，寂寞泪阑干⑤。

【幺篇】似这等辰勾空把佳期盼⑥，我将这角门儿世不曾牢
拴，则愿你做夫妻无危难。我向这筵席头上整扮，做一个缝
了口的撮合山⑦。

注释：

① 一迷的：一味的，一个劲的。秦简夫《宜秋山赵礼让肥》：
"怎当他一迷里胡为，百般家拚摆。"

② 把似：与其。杨讷《刘行首》："把似你受惊受怕将家私办，
争如我无辱无荣将道德学，行满功高。"

③ 好人家：此谓官宦人家。

④ 罗衣不奈五更寒：是说张生彻夜不眠，凄凉不堪。李煜《浪
淘沙》："帘外雨潺潺，春意阑珊，罗衾不耐五更寒。"

⑤ 泪阑干：犹泪纵横。白居易《长恨歌》："玉容寂寞泪阑干，

梨花一枝春带雨。"

⑥似这等辰勾空把佳期盼：盼望佳期到来，好像等待辰勾星出
　来一样困难。王伯良曰："辰勾，水星。其出虽有常度，然
　见之甚难。"

⑦我向这筵席头上整扮，做一个缝了口的撮合山：整扮，妆扮
　整齐。撮合山，媒人。《京本通俗小说·西山一窟鬼》："元
　来那婆子是个撮合山，专靠做媒为生。"凌濛初曰："婚姻筵
　席媒人与焉，故戏言筵席间整备，做不漏泄的媒人。"

（红云）我若不去来，道我违拗他，那生又等我回报，我须索走
　一遭。（下）（末上云）那书倩红娘将去，未见回话。我这封书
　去，必定成事。这早晚敢待来也。（红上云）须索回张生话去。
　小姐，你性儿忒惯得娇了！有前日的心，那得今日的心来？

【石榴花】当日个晚妆楼上杏花残，犹自怯衣单；那一片
听琴心清露月明间①。昨日个向晚，不怕春寒，几乎险
被先生馔②。那其间岂不胡颜③？为一个不酸不醋风魔
汉④，隔墙儿险化做了望夫山⑤。

【斗鹌鹑】你用心儿拨雨撩云，我好意儿传书寄简。不肯搜
自己狂为，则待要觅别人破绽。受艾焙权时忍这番⑥，畅
好是奸⑦！

　　"张生是兄妹之礼，焉敢如此！"
对人前巧语花言；
　　没人处便想张生，
背地里愁眉泪眼。

注释：

①"当日个晚妆楼上杏花残"三句：凌濛初曰："言晚妆怕冷，听琴就不怕冷。"

②先生馔（zhuàn）：《论语·为政》："有事，弟子服其劳；有酒食，先生馔。曾是以为孝乎？"馔，本指吃喝。毛西河曰："'先生馔'，正用四书语借作调侃，元词多如此。如《岳阳楼》剧：'总是个有酒食，先生馔。'"这里是调侃听琴夜几乎被张生得了手。

③胡颜：没脸、丢丑的意思。

④不酸不醋：即酸醋，酸溜溜。

⑤隔墙儿险化做了望夫山：是说莺莺听琴时伫立良久，险些化作望夫石。

⑥艾焙（bèi）：用作动词，指用艾绒卷烤灸患者经穴。剧中为责备、训斥之意。艾，药用植物名。

⑦畅好是奸：闵遇五云："'畅好是奸'，满情满意的奸诈也。"

（红见末科）（末云）小娘子来了，擎天柱①，大事如何了也？

（红云）不济事了，先生休傻。（末云）小生简帖儿，是一道会亲的符箓，则是小娘子不用心，故意如此。（红云）我不用心？有天哩！你那简帖儿好听！

【上小楼】这的是先生命悭，须不是红娘违慢。那简帖儿到做了你的招状②，他的勾头③，我的公案④。若不是觑面颜，厮顾盼，担饶轻慢⑤。

先生受罪，礼之当然。贱妾何辜？

争些儿把你娘拖犯⑥！

【幺篇】从今后相会少，见面难。月暗西厢，凤去秦楼，云敛巫山。你也趓⑦，我也趓，请先生休讪⑧，早寻个酒阑人散。

注释：

①擎天柱：古人认为天的四周都有柱子支撑，这些柱子便是擎天柱。《淮南子·天文训》："昔者共工与颛顼争为帝，怒而触不周之山，天柱折，地维绝。天倾西北，故日月星辰移焉；地不满东南，故水潦尘埃归焉。"《神异经·中荒经》："昆仑之山有铜柱焉，其高入天，所谓天柱也，围三千里，周圆如削。"

②招状：犯人招认罪行的供词。郑德辉《㑇梅香骗翰林风月》："你索取一个治家不严的招状。"

③勾头：逮捕人的拘票。马致远《吕洞宾三醉岳阳楼》："我凭勾头文书勾你！"

④公案：指重要事件，也指依法令而判断的案件，此指后者。

⑤"若不是觑面颜"三句：如果不是看着彼此的面子，手下留情，容忍了你有失分寸的行为。顾盼，本指看、视，此谓照顾、留情。担饶，担待，宽恕。无名氏《龙济山野猿听经》："告尊神且担饶，吓得我五魂消，再不敢僧房佛殿逞逍遥。"

⑥争些：差点儿，险些儿。关汉卿《感天动地窦娥冤》："（张驴儿云）爹，是个婆婆，争些勒杀了。"拖犯：连累。

⑦趓（shàn）：方言，走开，散伙。

⑧讪（shàn）：埋怨，毁谤。《荀子·大略》："为人臣下者，有

谏而无讪，有亡而无疾，有怨而无怒。"

（红云）只此再不必申诉足下肺腑，怕夫人寻，我回去也。（末云）小娘子此一遭去，再着谁与小生分剖？必索做一个道理，方可救得小生一命。（末跪下揪住红科）（红云）张先生是读书人，岂不知此意，其事可知矣。

【满庭芳】你休要呆里撒奸①，你待要恩情美满，却教我骨肉摧残。老夫人手执着棍儿摩娑看②，粗麻线怎透得针关③？直待我拄着拐帮闲钻懒，缝合唇送暖偷寒④。

待去呵，小姐性儿撮盐入火⑤，

消息儿踏着泛⑥；

待不去呵，（末跪哭云）小生这一个性命，都在小娘子身上。（红唱）禁不得你甜话儿热趱⑦。好着我两下里做人难。

注释：

①呆里撒奸：内藏奸诈而故作诚实。

②摩娑：抚摸。此言老夫人摸弄着棍子早有准备。

③针关：针孔。粗麻线穿不过小小的针孔，喻无能为力。

④直待我拄着拐帮闲钻懒，缝合唇送暖偷寒：帮闲钻懒，管别人的闲事，此指为男女传情。无名氏《逞风流王焕百花亭》："（正末云）小二哥，你也知道我妆孤爱女，你肯与我做个落花的媒人，与那贺家姐姐做一程儿伴，我便与你换上盖也。（小二云）官人，小人别的不会、这调风贴怪，帮闲钻懒，须是本等行业，我就与你说去。"送暖偷寒，指男女间暗中传情递意。关汉卿《赵盼儿风月救风尘》："钉靴雨伞

为活计，偷寒送暖作营生。不是闲人闲不得，及至得了闲时
又闲不成……平生做不的买卖，止是与歌者姐姐每叫些人，
两头往来，传消寄信都是我。"

⑤撺盐入火：盐入火即爆，用以比喻脾气急躁。《水浒传》第
十三回："为是他性急，撺盐入火，为国家面上，只要争气，
当先厮杀，以此人都叫他做急先锋。"

⑥消息儿踏着泛：踩着机关的泛子，中人圈套、落入机关的意
思。消息儿，即机关，靠机械使物体运转，常用以捕兽、陷
人。泛，亦称泛子，即触发机关的机钮。

⑦甜话儿热趱（zǎn）：用好话催说。趱，逼使走。

我没来由分说，小姐回与你的书，你自看者。（末接科，开读科）
呀，有这场喜事！撺土焚香①，三拜礼毕②。早知小姐简至，理
合远接；接待不及，勿令见罪。小娘子，和你也欢喜。（红云）
怎么？（末云）小姐骂我都是假，书中之意，着我今夜花园里来，
和他"哩也波，哩也啰"哩③！（红云）你读书我听。（末云）"待
月西厢下，迎风户半开。隔墙花影动，疑是玉人来。"（红云）
怎见得他着你来？你解与我听咱。（末云）"待月西厢下"，着我
月上来；"迎风户半开"，他开门待我；"隔墙花影动，疑是玉人
来"，着我跳过墙来。（红笑云）他着你跳过墙来，你做下来④。
端的有此说么？（末云）俺是个猜诗谜的社家⑤，风流隋何，浪子
陆贾⑥。我那里有差的勾当？（红云）你看我姐姐，在我行也使这
般道儿⑦。

【耍孩儿】几曾见寄书的颠倒瞒着鱼雁，小则小心肠儿转
关。写着道西厢待月等得更阑，着你跳东墙"女"字边

"干"⑧。元来那诗句儿里包笼着三更枣⑨，简帖儿里埋伏着九里山⑩。他着紧处将人慢。怎会云雨闹中取静，我寄音书忙里偷闲。

注释：

①撮土焚香：事本吕洞宾事。曾达臣《独醒杂志》：有客谒林灵素，"客曰：'有小术，愿试之。'即捻土炷炉中，且求杯水噀案上，覆之以杯。忽报车驾来幸道院，灵素仓皇出迎，不及辞别而其人去。上至院中，闻香郁然，异之"。后指以土代香，郑廷玉《看钱奴买冤家债主》："我也无那香，只是捻土为香。"

②三拜：僧俗均有的礼数，张生曰三拜，以示特殊敬重。

③哩也波，哩也啰：北方方言，无具体含义，用以代指不便明言之事，用法与"如此这般"相同。

④做下来：做出不正当的事情来，指男女私通。白朴《裴少俊墙头马上》："是做下来也，怎见父母？"

⑤猜诗谜的社家：犹言解诗的行家。猜诗谜是宋元时伎艺的一种，对某种伎艺兴味相投的人组成的团体，叫商社或社会。参加某社的人，即称某某社家。

⑥风流隋何，浪子陆贾：隋何、陆贾都是汉初人，二人都长于说辞。隋、陆二人均未见风流浪子的事迹，但戏曲中以二者为风流浪子者往往有之。凌濛初曰："元剧用事，正不必正史有也。"

⑦道儿：方言，犹圈套。凌濛初云："'道儿'，方语，元白中多有'休着了道儿'等语，《水浒传》李逵云：'着了两遭道

儿。'可证。"

⑧跳东墙：《孟子·告子下》："逾东家墙而搂其处子，则得妻；不搂，则不得妻。"此暗用其事。女字边干（gān）：拆字格，"奸"字。

⑨三更枣：为约会暗语。《高僧传》载，禅宗五祖弘忍传法于六祖慧能时，给了他三粒粳米一枚枣，慧能领悟到是让他"三更早来"。

⑩埋伏着九里山：计谋圈套之意。徐士范曰："汉高祖、韩信与项羽战，在徐州九里山前，与樊哙、王陵、亚夫等兵，排作八八六十四卦阵势，十面埋伏，以降羽，逼至乌江。"事不见史书，小说戏曲多称其事。无名氏《隋何赚风魔蒯通》："他在九里山前，只一阵，逼得项羽自刎乌江。"

【四煞】纸光明玉板①，字香喷麝兰，行儿边泄透非春汗？一缄情泪红犹湿，满纸春愁墨未干②。从今后休疑难，放心波玉堂学士，稳情取金雀鸦鬟③。

【三煞】他人行别样的亲，俺根前取次看④，更做道孟光接了梁鸿案⑤。别人行甜言美语三冬暖，我根前恶语伤人六月寒。我为头儿看⑥：看你个离魂倩女⑦，怎发付掷果潘安⑧。

（末云）小生读书人，怎跳得那花园过也？（红唱）

【二煞】隔墙花又低，迎风户半拴，偷香手段今番按⑨。怕墙高怎把龙门跳⑩？嫌花密难将仙桂攀。放心去，休辞惮。你若不去呵，望穿他盈盈秋水，蹙损了淡淡春山⑪。

（末云）小生曾到那花园里，已经两遭，不见那好处。这一遭，知他又怎么？（红云）如今不比往常。

【煞尾】你虽是去了两遭，我敢道不如这番。你那隔墙酬和都胡侃，证果的是今番这一简⑫。（红下）

注释：

① 玉板：纸名，即玉板宣，白宣纸的一种，柔韧光洁，宜于书画。

② 一缄情泪红犹湿，满纸春愁墨未干：意谓信是用相思的泪水书写而成，泪渍犹湿；满纸洋溢着少女真情，墨迹未干。红犹湿，红泪未干之意。王嘉《拾遗记》："（魏）文帝所爱美人，姓薛名灵芸，常山人也……灵芸闻别父母，歔欷累日，泪下沾衣。至升车就路之时，以玉唾壶承泪，壶中即如红色。既发常山，及至京师，壶中泪凝如血。"后因称美女之泪为红泪。

③ 稳情取：准能得到。郑廷玉《看钱奴买冤家债主》："天开眼无轻放，天还报有灾殃，稳情取家破人亡。"金雀鸦鬟：代指美女。李公垂《莺莺歌》："绿窗娇女字莺莺，金雀鸦鬟年十七。"金雀，妇女头上的钗簪。鸦鬟，乌黑的头发。

④ 取次看：犹等闲视之，不重视之意。

⑤ 孟光接了梁鸿案：出《后汉书·梁鸿传》，梁鸿娶孟氏女孟光，每归，妻为具食，不敢于鸿前仰视，举案齐眉。故事本为妻敬夫，梁鸿接下孟光案，这里反说为妻接夫案，意在讥讽莺莺主动约张生幽会。

⑥ 为头儿看：从头看，从此看着你。

⑦ 离魂倩女：陈玄祐《离魂记》云，张倩娘与王宙相爱至深，

王宙赴京，倩娘魂离躯体，追随王宙而去，后倩娘因思家返

乡，魂魄复合为一。倩娘即倩女，代指多情女子，此指莺莺。

⑧掷果潘安：潘安，潘岳，字安仁。刘孝标引裴启《语林》：

"安仁至美，每行，老妪以果掷之，满车。"后用为美男子典

故，此指张生。

⑨按：考验，验证。

⑩龙门：山名，在今山西河津与陕西韩城之间。《文选·谢

朓·观朝雨》李善注引《三秦记》："河津，一名龙门，两

旁有山，水陆不通，龟鱼莫能上。江海大鱼薄集龙门下，上

则为龙，不得上曝鳃水次也。"

⑪春山：比喻妇女美丽的眉毛。欧阳修《玉楼春》："春山敛黛

低歌扇，暂解吴钩登祖宴。"

⑫证果的是今番这一简：意谓让你成就好事的是这次的简帖。

证，登、得到之意。证果本为佛教语，本指苦心修行，即可

得成佛菩萨等正果之位，这里取成功、达到目的之意。

（末云）万事自有分定，谁想小姐有此一场好处。小生是猜诗谜

的社家，风流隋何，浪子陆贾，到那里扢扎帮便倒地①。今日颓

天百般的难得晚②。天，你有万物于人，何故争此一日？疾下去

波！读书继晷怕黄昏③，不觉西沉强掩门。欲赴海棠花下约，太

阳何苦又生根？（看天云）呀，才晌午也，再等一等。（又看科）

今日万般的难得下去也呵！碧天万里无云，空劳倦客身心④。恨

杀鲁阳贪战⑤，不教红日西沉。呀，却早倒西也，再等一等咱。

无端三足乌⑥，团团光烁烁。安得后羿弓⑦，射此一轮落！谢天

地！却早日下去也。呀，却早发擂也！呀，却早撞钟也！拽上书

房门，到得那里，手挽着垂杨，滴流扑跳过墙去。（下）

注释：

①扢扎帮：亦作"扢搭帮"，一下子、迅速之意。一说系象声词。张寿卿《谢金莲诗酒红梨花》："果然若来时，和他吃几杯儿酒，添些春兴，扢搭帮放翻他。"

②颓天：即屌天。颓，詈词，犹"屌"。

③继晷：夜以继日。晷，日影。韩愈《进学解》："焚膏油以继晷，恒兀兀以穷年。"

④倦客：倦于在外作客之人。周邦彦《兰陵王·柳》："登临望故国，谁识，京华倦客？"此指张生。

⑤鲁阳贪战：《淮南子·览冥训》："鲁阳公与韩构难，战酣，日暮，援戈而撝之，日为之反三舍。"

⑥三足乌：传说日中有三足乌鸦，故用以代指太阳。《春秋元命苞》："日中有三足乌……乌者，阳精。"

⑦后羿（yì）：尧时射落九个太阳的人。《淮南子·本经训》："尧之时十日并出，焦禾稼，杀草木，而民无所食。猰貐、凿齿、九婴、大风、封豨、修蛇，皆为民害；尧乃使羿诛凿齿于畴华之野，杀九婴于凶水之上，缴大风于青丘之泽，上射十日而下杀猰貐，断修蛇于洞庭，禽封豨于桑林。万民皆喜，置尧以为天子。"

点评：

　　本折又称"闹简"、"妆台窥简"，自情节言，概可分为四段：第一段，红娘携张生信归，窥莺莺看简；第二段，莺莺变色斥责红娘，并令红娘将回信传给张生；第三段，红娘持回简，不得不重入书院；第四段，张生发书读之，解出诗意，决定赴约。一折之内，几番跌宕，从红娘视角雕镂小儿女相思情状，楮面为之挥彻。李卓吾尝总评此折曰："尝言吴道子、顾虎头，只画得有形象的；至如相思情状，无形无象，《西厢记》画来的的逼真，跃跃欲有。吴道子、顾虎头又退数十舍矣。千古来第一神物，千古来第一神物！"

上一折写红娘奉命探病，此折却不急写红娘归来，而是先由莺莺开场："红娘伏侍老夫人，不得空，偌早晚敢待来也"，透出莺莺等待期间的心劳意冗、忧虑不安；"困思上来，再睡些儿咱"，则为红娘如何将张生书简拿给小姐，预置了表现空间。红娘前来传信，亦不马上入闺房唤醒莺娘，而是先由外而内窥瞧小姐情状。"风静帘闲，透纱窗麝兰香散"，是红娘渐至窗外，"帘内是窗，窗外是帘。有风则下帘，无香则开窗。今因无风，故不下帘；却因有香，又不开窗。只十一字，写女儿深闺，便如图画"（金圣叹评文）。"启朱扉摇响双环"，是红娘推门而入；"绛台高，金荷小，银釭犹灿"，只见闺房深处一团安晏；"比及将暖帐轻弹，先揭起这梅红罗软帘偷看"，则是至榻前又启开罗帐矣。"娇女深闺春晓，及侍儿惜玉怜香，种种情况，俱宛然可想"（潘廷章评文）。其后紧随【醉春风】一曲，便借红娘之眼，描出一幅仕女晓睡图。"钗嚲玉横斜，鬓偏云乱挽。日高犹自不明眸，畅好是懒、懒"，绣户春深，海棠未足，钗堕发松，神思恍惚，宛然在目。"半晌抬身，几回搔耳，一声长叹"，则由静而动，由举止露出内心烦怨。莺莺多情，犹此亦可见一隅。

张生嘱托传简时，红娘明知小姐可能"番了面皮"仍然应下，实有未奏先斩之嫌。此刻小姐春睡方醒，尚未梳妆。小梅香"待便将简帖儿与他，恐俺小姐有许多假处"，灵机一动，"则将这简帖儿放在妆盒儿上"，躲到一边。看小姐起身照镜，"轻匀了粉脸，乱挽起云鬟"；看小姐在妆盒儿上拈起简帖儿，"开拆封皮孜孜看，颠来倒去不害心烦"；看小姐眉头一皱计上心来，"厌的早挖皱了黛眉"，"忽的波低垂了粉颈，氲的呵改变了朱颜"，突然"决撒"，怒宣红娘，——小姐的一点儿小性儿都映在丫鬟眸中，一星儿小聪明却投射在观众心上，关目之好，令人叫绝。

莺莺对红娘劈头盖脸一顿责问："小贱人，这东西那里将来的？我是相国的小姐，谁敢将这简帖来戏弄我？我几曾惯看这等东西？"又抬出母亲震慑："告过夫人，打下你个小贱人下截来。"红娘见问，毫不怯惧，首先答简帖之来由："小姐使将我去，他着我将来，我不识字，知他写着甚？"——是小姐你央我去看张生的，是张生让我带信回来的，我不识字，不知道简帖内容——利口灵心，将其事推回小姐身上。随后，红娘乃反诘小姐："分明是你过犯，没来由把我摧残"，"你不'惯'，谁曾'惯'"？——明明是小姐你反复无常、忽阴忽晴，使别人无所适从。你不"惯"看，谁"惯"看；你不"惯"看，我则"惯"传耶？——快如刀、疾如风，捉住一个"惯"字，反手劈回，将小姐"假意儿"揭穿。最后，针对小姐"告过老夫人"的

"威胁"，红娘反客为主："姐姐休闹，比及你对夫人说呵，我将这简帖儿，去夫人行出首去来！"——见老夫人我红娘又有何惧？与其小姐去老夫人处告我，不如我带简帖前去自首！老夫人见简帖，必问情由，传帖的我固然会受责罚，写信、收信的人又如何能独善其身！——莺莺见状不得不真情毕露，忙将侍儿揪住："我逗你耍来"，然后急将心事问出："张生两日如何？"红娘故意使性不说，莺莺最后又一次放下身段，"小贱人"骤成"好姐姐"："好姐姐，你说与我听咱！"

《论语·子张第十九》载："子夏曰：'君子有三变：望之俨然；即之也温；听其言也厉。"吾人读《西厢记》此折而知女子亦有三变：莺莺见简帖，先"将简帖儿拈"，后"开拆封皮孜孜看"，再变色故意呵斥红娘；红娘一推，二诘，三转，轻轻巧巧，化被动为主动；莺莺不得已，又由"揪"而"问"而"求"。莺莺红娘，你来我往，似鱼跃鹰飞、兔起鹘落，场上演来，真真好看煞！

红娘见小姐关情则乱，不免心软，将张生状况款款道来。【朝天子】画出张生憔悴形态、相思样貌，其中亦流露了红娘对张生的同情。莺莺心疼君瑞，表面上却不免仍半真半假："请个好太医看他证候咱"；红娘却快言快语，直接对症下方："病患、要安，则除是出几点风流汗。"莺莺心事被豁然点破，一时又开始装模作样为自己开脱，同时嘱咐、笼络梅香："红娘，早是你口稳哩，若别人知呵，甚么模样！"见小姐故态复萌，红娘再显率真泼辣："你哄着谁哩！你把这个饿鬼，弄的他七死八活，却要怎么？""怕人家调犯"，"问甚么他遭危难？撺断、得上竿，掇了梯儿看"！——"皆是你害他的，你竟不管，明明送上高竿，掇了梯也。句句疼痛张生，句句紧鞭小姐。"（潘廷章评文）此时莺莺为红娘步步紧逼，似逃无可逃。看她偏能瞒天过海，写成答书，义正辞严要红娘传话："红娘，你将去说：'小姐看望先生，相待兄妹之礼如此，非有他意。再一遭儿是这般呵，必告夫人知道。'和你个小贱人都有说话！"言讫，不待红娘回话就愤然掷书而去，不惟红娘，满台下观众俱都被莺莺骗过。

红娘一片热肠付之冷水，内心难免不平："把似你使性子，休思量秀才，做多少好人家风范。"拾起书信，想起张生殷殷拳拳，更觉二人可怜。【小梁州】第一支连缀李煜《浪淘沙》"帘外雨潺潺，春意阑珊，罗衾不耐五更寒"，白居易《长恨歌》"玉容寂寞泪阑干，梨花一枝春带雨"，成一"单语中佳语"（徐士范等评文）；【幺篇】则自张生、小姐写到自己，言自愿佐助良缘得就："我将这角门儿世不曾牢拴，则愿你做夫妻无危难。我向这筵席头上整扮，做一个缝了口的撮合山。"正是因为有了红娘不辞劳怨，慨然再做青鸟，崔、张之间的爱情才有了开花、结果的可能。至此红娘亦下场去，一折戏在观众的叹惋中挽住上半。

君瑞再次登场，书院场景随之而生。小红娘复又上得台来，已是继"请宴"、"探病"之后第三次去往书生居所的路上。与前两次感念张生之恩德、怜惜二人相思不同，被蒙在鼓中的红娘一路上将小姐往昔、今日之情状加以对比，表达了对小姐提防自己的不满，言语上虽有嘲讽、调侃，却侧面描画了爱情对莺莺的改变，让观众对这位"喜怒无常"的千金小姐有了更深一层的同情与怜念。未逢张生时，小姐"晚妆楼上杏花残，犹自怯衣单"；既爱张生之后，她"那一片听琴心清露月明间"，"不怕春寒，几乎险被先生馈"。【石榴花】谑用《论语》及俗典，亦庄亦谐，红娘唱之，尽显相府丫鬟玲珑本色。【斗鹌鹑】又从小姐、张生牵出小姐、自己：小姐既有拨云撩雨之用心，我红娘亦有传书寄简之好意，叵耐小姐不信红娘，一味弄奸欺瞒，反令我好人难做也。"对人前巧语花言，没人处便想张生，背地里愁眉泪眼"，是则莺莺肝肺已被红娘觑尽，小梅香仍能"受艾焙权时忍这番"，已将一副侠肝义胆剖出示人矣。无怪任半塘先生盛赞此段曰："读者但看其写一局外人之谈吐，而兼顾生旦两面。孰诈孰真，孰喜孰惧；冷嘲热讽，杂遝而来；抉破人情，委曲如画。益以新辞诡喻，络绎不绝；机趣翻澜，韵致浓郁，非散词散曲所能办矣。"（《词曲通义》）

张生见红娘又来，还以为书去事成，不料想"擎天柱"带来的却是晴天霹雳："不济事了，先生休傻。""傻角儿"闻言，不自作反省亦不问莺莺如何反应，将责任一股脑全推在红娘身上："则是小娘子不用心，故意如此。"红娘刚受了小姐熬煎，又被张生蒙以莫名之冤，忿怨之气喷薄而出："那简帖儿到做了你的招状，他的勾头，我的公案。""先生受罪，礼之当然。贱妾何辜？争些儿把你娘拖犯"！既已如此，多说无益："你也赸，我也赸，请先生休仙，早寻个酒阑人散"，"只此再不必申诉足下肺腑，怕夫人寻，我回去也"。"'只此'二字，忽加一闪，将前后文情，一笔截断。如空中飞来卓锡声，使人陡然失惊，嗒然收住"（潘廷章评文）。

山穷水尽之际，张生突出惊人之举，跪下揪住红娘，"呆里撒奸"，要红娘"必索做一个道理，方可救得小生一命"，大起大落之中奇境别开。红娘一时无法摆脱张生，想到自己当下处境更加为难：你痴想好事，却教我受骨肉摧残。老夫人治家严肃，动辄家法处置，待助你难如粗麻线欲透过细针眼。难道要我受了伤拄着拐帮衬你，缝合了嘴唇替你传情递意？"待去呵"、"待不去呵"，用日常语"描写进退维谷，女中英雄弄丸两家之难"（王世贞评文），写女孩儿嘴硬心软，如在面前。红娘磨张生不过，将回书拿出。风魔醋汉接过书信，破涕为笑，又是一番呆相："呀，有这场喜事！撮土焚香，三拜礼毕。早知小姐简至，理合远接；接待不及，勿令见罪。"红娘这时才由张生口中得知"小姐骂我都是假，书中之意，着我今夜花园里来，和他'哩也波，哩也啰'哩"！张生念信又将诗义解出，满心满意都是小姐相约见面的狂喜："'待月西厢下'，着我月上来；'迎风户半开'，他开门待我；'隔墙花影动，疑是玉人来'，着我跳过墙来。"红娘闻听跳墙，不由疑笑："他着你跳过墙来，你做下来。端的有此说么？"红娘前言已明"我将这角门儿世不曾牢拴，则愿你做夫妻无危难"，可知张生至西厢会莺，不一定非要跳墙。但张生言之凿凿、不容置疑："俺是个猜诗谜的社家，风流隋何，浪子陆贾。我那里有差的勾当？"此是在"请宴"之后，再次将弓拉圆、将话说满，为后续莺莺高举轻放蓄势，亦是在下跪耍赖之后，将张生之痴笨志诚再预推向一层新阶。"峰回岭变，又起奇观"（金圣叹评文），点庸常成珍异，实甫其真有金手指乎？

红娘此时不由又恼又笑又叹："你看我姐姐，在我行也使这般道儿"，"几曾见寄书的颠倒瞒着鱼雁，小则小心肠儿转关。写着道西厢待月等得更阑，着你跳东墙'女'字边'干'"。但想到小姐、张生相思情状，红娘又为二人感到欣慰："一缄情泪红犹湿，满纸春愁墨未干。从今后休疑难，放心波玉堂学士，稳情取金雀鸦鬟。"然而，既然小姐欺我瞒我，将我作外人视之，我亦不妨袖手旁观："我为头儿看：看你个离魂倩女，怎发付掷果潘安。"张生想到需要跳墙，亦颇有畏难情绪。红娘偏偏不说可开角门，而是极尽撺掇怂恿之能事："隔墙花又低，迎风户半拴，偷香手段今番按。怕墙高怎把龙门跳？嫌花密难将仙桂攀。放心去，休辞惮。""你那隔墙酬和都胡侃，证果的是今番这一简。""沉者自沉，浮者自浮，殷洪乔不能作致书邮"（《世说新语·任诞》），小姐弄小性儿害苦了丫鬟，红娘弄小性儿又害苦张生，传信媒人岂容轻易开罪哉！

末段宾白，俗语掺间绝句，摹写才子度日如年，逼真跃然。其诗中"读书继晷怕黄昏"为七言，"碧天万里无云"用六言，"无端三足乌"是五言，随时间愈近，而节奏愈疾、情思愈盼。其俗语则潇洒自然，"呀，却早发擂也！呀，却早撞钟也！拽上书房门，到得那里，手挽着垂杨，滴流扑跳过墙去"，"如喉中退出来一般，不见有斧凿痕、笔墨迹也"（李贽评文）。"馀文犹用尔许全力，益信古人思以笔墨流传后世，真非小可之事也"（金圣叹评文）！

忽的低垂了颈项，改氲了鬓发，颜来朱变

晚妆残，乌云鬼，轻匀了粉脸，乱挽起云鬟。将简帖儿拈，把妆盒儿按，开拆封皮孜孜看，颠来倒去不害心烦。

第三折

（红上云）今日小姐着我寄书与张生，当面偌多般意儿，元来诗
内暗约着他来。小姐也不对我说，我也不瞧破他，则请他烧香。
今夜晚妆处比每日较别①，我看他到其间怎的瞒我？（红唤科）姐
姐，咱烧香去来。（旦上云）花阴重叠香风细，庭院深沉淡月明。
（红云）今夜月明风清，好一派景致也呵！

【双调】【新水令】晚风寒峭透窗纱，控金钩绣帘不挂。
门阑凝暮霭②，楼角敛残霞。恰对菱花③，楼上晚妆罢。

【驻马听】不近喧哗，嫩绿池塘藏睡鸭；自然幽雅，淡
黄杨柳带栖鸦④。金莲蹴损牡丹芽，玉簪抓住荼蘼架⑤。
夜凉苔径滑，露珠儿湿透了凌波袜⑥。

我看那生和俺小姐巴不得到晚。

【乔牌儿】自从那初时想月华，捱一刻似一夏，见柳梢斜
日迟迟下，早道"好教贤圣打⑦"。

【搅筝琶】打扮的身子儿诈⑧，准备着云雨会巫峡。只为这
燕侣莺俦⑨，锁不住心猿意马。

不则俺那小姐害，那生呵——

二三日来水米不粘牙。因姐姐闭月羞花，真假，这其间
性儿难按纳，一地里胡拿⑩。

注释：

①晚妆处：晚妆之时。处，表示时间之词，犹之时。岳飞《满
　　江红》："怒发冲冠，凭栏处、潇潇雨歇。"较别：特别，不
　　一样。关汉卿《钱大尹智宠谢天香》："不妨事，哥哥待我较

别哩！"

②门阑：门框。

③菱花：古代铜镜映日，其光影如菱花，故以菱花代铜镜。陆佃《埤雅·释草》："镜谓之菱华，以其面平，光影所成如此。"

④淡黄杨柳带栖鸦：出贺铸《减字木兰花》："楼角初销一缕霞，淡黄杨柳暗栖鸦，玉人和月摘梅花。"

⑤荼蘼（tú mí）：蔷薇科植物，夏初开花，有白、蜜、红三色，白色蜜色者花繁而香浓，常被视为花季盛开的最后一种花。

⑥凌波袜：出曹植《洛神赋》："凌波微步，罗袜生尘。"写洛水女神在水波上轻盈地行走，淡荡的水气好像是被罗袜踏起的飞尘。后以凌波袜代指美女之袜。

⑦好教贤圣打：意谓应该让羲和把太阳赶下山去。贤圣，指羲和。传说羲和为日之母，是为日驾车之神。羲和打日乘坐的六龙之车，日运行快，则光阴易过。

⑧诈：漂亮，体面。郑廷玉《看钱奴买冤家债主》："每日在长街市上把青骢跨，只待要弄柳拈花，马儿上扭捏着身子儿诈。"

⑨燕侣莺俦：犹言美好伴侣。莺燕双栖，常用来比喻夫妇。俦，侣也。关汉卿《钱大尹智勘绯衣梦》："你则为鸾交凤友，燕侣莺俦。"

⑩"因姐姐闭月羞花"四句：闵遇五谓写张生难按纳："言生因小姐闭月羞花，如此美，而其留情处真假猝难猜料，只恐未必全假，所以性难按纳而胡做也。"按纳，即按捺，控制、压制之意。一地里，处处，一概，一味。胡拿，胡闹，乱

来。白朴《唐明皇秋夜梧桐雨》："总便有万千不是，看寡人也合饶过他，一地胡拿！"

姐姐这湖山下立地，我开了寺里角门儿。怕有人听俺说话，我且看一看。（做意了）偌早晚，傻角却不来"赫赫赤赤"来①？（末云）这其间正好去也，赫赫赤赤。（红云）那鸟来了。

【沉醉东风】我则道槐影风摇暮鸦，元来是玉人帽侧乌纱。一个潜身在曲槛边，一个背立在湖山下。那里叙寒温？并不曾打话。

（红云）赫赫赤赤，那鸟来了。（末云）小姐，你来也。（搂住红科）（红云）禽兽！（末云）是我。（红云）你看得好仔细着！若是夫人怎了？（末云）小生害得眼花，搂得慌了些儿，不知是谁。望乞恕罪。（红唱）

便做道搂得慌呵，你也索觑咱，多管是饿得你个穷神眼花。

（末云）小姐在那里？（红云）在湖山下。我问你咱：真个着你来哩？（末云）小生猜诗谜社家，风流隋何，浪子陆贾，准定挖扎帮便倒地。（红云）你休从门里去，则道我使你来。你跳过这墙去，今夜这一弄儿助你两个成亲②。我说与你，依着我者。

【乔牌儿】你看那淡云笼月华，似红纸护银蜡；柳丝花朵垂帘下，绿莎茵铺着绣榻③。

【甜水令】良夜迢迢，闲庭寂静，花枝低亚。他是个女孩儿家，你索将性儿温存，话儿摩弄，意儿谦洽。休猜做败柳残花④。

【折桂令】他是个娇滴滴美玉无瑕，粉脸生春，云鬓堆鸦。恁的般受怕担惊，又不图甚浪酒闲茶⑤。则你那夹被儿时当奋发，指头儿告了消乏⑥。打叠起嗟呀⑦，毕罢了牵挂，收拾了忧愁，准备着撑达⑧。

注释：

①赫赫赤赤：用嘴发出的一种声响，有音无义，元剧中多用作约会暗号。

②一弄儿：一切，全部。《永乐大典戏文·小孙屠》："一弄儿凄凉，总促在愁眉。"

③绿莎（suō）茵铺着绣榻：绿草地如同铺在绣床上的褥子。莎，草名。

④败柳残花：喻已破身的女子。花柳，代指女子，多指妓女。

⑤浪酒闲茶：男女调情时吃的酒菜。高文秀《黑旋风双献功》："谁着你一世为人将妇女偷，见不得皓齿星眸。你道有闲茶浪酒结绸缪，天缘辏，不枉了好风流。"

⑥则你那夹被儿时当奋发，指头儿告了消乏：摹男女欢爱，亵词。

⑦打叠：收拾。

⑧撑达：如愿，快意。无名氏《龙济山野猿听经》："不图富贵显撑达，只恐怕违条犯法。"

（末作跳墙搂旦科）（旦云）是谁？（末去）是小生。（旦怒云）张生，你是何等之人！我在这里烧香，你无故至此。若夫人闻知，有何理说？（末云）呀，变了卦也！（红唱）

【锦上花】为甚媒人，心无惊怕？赤紧的夫妻每、意不争差①。我这里蹑足潜踪，悄地听咱：一个羞惭，一个怒发。

【幺篇】张生无一言，呀，莺莺变了卦。一个悄悄冥冥，一个絮絮答答。却早禁住隋何，进住陆贾，叉手躬身，妆聋作哑。

张生背地里嘴那里去了？向前搂住丢番，告到官司，怕羞了你？

【清江引】没人处则会闲嗑牙②，就里空奸诈③。怎想湖山边，不记"西厢下"？香美娘处分破花木瓜④。

（旦云）红娘，有贼！（红云）是谁？（末云）是小生。（红云）张生，你来这里有甚么勾当？（旦云）扯到夫人那里去！（红云）到夫人那里，恐坏了他行止⑤。我与姐姐处分他一场。张生，你过来，跪着！（生跪科）（红云）你既读孔圣之书，必达周公之礼⑥。夤夜来此何干⑦？

【雁儿落】不是俺一家儿乔作衙⑧，说几句衷肠话：我则道你文学海样深，谁知你色胆有天来大。

（红云）你知罪么？（末云）小生不知罪。（红唱）

【得胜令】谁着你夤夜入人家？非奸做贼拿。你本是个折桂客，做了偷花汉；不想去跳龙门，学骗马⑨。

姐姐，且看红娘面，饶过这生者。（旦云）若不看红娘面，扯你到夫人那里去，看你有何面目见江东父老⑩！起来。（红唱）

谢小姐贤达，看我面遂情罢⑪。若到官司详察，

"你既是秀才，只合苦志于寒窗之下，谁教你夤夜辄入人家花园？做得个非奸即盗。"先生呵，

整备着精皮肤吃顿打⑫。

注释：

①意不争差：谓莺莺、张生相会心思想法一致，没有差错。争

差，差错。张国宾《相国寺公孙合汗衫》："倘或间有些儿争差，儿也，将您这一双老爹娘，可便看个甚么？畅好是心麄胆大。"

②闲嗑牙：扯淡，说闲话。

③就里：内里。无名氏《锦云堂暗定连环计》："王家设宴莫猜疑，就里机关我自知。"

④香美娘：指莺莺。处分：责备，数落。关汉卿《感天动地窦娥冤》："婆婆，窦娥孩儿该打呵，看小生面只骂几句；当骂呵，则处分几句。"破：语助词，犹着，了。花木瓜：本为安徽所产的一种瓜果，后用来比喻中看不中用、徒有其表的人和物。

⑤行止：名誉品德。陶渊明《祭程氏妹文》："能正能和，惟友惟孝，行止中闺，可象可效。"

⑥达：通晓，熟知。《论语·乡党》："丘未达，不敢尝。"

⑦霙（yín）夜：深夜。

⑧乔作衙：不是官员却装作官员来审案，有妄自尊大之意，是元代流行市语，亦作"乔坐衙"。《雍熙乐府·一枝花》："一日有百十遍高抬价，九十番乔坐衙。"乔，摹仿，假装。

⑨骗马：《水浒传》第四十六回："杨雄却认得这人，姓时名迁，祖贯是高唐州人氏。流落在此，只一地里做些飞檐走壁、跳篱骗马的勾当。"许政扬曰："跳篱骗马，乃谓鸡鸣狗盗之术，亦元人成语。红娘之言，似讥张珙学宵小所为，甘趋下流。"

⑩有何面目见江东父老：典出《史记·项羽本纪》。项羽兵败，至乌江岸边而不渡，笑曰："天之亡我，我何渡为！且

籍与江东子弟八千人渡江而西，今无一人还，纵江东父兄怜而王我，我何面目见之！纵彼不言，籍独不愧于心乎？"卒未渡。后用为功业无成愧见亲友的典故。此言张生有违圣训，无颜见故人。

⑪遂情：遂顺人情，给面子。

⑫整备：整顿备办，即准备。李文蔚《同乐院燕青博鱼》："我如今整备下好酒好食，与你到后花园亭子上吃几杯儿酒。"

精皮肤：细皮嫩肉。精为粗的反义。

（旦云）先生虽有活人之恩，恩则当报。既为兄妹，何生此心？万一夫人知之，先生何以自安？今后再勿如此。若更为之，与足下决无干休！（下）（末朝鬼门道云）你着我来，却怎么有偌多说话？（红扳过末云）羞也，羞也！却不"风流隋何，浪子陆贾"？

（末云）得罪波"社家"，今日便早则死心塌地。（红唱）

【离亭宴带歇拍煞】再休题春宵一刻千金价①，准备着寒窗更守十年寡②。猜诗谜的社家，衾拍了"迎风户半开"，山障了"隔墙花影动"，绿惨了"待月西厢下"③。你将何郎粉面搽，他自把张敞眉儿画。强风情措大④。晴干了尤云殢雨心⑤，悔过了窃玉偷香胆，删抹了倚翠偎红话⑥。

（末云）小生再写一简，烦小娘子将去，以尽衷情如何？（红唱）

淫词儿早则休，简帖儿从今罢。犹古自参不透风流调法⑦。从今后悔罪也卓文君，你与我去波汉司马⑧。（下）

（末云）你这小姐送了人也！此一念小生再不敢举。奈有病体日笃⑨，将如之奈何？夜来得简方喜，今日强扶至此，又值这一场怨气，眼见休也。则索回书房中纳闷去。桂子闲中落，槐花病里

看⑩。（下）

注释：

①春宵一刻千金价：是说相会机会之宝贵。苏轼《春夜》："春
宵一刻值千金，花有清香月有阴。"

②寒窗更守十年寡：独自一人再过十年清苦的读书生涯。

③"斜（qí）拍了'迎风户半开'"三句：是说莺莺诗中的约会，
遇到了种种困难。王伯良曰："'斜拍'，是拍参差不中节之
谓……张生前说是'猜诗谜的社家'，红娘笑他一件件都猜
不着。"

④强（qiǎng）风情措大：本无爱情而勉强装作有爱情的酸秀
才。强，勉强。风情，风月情怀，指男女恋情。关汉卿《诈
妮子调风月》："若是那女孩儿言语没实诚，俺这厮强风
情。"

⑤尤云殢（tì）雨：喻缠绵情爱。尤、殢都是恋慕缠绵的意思。
柳永《锦堂春》："待伊要尤云殢雨，缠绣衾，不与同欢。"

⑥倚翠偎红：指男女依偎亲昵。翠、红，均代指女子。《清异
录·释族》："李煜在国，微行娼家，遇一僧张席……僧酒
令讴吟吹弹莫不高了。煜乘醉大书右壁曰：'浅斟低唱，偎
红倚翠，大师鸳鸯寺主，传持风流教法。'"

⑦犹古自参不透风流调法：意谓还没有弄懂恋爱的手段。风流
调法，指恋爱的手段。孟称舜《节义鸳鸯冢娇红记》："如今
弱小刚二八，晓甚么风流调法。"

⑧汉司马：汉代的司马相如，此讥张生不及相如。

⑨日笃：病情日重。

⑩桂子闲中落，槐花病里看：二句互文，言只好在闲中、病里看桂子、槐花纷纷谢。以花落春残之伤春，寓失恋的痛苦。前一句出王维《鸟鸣涧》："人闲桂花落，夜静春山空。"用此或有好事成空之意。

点评：

本折又称"赖简"、"乘夜逾墙"，由红娘主唱。传书递简之后，莺莺、张珙心有灵犀一点早通。是夜，莺莺拜月、张生赴约，两下里一拍即合似已是水到便可渠成的自然发展。三番拜月，墙外人在红娘的鼓励之下，终于逾垣而入。不想佳人临阵变卦，"风流隋何，浪子陆贾"，只得悻悻而归，"寒窗更守十年寡"。《诗经·秦风·蒹葭》曰："蒹葭苍苍，白露为霜。所谓伊人，在水一方。溯洄从之，道阻且长。溯游从之，宛在水中央。"好事从来多磨，美人焉可便得？"文章之妙，无过曲折。诚得百曲千曲万曲、百折千折万折之文，我纵心寻其起尽，以自容与其间，斯真天下之至乐也。何言之？我为双文赖简之一篇言之。"（金圣叹评文）第三折情海再涌洪波，千曲百折，就成《西厢》之妙。

戏开场，莺莺拜月前特做精心妆扮，与白日里"当面偌多般意儿"一样，实皆未能逃过红娘"法眼"："小姐也不对我说，我也不瞧破他"，"我看他到其间怎的瞒我？"主仆二人各怀心事，步出香闺，只见"花阴重叠香风细，庭院深沉淡月明"，又是一派月明风清的好景。"'晚风寒峭透窗纱'，从闺中行出来，未开窗也；'控金钩绣帘不挂'，方开窗见帘垂也；'门阑凝暮霭'，临阶正望也；'楼角敛残霞'，下阶回望也；'恰对菱花，楼上晚妆罢'，已上四句皆写景，然景中则有人，此一句写人，然人中又有景也。"（金圣叹评文）【新水令】融情入景，步步莲华，写夜色四合中妆楼人境如画。【驻马听】由室内至园中，景随步迁，层层晕染初夏况味。"不近喧哗，嫩绿池塘藏睡鸭；自然幽雅，淡黄杨柳带栖鸦"，是骈俪中景语，与上曲"楼角敛残霞"、"楼上晚妆罢"句一起，皆是由贺铸《减字浣溪沙》"楼角初销一缕霞，淡黄杨柳暗栖鸦，玉人和月摘梅花"化出，"嫩绿"、"淡黄"是其色浅浅淡淡、和和暖暖，"藏睡鸭"、"带栖鸦"则其意静中蓄动、情景适会，"有色有韵，半疑浓妆，半疑淡扫，华丽中自然大雅"（无名氏评文），写出莺莺、红娘此时恍若无心的寻寻觅觅、兢兢翼翼。"金莲蹴损牡丹芽，玉簪抓住荼蘼架。夜凉苔径滑，露珠儿湿透了凌波袜"，又咬定"夜"字，捕捉丽人匆匆行色，"是好园亭，是好夜色，是好女儿；是境中人，是人中境，是境中情。写来色色都有，色色入妙"（金圣叹评文）。【乔牌儿】【搅筝琶】二曲，写张生、莺莺今日熬煎："自从那日初时想月华，捱一刻似一夏，见柳梢斜日迟迟下，早道'好教贤圣打'。"是合写两人"巴不得到晚"的急切；"打扮的身子儿诈"、"锁不住心猿意马"，回扣开场"今夜晚妆处比每日较别"之论，又侧面勾出莺莺"为悦己者容"的激动、忐忑；"'真假'二字，写尽莺情。道他是真，忽而妆乔；道他是假，忽而央及。今夜之来，还是真，还是假？捉摸他不定，只好胡猜尔"（潘廷章评文）。

且行且思之间，已来至拜月地点。红娘安排小姐在湖山下等待，自己开了角门，以"怕有人听俺说话，我且看一看"为由暂且离开，出外为张生传递消息。"赫赫赤赤"者，元人多用以打"暗号"，传递消息。台上一侧是盛装淑女背立湖山，一侧是丫鬟、书生信号传递，相反相成，饶富谐趣。小红娘"胡伶渌老"，早看到张生"潜身在曲槛边"；君瑞此时却色迷心眼，竟误将梅香当做小姐，迫不及待跳出搂住。红娘"你看得好仔细着！若是夫人怎了"之语，既有埋怨亦含担心，将老夫人阴影再树一旁，也为后文的莺莺赖简先导了不和谐音符。红娘再次询问："我问你咱：真个着你来哩？"得到肯定答复后，小红娘巧舌如簧，怂恿张生跳墙与莺莺相会："你跳过这墙去，今夜这一弄儿助你两个成亲。"【乔牌儿】【甜水令】【折桂令】三曲，妙在从眼前景、物、人幻出洞房花烛浓情蜜意，"傻角急色"（金圣叹评文），闻此怎能不一跃便将墙跳过？

张生自诩"风流隋何、浪子陆贾"、"猜诗谜的社家"，跳入花园谓必获济，不想搂定小姐后莺莺却突然翻脸，叱责他不顾身份、"无故至此"、有违常理："张生，你是何等之人！我在这里烧香，你无故至此。若夫人闻知，有何理说？"莺莺变卦怒发，张生惊惧羞惭、哑口无言，小红娘虽然心急，却也只能在一旁恼恨莺莺假意、张生不争。场上骤然紧张，局面顿成僵持。有关莺莺赖简，向来亦是争论的焦点。综合起来看，莺莺此时变卦，有其合理性：莺莺出身名门，从小受父母严格管教，虽感张生之恩义才华而情动，但其勇气仍需一个由微而著的过程，对张生的态度时阴时晴，正是她努力摆脱沉重桎梏的表征；红娘是莺莺贴身侍婢，又受母亲委派兼行监坐管之职，此时莺莺对红娘仍有防范之心；《孟子·告子下》曰："逾东家墙而搂其处子，则得妻；不搂，则不得妻，则将搂之乎？"张生逾墙而搂之的行为，显然有悖礼法士行、太过鲁莽草率，不免让莺莺有被唐突轻视的感受。《红楼梦》第五十四回，曹雪芹曾借贾母之口批评庸俗的才子佳人小说："这些书都是一个套子，左不过是些才子佳人，最没趣儿。把人家女儿说的那样坏，还说是佳人，编的连影儿也没有了。开口都是书香门第，父亲不是尚书就是宰相，生一个小姐必是爱如珍宝。这小姐必是通文知礼，无所不晓，竟是个绝代佳人。只一见了一个清俊的男人，不管是亲是友，便想起终身大事来，父母也忘了，书礼也忘了，鬼不成鬼，贼不成贼，那一点儿是佳人？便是满腹文章，做出这些事来，也算不得是佳人了。"张生莺莺"此时若便成交，则张非才子，莺非佳人……有此一阻，写尽两人光景，莺之娇态，张之怯状，千古如见"（李贽评文），必有此一番波澜，令红娘舟之方之、张生泳之游之，方见《西厢》是演真情真意，与众不同。

小姐早知红娘在傍，一声"红娘，有贼"，是推诿，也是试探。小红娘明知故问："是谁？""贼人"见问，自首："是小生。"台下哄然，三人三语令场内氛围自清冷转回闹热。小姐要将贼"扯到夫人那里去"，红娘不可，竟提议"我与姐姐处分他一场"。"喊贼奇矣，问贼又奇，认贼更奇，拷贼不可言！"（潘廷章评文）莺莺、红娘乔作衙，看似过家家，却也让红娘、张生有机会向莺莺"说几句衷肠话"。红娘表面训斥张生，实则句句为张生说情："姐姐，且看红娘面，饶过这生者。""谢小姐贤达，看我面遂情罢"，又向小姐表明自己维护张生之心。由此一审，莺莺对红娘不再防备，撮合山终于发挥功用，崔、张之情才有了后来修成正果的可能。

莺莺严词厉色，拂袖而去。懦书生此时又忽成猛者，"朝鬼门道云"："你着我来，却怎么有偌多说话？"难怪红娘会将他扳过，当面嗤笑："却不'风流隋何，浪子陆贾'？"张生闻言，亦不免悻悻。原指望春风一度，却成了闹剧一场。红娘紧紧揪住"猜诗谜的社家"，穷追猛打，又不免将牢骚发在张生身上："忿拍了'迎风户半开'，山障了'隔墙花影动'，绿惨了'待月西厢下'"，"强风情措大"。张生将求红娘再传一简，又引来侍儿一顿嘲笑而去。君瑞独立园中，想乘兴而来、败兴而归，更加沮丧。

徐文长总评本折曰："须看张之热、崔之媚、红之冷。热令人豪，媚令人怜，冷令人豪。"经此乘夜逾墙，莺莺里外作样，却已是情到深处；红娘旁观撮合，终未冷古道热肠；"秀才每从来懦"，"值这一场怨气"，更觉"病体日笃"。"你这小姐送了人也"！

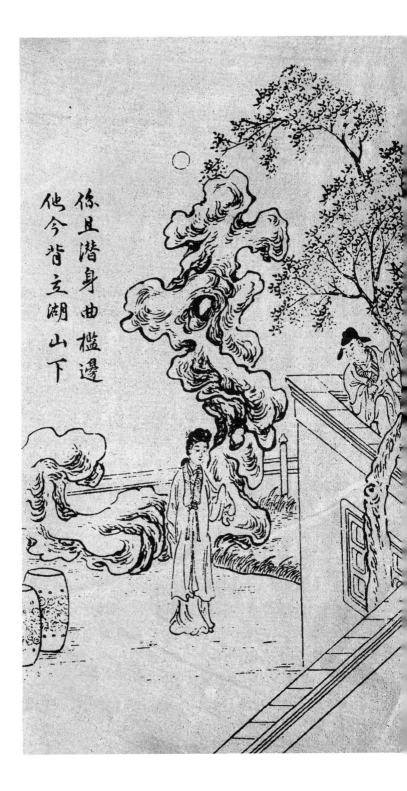

我则道槐影风摇暮鸦，元来是玉人帽侧乌纱。一个潜身在曲槛边，一个背立在湖山下。那里叙寒温？并不曾打话。

你且潜身曲槛邊
他今背立湖山下

第四折

（夫人上云）早间长老使人来，说张生病重。我着长老使人请个太医去看了，一壁道与红娘，看哥哥行问汤药去者。问太医下甚么药，证候如何，便来回话。（下）（红上云）老夫人才说张生病沉重，昨夜吃我那一场气，越重了。莺莺呵，你送了他人。（下）（旦上云）我写一简，则说道药方，着红娘将去与他，证候便可。（旦唤红科）（红云）姐姐，唤红娘怎么？（旦云）张生病重，我有一个好药方儿，与我将去咱。（红云）又来也。娘呵，休送了他人！（旦云）好姐姐，救人一命，将去咱。（红云）不是你，一世也救他不得①！如今老夫人使我去哩，我就与你将去走一遭。（下）（旦云）红娘去了，我绣房里等他回话。（下）（末上云）自从昨夜花园中吃了这一场气，投着旧证候②，眼见得休了也。老夫人说，着长老唤太医来看我；我这颓证候，非是太医所治的。则除是那小姐美甘甘、香喷喷、凉渗渗、娇滴滴一点唾津儿咽下去，这屌病便可。（洁引太医上，"双斗医"科范了③）（下）（洁云）下了药了，我回夫人话去，少刻再来相望。（下）（红上，云）俺小姐送得人如此，又着我去动问，送药方儿去，越着他病沉了也④。我索走一遭。异乡易得离愁病，妙药难医肠断人！

【越调】【斗鹌鹑】则为你彩笔题诗⑤，回文织锦；送得人卧枕着床，忘餐废寝；折倒得鬓似愁潘⑥，腰如病沈。恨已深，病已沉，昨夜个热脸儿对面抢白，今日个冷句儿将人厮侵⑦。

昨夜这般抢白他呵！

【紫花儿序】把似你休倚着枕门儿待月，依着韵脚儿联诗，侧着耳朵儿听琴⑧。

　　见了他撒假偌多话："张生,我与你兄妹之礼,甚么勾当!"
怒时节把一个书生来迭嗔⑨。

　　欢时节:"红娘,好姐姐,去望他一遭!"
将一个侍妾来逼临。难禁,好着我似线脚儿般殷勤不离了
针⑩。从今后教他一任。

　　这的是俺老夫人的不是——
将人的义海恩山,都做了远水遥岑。

注释:

① 一世:一辈子。王充《论衡·齐世》:"人生一世,寿至
　 一百岁。"

② 投着:正中,应和,这里有勾起的意思。

③ "双斗医"科范:指要在这里进行"双斗医"里的一段表
　 演,而把表演的具体内容略去不写。凡插于剧中者,当为
　 院本,必与剧情相关。张生染病,请医诊治,做插演"双
　 斗医"的短剧。此处插演者或为两名太医为张生治病的
　 情节。科范,亦作"科泛"、"科汎",指剧中人表演的一定
　 程式、规范。

④ 病沉:病重。

⑤ 彩笔:出钟嵘《诗品》卷中:"初,(江)淹罢宣城郡,遂宿
　 冶亭,梦一美丈夫,自称郭璞,谓淹曰:'我有笔在卿处多
　 年矣,可以见还。'淹探怀中,得五色笔以授之。尔后为诗,
　 不复成语,故世传江淹才尽。"

⑥ 折倒:折磨。郑德辉《迷青琐倩女离魂》:"眼见的千死千

休，折倒的半人半鬼。"

⑦厮侵：相近。侵，近。此为亲近、关心之意。

⑧"把似你休倚着枕门儿待月"三句：承"这般抢白他"来，是说你这般抢白他，不如你休倚门待月、依韵联诗、月夜听琴。把似，不如。关汉卿《望江亭中秋切鲙旦》："把似你守着一家一计，谁着你收拾下两妇三妻？"

⑨迭噷：即擝窖。把书生迭噷，谓让张生干着急、干生气说不出话。

⑩好着我似线脚儿般般勤不离了针：是说整天传书递简，像离不开针的线一样穿来穿去。

（红见末，问云）哥哥病体若何？（末云）害杀小生也！我若是死呵，小娘子，阎王殿前少不得你做个干连人①。（红叹云）普天下害相思的，不似你这个傻角。

【天净沙】心不存学海文林②，梦不离柳影花阴，则去那窃玉偷香上用心。又不曾得甚，自从海棠开想到如今③。

因甚的便病得这般了？（末云）都因你行——怕说的谎④——因小侍长上来！当夜书房一气一个死。小生救了人，反被害了。自古人云："痴心女子负心汉。"今日反其事了。（红唱）

【调笑令】我这里自审⑤，这病为邪淫，尸骨嵓嵓鬼病侵⑥。更做道秀才每从来恁。似这般干相思的好撒唔⑦。功名上早则不遂心，婚姻上更返吟复吟⑧。

注释：

①阎王殿：阎王为梵文音译，阎罗王、阎魔王，简称阎王。原

为古印度神话中的阴间主宰，佛教借为地狱之王。道教以阴府十殿冥王之第五殿为阎罗王。阎王审理鬼魂的公堂为阎罗殿。干连人：牵连在内的人。

② 学海文林：形容文章学问深奥渊博。王嘉《拾遗记·后汉》："何休木讷多智……作《左氏膏肓》、《公羊废疾》、《穀梁墨守》，谓之三阙。郑康成锋起而攻之。求学者不远千里，赢粮而至，如细流之赴巨海。京师谓康成为'经神'、何休为'学海'。"《后汉书·崔骃传论》："崔氏世有美才，兼以沉沦典籍，遂为儒家'文林'。"

③ 海棠开想到如今：言相思之久。宋郑文妻孙夫人《忆秦娥》："愁登临，海棠开后，望到如今。"

④ 怕说的谎：难道说这是说谎？

⑤ 自审：暗自思考，自思自想。审，省察，量度。

⑥ 尸骨喦喦（yán）：犹言瘦骨嶙峋。喦喦，本指山石高峻，这里形容消瘦。鬼病：元剧中多指相思病。白朴《董秀英花月东墙记》："见如今人远天涯近，难勾引，怎相亲？越加上鬼病三分。"

⑦ 干相思：相思而不能如愿。撒唴（tǔn）：装傻，痴呆。《雍熙乐府·一枝花·省悟》："俺如今腆着脸儿百事妆憨，低着头凡事儿撒唴。"

⑧ 返吟复吟：相命算卦时的术语，即反吟伏吟，婚姻无成，不顺利之意。

（红云）老夫人着我来，看哥哥要甚么汤药。小姐再三伸敬，有一药方，送来与先生。（末做慌科）在那里？（红云）用着几般儿生药，各有制度①，我说与你：

【小桃红】"桂花"摇影夜深沉，"酸醋""当归"浸②。

（末云）桂花性温③，当归活血，怎生制度？（红唱）

面靠着湖山背阴里窨④。这方儿最难寻，一服两服令人恁。

（末云）忌甚么物？（红唱）

忌的是"知母"未寝⑤，怕的是"红娘"撒沁⑥。吃了呵，稳情取"使君子"一星儿"参"⑦。

这药方儿，小姐亲笔写的。（末看药方大笑科）（末云）早知姐姐书来，只合远接，小娘子……（红云）又怎么？却早两遭儿也。

（末云）不知这首诗意，小姐待和小生"里也波"哩。（红云）不少了一些儿？

【鬼三台】足下其实咻⑧，休妆唔。笑你个风魔的翰林，无处问佳音，向简帖儿上计禀⑨。得了个纸条儿恁般绵里针⑩，若见玉天仙怎生软厮禁⑪？俺那小姐忘恩，赤紧的偻人负心⑫。

注释：

①制度：指药之配方法度，药之用法。

②"桂花"摇影夜深沉，"酸醋""当归"浸：桂花、当归，均中药名；夜深沉，夜已深；酸醋当归浸，把当归浸泡在醋里。这里借谐音字，谓：在桂影摇曳的月夜，穷酸秀才要就寝的时候。一说此处以酸醋喻张生、当归喻莺莺。

③性温：中药按不同性能可分为寒、热、温、凉、平五种。治疗寒性病症的药物，属于温性药或热性药。桂花属温性药。

④面靠着湖山背阴里窨：在太湖石背阴处藏起来。窨，藏于地

窨中。这里明言把处置好的药藏于地下，暗指人躲藏的背阴
暗处。

⑤知母：中药名，谐音指老夫人。

⑥红娘：中药名，谐音指剧中人红娘。撒沁：詈词，谓胡说。
沁，今作"嗲"、"吣"，猫狗吐食。

⑦使君子：中药名。君子，谐音指张生。参：人参，中药名，
此作"病愈"解。

⑧啉（lín）：呆，傻。

⑨计稟：诉说。

⑩绵里针：针以丝绵包裹，极言珍重、爱护之意。与外柔内
刚、面善心毒之绵里针，寓意不同。

⑪软厮禁：不硬来，体贴顺从。

⑫偻人：邪曲之人，指花言巧语、能说会道而不诚实的人，此
指老夫人。又，背曲为偻，偻人指老年人，亦通。

书上如何说？你读与我听咱。（末念云）"休将闲事苦萦怀，取次
摧残天赋才。不意当时完妾命①，岂防今日作君灾？仰图厚德难
从礼，谨奉新诗可当媒。寄与高唐休咏赋②，今宵端的雨云来。"
此韵非前日之比，小姐必来。（红云）他来呵，怎生？

【秃厮儿】身卧着一条布衾，头枕着三尺瑶琴，他来时
怎生和你一处寝？冻得来战兢兢，说甚知音？

【圣药王】果若你有心，他有心，昨日秋千院宇夜深沉；
花有阴，月有阴，"春宵一刻抵千金"，何须"诗对会家
吟"③？

（末云）小生有花银十两，有铺盖赁与小生一付。（红唱）

张君瑞害相思杂剧　第四折

【东原乐】俺那鸳鸯枕，翡翠衾，便遂杀了人心，如何肯赁？至如你不脱解和衣儿更怕甚？不强如手执定指尖儿恁④？倘或成亲，到大来福荫。

（末云）小生为小姐如此容色，莫不小姐为小生也减动丰韵么⑤？

（红唱）

【绵搭絮】他眉弯远山不翠，眼横秋水无光⑥，体若凝酥⑦，腰如弱柳，俊的是庞儿俏的是心，体态温柔性格儿沉⑧。虽不会法灸神针⑨，更胜似救苦难观世音。

（末云）今夜成了事，小生不敢有忘。（红唱）

【幺篇】你口儿里谩沉吟⑩，梦儿里苦追寻。往事已沉，只言目今，今夜相逢管教恁。不图你甚白璧黄金，则要你满头花⑪，拖地锦⑫。

（末云）怕夫人拘系，不能勾出来。（红云）则怕小姐不肯。果有意呵，

【煞尾】虽然是老夫人晓夜将门禁，好共歹须教你称心。

（末云）休似昨夜不肯。（红云）你挣揣咱⑬。

来时节肯不肯尽由他，见时节亲不亲在于恁。（并下）

【络丝娘煞尾】因今宵传言送语，看明日携云握雨。

　　题目　老夫人命医士　崔莺莺寄情诗
　　正名　小红娘问汤药　张君瑞害相思

　　西厢记五剧第三本终

注释：

①完妾命：保全了我的性命。

②咏赋：诵读。

③【圣药王】曲：是说如果真的是你有情她有意的话，昨天夜深人静，月色花影，正是"春宵一刻值千金"的好机会，为什么不当时成合，还要像现在这样吟诗递简呢？诗对会家吟，诗句要向懂得自己诗意的人吟诵。会家，行家，这里有知音、知己的意思。

④手执定指尖儿恁：隐语，指手淫。

⑤丰韵：犹丰彩，气韵风度。

⑥他眉弯远山不翠，眼横秋水无光：言莺莺眉之姣好使得远山显得不翠，其目之明亮比得秋水无光。王观《卜算子》："水是眼波横，山是眉峰聚。"

⑦凝酥：酥，牛羊乳所制之奶脂，旧时常用"凝酥"状肌肤之白腻。《敦煌曲子词·云谣集》："十指如玉如葱，凝酥体雪透罗裳里。"

⑧沉：稳重。

⑨法灸：即艾焙。神针：针灸。李文蔚《同乐院燕青博鱼》："我善会神针法灸，我医好你这眼，你意下如何？"

⑩谩沉吟：犹不停地念叨。

⑪则要你：只愿你，只让你。满头花：妇女盛装打扮。白朴《裴少俊墙头马上》："也强如带满头花，向午门左右把状元接。"

⑫拖地锦：结婚时的服饰，指长裙。

⑬挣揣：亦作"阐闯"、"争揣"、"挣闯"，挣扎、振作、努力之意。关汉卿《感天动地窦娥冤》："婆婆也，你岂不知羞！俺公公撞府冲州，阐闯的铜斗儿家缘百事有。想着俺公公置就，怎忍教张驴儿情受？"

点评：

　　本折又称"倩红问病"、"后候"，由红娘主唱。金圣叹
以为，《西厢记》有所谓"三渐"、"三得"，"后候"一折乃
其关键环节之一："何谓'三渐'？《闹斋》第一渐，《寺警》
第二渐，今此一篇《后候》第三渐。第一渐者，莺莺始见张
生也；第二渐者，莺莺始与张生相关也；第三渐者，莺莺
始许张生定情也。此'三渐'，又谓之'三得'。何谓'三
得'？自非《闹斋》之一篇，则莺莺不得而见张生也；自
非《寺警》之一篇，则莺莺不得而与张生相关也；自非《后
候》之一篇，则莺莺不得而许张生定情也。"（《第六才子
书西厢记》）张生自莺莺赖简之后，果然"病体日笃"。夫
人闻之，延医看病，又遣红娘前去探望。莺莺以药方为名，
"瞒着鱼雁"再传一简，水穷处看白云忽起，崔、张之情又
开新面矣。

　　红娘再往书院探病，途中尚不知药方内容，想起前夜，
不免对莺莺有所怨尤：以诗相约的本是小姐，临场变卦的
亦是小姐，张生病重，皆因小姐；既然"昨夜个热脸儿对
面抢白"，又何必"今日个冷句儿将人厮侵"！"'热脸儿抢
白'、'冷句儿厮亲'，本是谑语，不是庄语，却自谑，却自
庄，却自冶"（王世贞评文），直抒红娘胸臆。【紫花儿序】
从赖简夜莺莺的无情回想酬韵夜、听琴夜莺莺的深情，曲
中带白，声情并茂地模拟了莺莺为爱所困、喜怒不定的言
行，一丝嘲弄中沁溢着红娘对这双苦命鸳鸯的悯惜：纵使
莺莺假、君瑞懦，自己仍愿为二人引线穿针，"从今后教他
一任"。因为"胡伶渌老"小梅香早已看出，小姐的无常

无赖也有其不得已之处，问题的根本出在老夫人身上："这的是俺老夫人的不是——将人的义海恩山，都做了远水遥岑。"红娘的仗义、坦率、可爱不做作，于药方未明之前，先为探病之行旁勾了一缕亮色。

红娘客套询问："哥哥病体若何？"张生相思病已深，未怨伊人，先恨媒人："害杀小生也！我若是死呵，小娘子，阎王殿前少不得你做个干连人。"红娘闻言不但不气，反为张生的憨痴叹惋："普天下害相思的，不似你这个傻角。"不爱功名爱美人，爱美人又不曾真得美人心，"海棠开后，望到如今"（《广群芳谱·孙夫人词》），空妄想、白费心。红娘早知情由，但既奉夫人之命而来，又何妨再问上一问："因甚的便病得这般了？"张生果然"不负众望"："都因你行——怕说的谎——因小侍长上来！当夜书房一气一个死。小生救了人，反被害了。自古人云：'痴心女子负心汉。'今日反其事了。"一通"疯言疯语"，将痴情书生对负心小姐的又爱又恨、又怨又愤、不吐意难平、责之又不忍淋漓洒乎台上，令观者解颐的同时又生悲悯之心，真正妙白，奇妙绝世！红娘反口相驳，【调笑令】从张生病症上立意，却别辟蹊径："邪淫"、"鬼病"似巫医，"不遂心"、"返吟复吟"又如占卜，云里雾里插着一句"干相思"，却又暗合了张生"我这颓证候，非是太医所治的"的言词，"红娘辞锋簌簌，触事灵通"（潘廷章评文），望闻问切，真可疗张生之疾。

见张生饱受相思摧残，小梅香直陈来意："老夫人着我来，看哥哥要甚么汤药。小姐再三伸敬，有一药方，送来与先生。"张生慌忙要看方时,红娘却不马上与之,而是从【调笑令】所诊出之症候上,自开出一剂良方:"'桂花'摇影夜深沉,'酸醋''当归'浸","面靠着湖山背阴里窨","忌的是'知母'未寝,怕的是'红娘'撒沁。吃了呵,稳情取'使君子'一星儿'参'。"【小桃红】巧借药名等谐音词双关寓意,言张生("酸醋")、小姐("当归")若可在月("桂花")夜避开夫人("知母")、丫鬟("红娘")打扰,藏("窨")于湖山背阴处幽会,则张生("使君子")之病或有得痊("参")的可能。在莺莺药方未出之前,先由红娘推其波澜,令观众期待高潮的到来又不免为之心悬,布置得宜,机趣自萌。张生发书突然大笑,又欲故伎重演向红娘解之,被红娘"又怎么?却早两遭儿也"泼下一瓢凉水。张生却仍不明说,只含糊一句"不知这首诗意,小姐待和小生'里也波'哩"。才经过前番赖简,今又出此方此言,红娘怎肯轻信:你个痴翰林,无处探消息,只在简帖上用心。若小姐纸条上真藏着恁般暗示,跳墙那夜见着小姐时你又何必畏缩怯懦?小姐正尔忘恩负心,你切莫又要空欢喜一场!"书上如何说?你读与我听咱"。张生见问念之,红娘、观众此时方知莺莺药方内容:"休将闲事苦萦怀,取次摧残天赋才。不意当时完妾命,岂防今日作君灾?仰图厚德难从礼,谨奉新诗可当媒。寄与高唐休咏赋,今宵端的雨云来。"与上首不同,双文此诗不做朦胧婉约之辞,而是直抒胸臆,明言自己对张生感恩且有情,愿为书生违礼赴约,以诗为证,今宵必来。真心实意,不惟张生知其必来,红娘亦不甚疑矣。看他出一药方便费却无数笔墨,又白云苍狗随手拢拨，王实甫其真夺尽天工也哉！

"一面风情深有韵，半笺娇恨寄幽怀，月移花影约重来"（李清照《浣溪沙》），佳人既约重来，则又有来之烦忧。书生大喜过望不及思之，红娘心下则早为二人愁矣："他来呵，怎生？"【秃厮儿】言张生客居书房，环境简陋，"莺莺虽来无欢也"（毛西河评文）。"果若你有心，他有心，昨日秋千院宇夜深沉；花有阴，月有阴，'春宵一刻抵千金'"，化用苏轼《春宵》诗："春宵一刻值千金，花有清香月有阴。歌管楼台声细细，秋千院落夜沉沉"，再叫莺莺前夜变卦赖简；"诗向会家吟"，又用俗语揶揄张生曾自诩是"猜诗谜的社家"，却好梦成虚。【圣药王】一曲，是红娘连着前情丢出一丝狡黠，逗耍张生，道小姐未必真来也。傻角信以为真，竟欲从红娘处赁一付铺盖，成其好事，又引来红娘一通讽刺。张生之痴、红娘之猾，形成了强烈的喜剧反差，将观众的情绪推向了最高潮。

本折至此，虽结亦可。曲家偏又从张生"小生为小姐如此容色，莫不小姐为小生也减动丰韵么"一问中，补绘莺莺一段风流态度："他眉弯远山不翠，眼横秋水无光，体若凝酥，腰如弱柳，俊的是庞儿俏的是心，体态温柔性格儿沉。"如此婵娟，虽"不会法灸神针"，但却可拔书生脱苦海，胜似观音。只要小姐肯来，红娘"不图你甚白璧黄金"，"虽然是老夫人晓夜将门禁，好共歹须教你称心"。与递简最后言之凿凿要学士放心不同，红娘将去时反复强调小姐未必是真，第为后本双文之践言预作反衬、先留悬念。真真假假，假假真真，曲曲折折，妙手成春。药方若真，神女必临；来时由她，亲否在您？

我见你

海棠

闲想到

如今

我这里自审，这病为邪淫，尸骨嵒嵒鬼病侵。更做道秀才每从来忺。似这般干相思的好撒唅。功名上早则不遂心，婚姻上更返吟复吟。

西厢记五剧第四本

草桥店梦莺莺杂剧

楔　子

（旦上云）昨夜红娘传简去与张生，约今夕和他相见，等红娘来做个商量。（红上云）姐姐着我传简儿与张生，约他今宵赴约。俺那小姐，我怕又有说谎。送了他性命，不是耍处^①。我见小姐，看他说甚。（旦云）红娘，收拾卧房，我睡去。（红云）不争你要睡呵，那里发付那生？（旦云）甚么那生？（红云）姐姐，你又来也，送了人性命，不是耍处！你若又番悔，我出首与夫人：你着我将简帖儿约下他来。（旦云）这小贱人倒会放刁。羞人答答的，怎生去！（红云）有甚的羞？到那里则合着眼者！（红催莺云）去来，去来！老夫人睡了也。（旦走科）（红云）俺姐姐语言虽是强，脚步儿早先行也。

【仙吕】【端正好】因姐姐玉精神，花模样，无倒断晓夜思量^②。着一片志诚心，盖抹了漫天谎^③。出画阁^④，向书房；离楚岫^⑤，赴高唐；学窃玉，试偷香；巫娥女，楚襄王。楚襄王敢先在阳台上。（下）

注释：

① 处：语气词，啊，呢。白居易《杨家南亭》："此院好弹秋思处，终须一夜抱琴来。"贺铸《青玉案》："锦瑟年华谁与

度？月台花榭，琐窗朱户，只有春知处。"

② 无倒断：无止无休、没完没了的意思。

③ 着一片志诚心，盖抹了漫天谎：意谓莺莺此次赴约之真诚心意，改变弥补了老夫人赖婚的弥天大谎。盖抹，遮盖，改正。

④ 画阁：本指画栋雕梁之楼阁。卢照邻《长安古意》："梁家画阁天中起，汉帝金茎云外直。"这里指莺莺所居的美称。

⑤ 楚岫（xiù）：指巫山。岫，山峦。

点评：

　　第四本总称"草桥店梦莺莺杂剧"，其"题目正名"曰："小红娘成好事，老夫人问由情。短长亭斟别酒，草桥店梦莺莺"，四折均是《西厢记》中有名的经典。此楔子虽然简短，却上承"倩红问病"、下启"月下佳期"，写莺莺终于鼓起勇气为爱迈出最关键一步，往会张生。崔、张之情，也自此揭开了新的篇章。

　　约期将临，莺莺、红娘心下皆不免惴惴：莺莺欲往赴约，但要想避开众人耳目离闺房而至书房，只能"等红娘来做个商量"；红娘虽知小姐心事，却恐莺莺"又有说谎"，送了张生性命，不得不先听小姐言语再相机行事。红娘来到，莺莺竟出人意料地要"红娘，收拾卧房，我睡去"。红娘岂容她去睡："不争你要睡呵，那里发付那生？"莺莺明知故问："甚么那生？"小姐再弄"假意儿"，终于激起红娘一腔义愤："姐姐，你又来也，送了人性命，不是耍处！你若又番悔，我出首与夫人：你着我将简帖儿约下他来。"莺莺闻言，确定红娘与自己同心，事到临头却又情怯害羞起来；小红娘殷勤催促，终于捧莺而出……小姐娴雅娇矜，侍儿泼辣率真，演诸氍毹，畅是赏心宜人。

莺莺外冷内热、口非心是，都逃不过红娘一双利眼："俺姐姐语言虽是强，脚步儿早先行也。"双文今夜，终于"着一片志诚心，盖抹了漫天谎"，不再彷徨犹豫、欺人自欺。由其转变过程的艰难漫长，亦可见相府小姐身上所加桎梏之沉重，可明她对张生的一片赤诚。主仆二人趁着夜色悄然而行，"出画阁，向书房"恰便似"离楚岫，赴高唐"。莺莺如"巫娥女"，君瑞便是"楚襄王"；神女将至也，"楚襄王敢先在阳台上"？

第一折

（末上云）昨夜红娘所遗之简①，约小生今夜成就。这早晚初更尽也，不见来呵，小姐休说谎咱！人间良夜静复静，天上美人来不来？

【仙吕】【点绛唇】伫立闲阶，夜深香霭、横金界②。潇洒书斋③，闷杀读书客。

【混江龙】彩云何在④？月明如水浸楼台。僧居禅室，鸦噪庭槐。风弄竹声、则道似金佩响，月移花影、疑是玉人来⑤。意悬悬业眼，急攘攘情怀⑥，身心一片，无处安排，则索呆答孩倚定门儿待⑦。越越的青鸾信杳⑧，黄犬音乖⑨。

小生一日十二时，无一刻放下小姐。你那里知道呵！

【油葫芦】情思昏昏眼倦开，单枕侧，梦魂飞入楚阳台。早知道无明无夜因他害，想当初不如不遇倾城色。人有过，必自责，勿惮改⑩。我却待"贤贤易色"将心戒，怎禁他兜的上心来⑪。

注释：

①遗（wèi）：赠送，给予。《韩非子·五蠹》："相遗以水。"

②金界：即佛寺。相传释迦牟尼成道后，拘萨罗国给孤独长者乞佛到舍卫城度国人，选园林建精舍（讲经说法之所）献佛。选中舍卫城南波斯匿王太子祇陀的花园。太子不许，戏言曰："布金满地、厚敷五寸，时即卖之。"长者许之。给孤独长者以金铺地，祇陀太子为其诚心所感，乃献园中林木，

共造僧园。后遂称佛寺为金界、金田、金地。

③潇洒：张相《诗词曲语辞汇释》卷五："潇洒，凄清或凄凉之义，与洒脱或洒落之义别。"周邦彦《塞垣春》："渐别离气味难禁也，更物象、供潇洒。"

④彩云：语意双关，既指天空之云彩，也指所爱的女子。晏几道《临江仙》："记得小蘋初见，两重心字罗衣。琵琶弦上说相思。当时明月在，曾照彩云归。"

⑤月移花影：出王安石《夜直》："春色恼人眠不得，月移花影上阑干。"此句又参见秦观《满庭芳》："西窗下，风摇翠竹，疑是故人来。"

⑥急攘攘情怀：心情烦躁不安。急攘攘，焦急烦乱，急忙忙。无名氏《神奴儿大闹开封府》："好着我胆战心惊，急攘攘空侯幸。"

⑦呆答孩：痴呆发愣的样子。关汉卿《诈妮子调风月》："又不疯又不呆痴，面没罗、呆答孩、死堆灰。这烦恼在谁身上？"

⑧越越的：静悄悄的。马致远《半夜雷轰荐福碑》："则我这饭甑有尘生计拙，越越的门庭无径旧游疏。"青鸾信杳：犹全无音信。青鸾，即青鸟，相传为替西王母传信的使者。《汉武故事》："七月七日，上于承华殿斋，日正中，忽见有青鸟从西方来，集殿前。上问东方朔，朔对曰：'西王母暮必降尊像，上宜洒扫以待之。'上乃施帷帐，烧兜末香……是夜漏七刻，空中无云，隐如雷声，竟天紫色。有顷，王母至，乘紫车，玉女夹驭，戴七胜，履玄琼凤文之舄，青气如云，有二青鸟如乌，夹侍母旁。"

⑨黄犬音乖：没有音信之谓。祖冲之《述异记》："陆机少时，

颇好游猎。在吴，有家客献快犬，名曰黄耳……机羁官京师，久无家问，因戏语犬曰：'我家绝无书信，汝能赍书驰取消息不？'犬喜，摇尾作声应之。机试为书，盛以竹筒，系犬颈。犬出驿路，走向吴；饥则入草嗜肉。每经大水，辄依渡者，弭耳掉尾向之。其人怜爱，因呼上船。裁近岸，犬即腾上，速去如飞，径至机家，口衔筒，作声示之。机家开筒取书，看毕，犬又向人作声，如有所求。其家作答书，内筒中，复系犬颈。犬既得答，仍驰还洛。计人行五旬，而犬往还裁半月。"后遂以黄犬喻信使。

⑩ "人有过"三句：人如果有过错，一定要自我责备，不要怕改正。《论语·学而》："过，则勿惮改。"

⑪ 我却待"贤贤易色"将心戒，怎禁他兜的上心来：言爱恋莺莺之心欲罢不能。"贤贤易色"出《论语·学而》，言对妻子要重品德不重容貌。

【天下乐】我则索倚定门儿手托腮①，好着我难猜：来也那不来？夫人行料应难离侧。望得人眼欲穿，想得人心越窄，多管是冤家不自在②。

　　偌早晚不来，莫不又是谎么？

【那吒令】他若是肯来，早身离贵宅；他若是到来，便春生敝斋；他若是不来，似石沉大海③。数着他脚步儿行，倚定窗棂儿待④。寄语多才⑤：

【鹊踏枝】恁的般恶抢白，并不曾记心怀；拨得个意转心回⑥，夜去明来。空调眼色经今半载⑦，这其间委实难捱。

　　小姐这一遭若不来呵——

【寄生草】安排着害，准备着抬⑧。想着这异乡身强把茶汤捱，则为这可憎才熬得心肠耐，办一片志诚心留得形骸在⑨。试着那司天台打算半年愁，端的是太平车约有十馀载⑩。

注释:

①倚定门儿手托腮：写企盼情状之熟语。白朴《裴少俊墙头马上》："我怎肯掩残粉泪横眉黛，倚定门儿手托腮，山长水远几时来。"

②不自在：此言又疑莺莺病不能出。

③石沉大海：比喻没有消息，无处寻觅。张国宾《罗李郎大闹相国寺》："出门去没一个人知道，恰便似石沉大海，铁坠江涛，无根蓬草，断线风筝。"

④倚定窗棂儿待：言在窗口盼望莺莺。

⑤寄语：传话，转告。鲍照《代少年时至衰老行》："寄语后生子，作乐当及春。"

⑥拔得：博得。

⑦空调（diào）眼色经今半载：谓半年以来只能以眉目传情。调眼色，眉来眼去，送秋波。朱有燉《孟浩然踏雪寻梅》："常言俗语唤作调眼色，又俗说唤做溜眼子。"

⑧抬：害相思病死被抬走。

⑨办一片志诚心留得形骸在：是说如果莺莺有一片爱我的至诚之心，就可以保全了我的性命了。形骸（hái），身体。《庄子·德充符》："今子与我游于形骸之内，而子索我于形骸之外。"

⑩试着那司天台打算半年愁，端的是太平车约有十馀载：是说忧愁之大，让司天台计算，也得算半年；让太平车来拉，也得要十多辆车。着（zhāo），令，让。司天台，朝廷负责观察天文、推算历法的机关。打算，犹计算。太平车，邵公济《闻见后录》："今之民间辎车，重大椎朴，以牛挽之，日不能行三十里；少蒙雨雪，则跬步不进，故俗谓之'太平车'。或可施于无事之日，恐兵间不可用耳。"是知太平车重，只能用于天气、地理条件合适的情况下，故名。

（红上云）姐姐，我过去，你在这里。（红敲门科）（末问云）是谁？（红云）是你前世的娘。（末云）小姐来么？（红云）你接了衾枕者，小姐入来也。张生，你怎么谢我？（末拜云）小生一言难尽，寸心相报①，惟天可表！（红云）你放轻者，休諕了他！（红推旦入云）姐姐，你入去，我在门儿外等你。（末见旦跪云）张珙有何德能，敢劳神仙下降，知他是睡里梦里？

【村里迓鼓】猛见他可憎模样，

小生那里得病来？

早医可九分不快。先前见责，谁承望今宵欢爱！着小姐这般用心，不才张珙，合当跪拜。小生无宋玉般容②，潘安般貌，子建般才③。姐姐，你则是可怜见为人在客！

【元和令】绣鞋儿刚半拆④，柳腰儿勾一搦⑤。羞答答不肯把头抬，只将鸳枕捱。云鬟仿佛坠金钗，偏宜鬏髻儿歪⑥。

【上马娇】我将这纽扣儿松，把搂带儿解⑦，兰麝散幽斋。不良会把人禁害⑧，咍⑨，怎不肯回过脸儿来？

【胜葫芦】我这里软玉温香抱满怀。呀，阮肇到天台。春至人间花弄色，将柳腰款摆，花心轻拆，露滴牡丹开。

【幺篇】但蘸着些儿麻上来，鱼水得和谐，嫩蕊娇香蝶恣采。半推半就，又惊又爱，檀口揾香腮⑩。

注释：

①寸心：心为方寸地，故称心为寸心。《三国志·蜀书·诸葛亮传》："亮与徐庶并从，为曹公所追破，获庶母。庶辞先主而指其心曰：'本欲与将军共图王霸之业者，以此方寸之地也。今已失老母，方寸乱矣。无益于事，请从此别。'"杜甫《偶题》："文章千古事，得失寸心知。"

②宋玉般容：宋玉般美容貌。宋玉《登徒子好色赋》："玉为人体貌闲丽，口多微辞。"

③子建般才：曹植字子建，此谓才高如曹植。《释常谈·八斗之才》："文章多谓之'八斗之才'。谢灵运尝曰：'天下才有一石，曹子建独占八斗，我得一斗，天下共分一斗。'"

④半扴：言莺足之小。扴，拇指与中指伸开量物的长度，义同"拃（zhǎ）"。

⑤一搦（nuò）：一把，一握。李百药《少年行》："千金笑里面，一搦掌中腰。"

⑥髢（dí）髻：较小的发髻。关汉卿《感天动地窦娥冤》："梳着个霜雪般白髢髻，怎戴那销金锦盖头？"

⑦搂带：拴裙子的带。

⑧不良会：本为良善之反，恶劣、凶顽之意，用为爱极的反话，与冤家同用法。关汉卿《包待制智斩鲁斋郎》："你便不

良会可跳塔轮铡，那一个官司敢把勾头押？"禁害：折磨，
作弄。白朴《董秀英花月东墙记》："你两个恩情似海，没来
由把咱禁害。"

⑨哈（hāi）：打招呼声，犹如"喂"。

⑩檀口揾香腮：揾，此处作"吻"解。王季思曰："檀口揾香
腮，关汉卿《七弟兄》曲：'怀儿里搂抱着俏冤家，揾香腮
悄语低低话。'揾，吻也。檀口指生言。唐男子有膏唇者，
唐人小说《任氏传》可证。"

（末跪云）谢小姐不弃，张珙今夕得就枕席，异日犬马之报。（旦
云）妾千金之躯，一旦弃之。此身皆托于足下，勿以他日见弃，
使妾有白头之叹①。（末云）小生焉敢如此？（末看手帕科）

【后庭花】春罗元莹白，早见红香点嫩色。

（旦云）羞人答答的，看甚么。（末唱）

灯下偷睛觑，胸前着肉揣②。畅奇哉！浑身通泰，不知
春从何处来。无能的张秀才，孤身西洛客，自从逢稔
色，思量的不下怀。忧愁因间隔，相思无摆划③。谢芳
卿不见责。

【柳叶儿】我将你做心肝儿般看待，点污了小姐清白。
忘餐废寝舒心害，若不是真心耐，志诚捱，怎能勾这相
思苦尽甘来？

【青哥儿】成就了今宵欢爱，魂飞在九霄云外。投至得
见你多情小奶奶，憔悴形骸，瘦似麻秸。今夜和谐，
犹自疑猜。露滴香埃④，风静闲阶，月射书斋，云锁阳
台。审问明白，只疑是昨夜梦中来，愁无奈。

（旦云）我回去也，怕夫人觉来寻我。（末云）我送小姐出来。

【寄生草】多丰韵，忒稔色。乍时相见教人害，霎时不见教人怪，些时得见教人爱。今宵同会碧纱厨⑤，何时重解香罗带？

（红云）来拜你娘！张生，你喜也！姐姐，咱家去来。（末唱）

【赚煞】春意透酥胸，春色横眉黛，贱却人间玉帛。杏脸桃腮，乘着月色，娇滴滴越显得红白。下香阶，懒步苍苔，动人处弓鞋凤头窄⑥。叹鲰生不才⑦，谢多娇错爱⑧。

若小姐不弃小生，此情一心者，

你是必破工夫明夜早些来。（下）

注释：

① 白头之叹：女子失宠、被遗弃的感叹。《西京杂记》卷三："司马相如将聘茂陵人女为妾，卓文君作《白头吟》以自绝，相如乃止。"《白头吟》："皑如山上雪，皎若云间月。闻君有两意，故来相决绝……凄凄复凄凄，嫁娶不须啼。愿得一人心，白头不相离。"

② 胸前着肉揣：谓把绢帕贴肉藏在胸前。揣，怀中藏。

③ 摆划（huā）：安排，处置。《水浒传》第二十回："兄长不必忧心，小生自有摆划。"

④ 香埃：犹香尘。此代指地，春天花开，故云香埃。

⑤ 碧纱厨：绿纱蒙成的床帐，亦称纱厨。李清照《醉花阴》："佳节又重阳，玉枕纱厨，半夜凉初透。"

⑥ 弓鞋凤头窄：窄小的凤头弓鞋。弓鞋，亦称半弓，谓妇女缠

足，其鞋底中弓起，合于脚骨之裹折，一般长三寸，布或缎制。凤头，鞋名，晋有凤头履，唐宋时期女鞋也有鞋头作凤形的款式。

⑦鲰（zōu）生：小子，小人，有愚陋的意思。《史记·项羽本纪》："鲰生教我曰：'距关，毋内诸侯，秦地可尽王也。'"鲰，小人貌，此为自谦之词。不才：自称，谦词。

⑧多娇：男子对所恋女子的爱称。郑廷玉《宋上皇御断金凤钗》："愁闷杀小生，烦恼杀幼子，冻饿杀多娇。"错爱：谦词，表示对身受对方爱怜的感激与喜悦。关汉卿《望江亭中秋切鲙旦》："量媳妇有何才能，着相公如此般错爱也。"

点评：

此折又称"佳期"、"酬简"，由末扮张生主唱，吟咏崔、张良宵佳会。书生一见钟情，再见倾心，君子反侧辗转，经一盼再盼，昼夜难安；小姐碍乎礼法，又忧虑他日或有白头之恨，淑女情肠虽动，却一探又探，几度覆翻。二度约见，"人间良夜静复静，天上美人来不来"？莺莺未至之前，先写张生满心赤诚、焦灼等待，"理所必无、情所必有"（汤显祖《牡丹亭记题词》），为两人的"违礼私合"铺垫了挚情的浪漫色彩。

【点绛唇】【混江龙】总写君瑞今夜在书房等待莺莺，度刻如年。"伫立闲阶，夜深香霭、横金界"，是张生久伫阶前，眺望莺娘也；"潇洒书斋，闷杀读书客"，则是他返回到室内，四顾凄凉。只此一曲便可想见，其人坐立不安、踟蹰徘徊之意态。"第一句先写'伫立'字，便是待已甚久，而下文乃久而又久也。盖下文极写久待固久，而此又先写甚久，使下文久而又久，则久遂至于不可说也。谓之只用一层笔墨，而有两层笔墨，此固文章秘法也。"（金圣叹评文）此时夜色渐浓，"僧居禅室，鸦噪庭槐"，但"月明如水浸楼台"，"彩云何在"？"彩云"句化用晏几道《临江仙》"当时明月在，曾照彩云归"，双关景色、人物，备增摇曳；"风弄竹声、则道似金佩响，月移花影、疑是玉人来"，借秦观"风摇翠竹，疑是故人来"，又应莺莺诗笺"隔墙花影动，疑是玉人来"之句——以古人、他人之境界为我之境界，又能情、景、事浑成，自有妙韵。"意悬悬业眼，急攘攘情怀，身心一片，无处安排，则索呆答孩倚定门儿待"，用语略嫌俚浅，但亦将傻角等人之焦急痴憨旷然摊开，"饿穷酸小登科，措大大登科，大抵如此"（徐渭评文）。

张生"一日十二时，无一刻放下小姐"，日思夜梦不离伊人，也想过"'贤贤易色'将心戒"，但那人身影早已染透魂灵，如何改得？白乐天《李夫人》诗有言曰："生亦惑，死亦惑，尤物惑人忘不得。人非木石皆有情，不如不遇倾城色。"书生今夜，怨人怨己，真可谓深知其中三昧。倚门托腮，候之良久，不免又生疑猜：小姐到底来也不来？【天下乐】等一会儿，猜一会儿；一时怕夫人拘管严，一时恐冤家不自在；忽然而恨之，忽然而谅之：曲尽形容，"画出相思骨"（陈继儒等评文）。然而疑窦一生，便如春草，疯长难扼："偌早晚不来，莫不又是谎么？""他若是肯来，早身离贵宅；他若是到来，便春生敝斋；他若是不来，似石沉大海"，"肯来"、"若来"、"不来"，极尽揣摩思量。君瑞再移步至窗前等待，心中怯懦哀怜之意又转占上风，恨不得马上"寄语多才"："恁的般恶抢白，并不曾记心怀；拨得个意转心回，夜去明来。"相思半载，其苦难捱。为你可憎才"办一片志诚心"，留得我形骸在，小姐这一遭若再不来，恐只能"安排着害，准备着抬"，"心尽气绝，更无活理，只有死也"（金圣叹评文）。此节摹索张生"心心念念，说尽无凭，只是相思"（晏殊《诉衷情》），令观者动心动容。

　　书生正尔胡思乱想，忽报小姐来也。大喜过望之下，张生迎莺莺而跪："张珙有何德能，敢劳神仙下降"，"着小姐这般用心，不才张珙，合当跪拜"。这一拜，是酸、是谦？是诚、是爱？然有此一拜，不惟涤尽【元和令】至【胜葫芦】【幺篇】幽欢细节的鄙秽媟亵，更增其一分浓蜜也。南昆演《西厢》，将崔、张床第之事转借红娘述出，仍不免"浓盐赤酱"之讥，况此折形现于台上乎？但鱼水之欢，乃是人性之必然。金圣叹在《读第六才子书西厢记法》中说："人说《西厢记》是淫书，他止为中间有此一事耳。细思此一事，何日无之？何地无之？不成天地中间有此一事，便废却天地耶？细思此身自何而来，便废却此身耶？"正因有了从心灵到肉体的亲密，张生、莺莺才得以勠力同心突破重重桎梏，他们的结合才有了被认可的可能。成就好事后，张生再跪，莺莺亦剖白永托之情。一夕两跪，终成白头之盟，正见莺娘情重、张珙志诚。

　　唐人元稹《莺莺传》叙写此节云："数夕，张生临轩独寝，忽有人觉之。惊骇而起，则红娘敛衾携枕而至，抚张曰：'至矣，至矣！睡何为哉？'设衾枕而去。张生拭目危坐，久之，犹疑梦寐，然而修谨以俟。俄而红娘捧崔氏而至，至则娇羞融冶，力不能运肢体，曩时端庄，不复同矣。是夕，旬有八日也。斜月晶莹，幽辉半床。张生飘飘然，且疑神仙之徒，不谓从人间至矣。有顷，寺钟鸣，天将晓，红娘促去。崔氏娇啼宛转，红娘又捧之而去，终夕无一言。张生辨色而兴，自疑曰：'岂其梦邪？'及明，靓妆在臂，香在衣，泪光荧荧然，犹莹于茵席而已。"王实甫《西厢记》保留了小说的如梦似幻、曲折浪漫，改其时序，又在细腻处增加了真实感。【青哥儿】写张生由今日喜念及昨宵之不安，忽然而疑猜，回看莺莺仍在身畔，方才"审问明白"是真有其事——"情到极真处，常疑是假；到极乐处，反生起愁来。偏有此一种不知其然之故，非深于情者，不知也"（潘廷章评文）。较之元稹小说中张生次日天明方辨其真，更为合理。

云住雨歇，莺莺告辞离去，张生起身相送，万般不舍："乍时相见教人害，霎时不见教人怪，些时得见教人爱。今宵同会碧纱厨，何时重解香罗带？"【煞尾】"写张生越看越爱，越爱越看，临行抱持，不忍释手，固也。然此正是巧递后篇夫人疑问之根，最为入化出神之笔"（金圣叹评文）。情人尚未分别已盼再逢，夫人"觉来寻我"又待怎生？"千里来龙穴从此结，万种相思尽从此处撒。真令看《西厢》者，热肠冷气，一时快活杀！"（陈继儒评文）

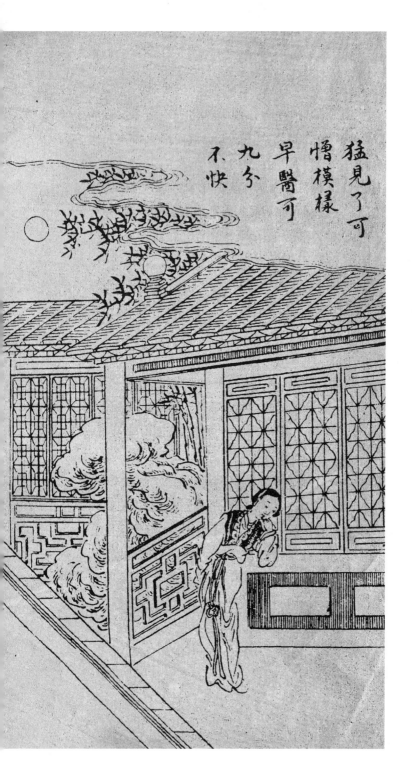

猛見了可憎模樣，早醫可九分不快。

多丰韵，忒稔色。乍时相见教人害，霎时不见教人怪，些时得见教人爱。今宵同会碧纱厨，何时重解香罗带？

第二折

（夫人引俫上云）这几日窃见莺莺语言恍惚，神思加倍，腰肢体态，比向日不同。莫不做下来了么？（俫云）前日晚夕，奶奶睡了，我见姐姐和红娘烧香，半晌不回来，我家去睡了。（夫人云）这桩事都在红娘身上。唤红娘来！（俫唤红科）（红云）哥哥唤我怎么？（俫云）奶奶知道你和姐姐去花园里去，如今要打你哩！（红云）呀，小姐，你带累我也！小哥哥，你先去，我便来也。（红唤旦科）（红云）姐姐，事发了也。老夫人唤我哩，却怎了？（旦云）好姐姐，遮盖咱！（红云）娘呵，你做的稳秀者①——我道你做下来也！（旦念）月圆便有阴云蔽，花发须教急雨催②。（红唱）

【越调】【斗鹌鹑】则着你夜去明来，倒有个天长地久；不争你握雨携云③，常使我提心在口。则合带月披星，谁着你停眠整宿？老夫人心数多，情性忔④，使不着我巧语花言，将没做有。

【紫花儿序】老夫人猜那穷酸做了新婿，小姐做了娇妻，"这小贱人做了牵头"⑤。俺小姐这些时春山低翠，秋水凝眸。别样的都休⑥，试把你裙带儿拴，纽门儿扣，比着你旧时肥瘦，出落得精神，别样的风流⑦。

（旦云）红娘，你到那里，小心回话者。（红云）我到夫人处，必问："这小贱人！"

【金蕉叶】我着你但去处行监坐守⑧，谁着你迤逗的胡行乱走？"若问着此一节呵如何诉休⑨？你便索与他个知情的犯由⑩。

姐姐，你受责理当，我图甚么来？

【调笑令】你绣帏里效绸缪^⑪，倒凤颠鸾百事有^⑫。我在窗儿外几曾轻咳嗽，立苍苔将绣鞋儿冰透^⑬。今日个嫩皮肤倒将粗棍抽，姐姐呵，俺这通殷勤的着甚来由？

注释：

①稳秀：即隐秀，藏而不露之意。稳，通"隐"。李玉《占花魁》："如今丈夫出去，我虽无人拘管，但你出家人，往来须要隐秀些才好。"

②月圆便有阴云蔽，花发须教急雨催：此为喻美好事物遭受摧残之常用语。

③不争：只因为。康进之《梁山泊李逵负荆》："不争你抢了他花朵般青春艳质，这其间抛闪杀那草桥店白头老的。"

④侜（zhòu）：固执，刚愎。

⑤牵头：男女私通的拉线人。

⑥别样的都休：其他变化且不用说。

⑦"试把你裙带儿拴"五句：意谓试着旧时衣装，与从前之体态相比，如今变得特别精神、特别风流。出落，长成，指身体相貌变得更加光艳动人。

⑧但去处：只是去呀。处，语气词。行监坐守：一举一动都要监视看守。

⑨如何诉休：如何诉说呵。休，语助词。杨万里《题子仁侄山庄小集》："莫笑山林小集休，篇篇字字爽于秋。"

⑩犯由：犯罪之原由，即罪状。无名氏《神奴儿大闹开封府》："凭着我纸儿上写着这一一的犯由，怀儿里揣着这重重

的痛苦。"

⑪绸缪（móu）：《诗经·唐风·绸缪》："绸缪束薪，三星在天。今夕何夕，见此良人。"绸缪，本义为紧紧捆缚，引申作缠绵解，后用以指男女欢会。

⑫百事有：样样有。关汉卿《感天动地窦娥冤》："俺公公撞府冲州，阔阔的铜斗儿家缘百事有。"

⑬立苍苔将绣鞋儿冰透：本白朴《仙吕·点绛唇》："深沉院宇朱扉虚，立苍苔冷透凌波袜。"

姐姐在这里等着，我过去。说过呵，休欢喜；说不过，休烦恼。（红见夫人科）（夫人云）小贱人，为甚么不跪下！你知罪么？（红跪云）红娘不知罪。（夫人云）你故自口强哩。若实说呵，饶你；若不实说呵，我直打死你这个贱人！谁着你和小姐花园里去来？（红云）不曾去，谁见来？（夫人云）欢郎见你去来，尚故自推哩！（打科）（红云）夫人，休闪了手。且息怒停嗔，听红娘说。

【鬼三台】夜坐时停了针绣，共姐姐闲穷究①，说张生哥哥病久。咱两个背着夫人向书房问候。

（夫人云）问候呵，他说甚么？（红云）他说来，道"老夫人事已休，将恩变为仇，着小生半途喜变做忧"。他道："红娘你且先行，教小姐权时落后②。"

（夫人云）他是个女孩儿家，着他落后怎么？（红唱）

【秃厮儿】我则道神针法灸，谁承望燕侣莺俦。他两个经今月馀则是一处宿，何须你一一问缘由？

【圣药王】他每不识忧，不识愁，一双心意两相投。夫人得好休，便好休，这其间何必苦追求？常言道"女大不中留"③。

（夫人云）这端事，都是你个贱人！（红云）非是张生、小姐、红娘之罪，乃夫人之过也。（夫人云）这贱人倒指下我来，怎么是我之过？（红云）信者，人之根本，"人而无信，不知其可也。大车无輗，小车无軏，其何以行之哉④？"当日军围普救，夫人所许退军者，以女妻之。张生非慕小姐颜色，岂肯建区区退军之策？兵退身安，夫人悔却前言，岂得不为失信乎？既然不肯成其事，只合酬之以金帛，令张生舍此而去。却不当留请张生于书院，使怨女旷夫⑤，各相早晚窥视，所以夫人有此一端。目下老夫人若不息其事，一来辱没相国家谱；二来张生日后名重天下，施恩于人，忍令反受其辱哉！使至官司⑥，夫人亦得治家不严之罪。官司若推其详⑥，亦知老夫人背义而忘恩，岂得为贤哉？红娘不敢自专⑧，乞望夫人台鉴：莫若恕其小过，成就大事，搵之以去其污⑨，岂不为长便乎？

【麻郎儿】秀才是文章魁首⑩，姐姐是仕女班头⑪；一个通彻三教九流，一个晓尽描鸾刺绣⑫。

【幺篇】世有、便休、罢手⑬，大恩人怎做敌头？起白马将军故友，斩飞虎叛贼草寇。

【络丝娘】不争和张解元参辰卯酉⑭，便是与崔相国出乖弄丑⑮。到底干连着自己骨肉，夫人索穷究⑯。

注释：

①闲穷究：闲谈，闲聊天。

②权时落后：暂时晚走一会儿。权，临时变通。

③女大不中留：宋元谚语有"三不留"之说，谓：蚕老不中留，人老不中留，女大不中留。

④"人而无信"五句：语出《论语·为政》。作为一个人却没有信用，不晓得那怎么可以，就像大车上没有輗（ní）、小车上没有軏（yuè）一样，那还靠什么行走呢？大车，牛车；輗，辕端横木；小车，驷马车；軏，辕端上曲钩衡。大车、小车没有輗、軏就不能行走，人而无信，就像车无輗軏。

⑤怨女旷夫：成年未嫁之女为怨女，成年未娶之男为旷夫。《孟子·梁惠王下》："内无怨女，外无旷夫。"

⑥官司：本指百官，后用以指称官府。

⑦推其详：追究详细情况。推，追究审问。

⑧自专：自以为是，自作主张。《古诗为焦仲卿妻作》："奉事循公姥，进止敢自专？"

⑨揾（ruán）：揾就，本指摩弄、揉搓义，此用为迁就、撮合成就义。

⑩文章魁首：犹言文坛领袖。魁首，首领。

⑪仕女班头：女中领袖。仕女，贵族妇女，大家闺秀。班头，领袖，首领。关汉卿《望江亭中秋切鲙旦》："端的是佳人领袖，美女班头。"

⑫描鸾：描绘鸾鸟图案，这里泛指描绘刺绣的图案。

⑬世有、便休、罢手：既然莺莺与张生已经做出了这种事，就只能罢休，放开手不必追究。

⑭参（shēn）辰：参星和辰星，亦称参商。参与辰此出彼落，不同时出现，故以参商喻不睦或不能相见。卯酉：十二时辰，卯时为五至七时，酉时为十七时至十九时。喻互不相

见、对立不和。

⑮出乖弄丑：意谓做出错事丑事而丢人现眼。关汉卿《杜蕊娘智赏金线池》："不是我出乖弄丑，从良弃贱，我命里有终须有。"

⑯穷究：此言慎重考虑，与作"聊天"解者不同。

（夫人云）这小贱人也道得是。我不合养了这个不肖之女。待经官呵，玷辱家门。罢，罢！俺家无犯法之男，再婚之女，与了这厮罢！红娘，唤那贱人来！（红见旦云）且喜姐姐，那棍子则是滴溜溜在我身上，吃我直说过了。我也怕不得许多。夫人如今唤你来，待成合亲事。（旦去）羞人答答的，怎么见夫人？（红云）娘根前有甚么羞！

【小桃红】当日个月明才上柳梢头，却早人约黄昏后①。羞的我脑背后将牙儿衬着衫儿袖。猛凝眸，看时节则见鞋底尖儿瘦。一个恣情的不休，一个哑声儿厮耨②。呸！那其间可怎生不害半星儿羞？

（旦见夫人科）（夫人云）莺莺，我怎生抬举你来，今日做这等的勾当！则是我的孽障③，待怨谁的是！我待经官来，辱没了你父亲，这等事，不是俺相国人家的勾当。罢罢罢，谁似俺养女的不长俊④！红娘，书房里唤将那禽兽来！（红唤末科）（末云）小娘子唤小生做甚？（红云）你的事发了也。如今夫人唤你来，将小姐配与你哩。小姐先招了也，你过去。（末云）小生惶恐，如何见老夫人？当初谁在老夫人行说来？（红云）休作小心，过去便了。

【小桃红】既然泄漏怎干休，是我相投首⑤。俺家里陪酒

陪茶到撺就⑥，你休愁，何须约定通媒媾⑦？我弃了部署
不收⑧，你元来"苗而不秀"⑨。呸！你是个银样镴枪头⑩。

注释：

①当日个月明才上柳梢头，却早人约黄昏后：句本欧阳修《生
查子》："去年元夜时，花市灯如昼，月上柳梢头，人约黄昏
后。"

②厮耨（nòu）：纠缠戏弄。

③孽（niè）障：即业障。佛教称所做恶业（坏事）障碍正道，
故称业障。孽，罪恶，灾殃。"孽障"乃"业障"之讹。

④长俊：即长进，向上、进步、有出息。郑廷玉《包待制智勘
后庭花》："你这厮贪酒溺脚跟，一世儿不得长俊。"

⑤投首：自首。

⑥俺家里陪酒陪茶到撺就：婚姻一般是由男家备茶酒向女家求
婚，现在反事而行，由崔家倒陪茶酒撮合成婚。茶，聘礼之
代称。许次纾《茶疏·考本》："茶不移本，植必子生。古
人结昏，必以茶为礼，取其不移置子之意也。今人犹名其礼
曰下茶。"

⑦媒媾（gòu）：因媒而结婚，犹媒人。媾，结婚。

⑧部署：宋元时的枪棒师傅。《张协状元》："我是徽州婺源县
祠山广德军枪棒部署，四山五岳剌枪使棒有名人。"弃了
部署不收，不做师傅，不收你为徒，意谓不再为你出主意
帮忙。

⑨苗而不秀：庄稼苗长得好，却不开花吐穗，比喻无用之
人。《论语·子罕》："苗而不秀者有矣夫！秀而不实者有矣

夫！"

⑩银样镴（là）枪头：枪头的样子看上去好像是银的，实际是镴做的。比喻好看而不实用的样子货。镴，即今之焊锡，为锡和铅的合金。

（末见夫人科）（夫人云）好秀才呵！岂不闻"非先王之德行不敢行"①？我待送你去官司里去来，恐辱没了俺家谱。我如今将莺莺与你为妻，则是俺三辈儿不招白衣女婿②，你明日便上朝取应去，我与你养着媳妇。得官呵，来见我；驳落呵③，休来见我。

（红云）张生早则喜也。

【东原乐】相思事，一笔勾，早则展放从前眉儿皱，美爱幽欢恰动头④。既能勾，张生，你觑兀的般可喜娘庞儿也要人消受。

（夫人云）明日收拾行装，安排果酒，请长老一同送张生，到十里长亭去⑤。（旦念）寄语西河堤畔柳，安排青眼送行人。（同夫人下）（红唱）

【收尾】来时节画堂箫鼓鸣春昼，列着一对儿鸾交凤友。那其间才受你说媒红⑥，方吃你谢亲酒⑦。（并下）

注释：

①非先王之德行不敢行：出《孝经·卿大夫章》："非先王之法服不敢服，非先王之法言不敢道，非先王之德行不敢行。"意谓不敢做不符合先王道德标准的事。

②白衣：古代没有做官的人穿白衣，故以"白衣"代指没有功名官职的人，即平民。《新唐书·舆服志》："士服短褐，庶

人以白。"

③驳落：落第，亦作"剥落"。郑德辉《迷青琐倩女离魂》："他得了官别就新婚，剥落呵羞归故里。"

④恰动头：才开始。

⑤十里长亭：古代设在路旁供行人停宿、休息用的公用房舍。《园冶·亭》云："亭者，停也，所以停憩游行也。"《白孔六帖》卷九："十里一长亭，五里一短亭。"常用作送别饯行的地方。

⑥说媒红：给媒人的谢礼。媒人合婚而索取报酬，汉代已然，元时行媒也常求取酬值。

⑦谢亲酒：婚后男往女家谢亲宴饮，称谢亲酒，犹今之"回门"。

点评：

　　本折又称"拷红"或"堂前巧辩"，由红娘主唱。莺莺自与张生陈仓暗度，言语体态、风姿神韵不似旧时。第二折老夫人首先登场，直截道出内心疑虑："莫不做下来了么？"小儿子欢郎不晓其中利害，将日前所见顺口道来："前日晚夕，奶奶睡了，我见姐姐和红娘烧香，半晌不回来，我家去睡了。"欢郎的话进一步加深了郑氏的疑惑，既有红娘紧随在莺莺身旁，"这桩事都在红娘身上。唤红娘来！"老夫人拔剑张弩，先将矛头指向关键人物红娘——"奶奶知道你和姐姐去花园里去，如今要打你哩！"整折戏在一叠声地唤红娘中，紧张地拉开了帷幕。

　　东窗事发，"祸"到临头，红娘不免惊慌，莺莺更是惶恐难安："好姐姐，遮盖咱！"【斗鹌鹑】补叙了"佳期"之后书生、小姐之间的云雨情浓，亦从贴身侍婢的角度对二人的情难自控加以摹写。"则着你夜去明来，倒有个天长地久；不争你握雨携云，常使我提心在口。则合带月披星，谁着你停眠整宿？"如果小姐你有所节制，夜去明来而不是停眠整宿，事情也许不会"败露"。如今夫人恐已知之，她"猜那穷酸做了新婚，小姐做了娇妻，'这小贱人做了牵头'"，以老夫人心数之多、性情之乖，即便我红娘巧语花言，又如何遮盖得过？只看小姐你"这些时春山低翠，秋水凝眸"，"试把你裙带儿拴，纽门儿扣，比着你旧时肥瘦，出落得精神，别样的风流"，如此容态早露出破绽，要我红娘如何将有说成没有？【斗鹌鹑】【紫花儿序】二曲，从小姐说到夫人又从夫人说到小姐，紧扣"遮盖"之难，道尽小梅香一片苦口婆心；间以老夫人语气责一句"牵头"之"罪"，形神毕肖又凸显了红娘性格里的活泼——"一句一字，一纽一褶，快心爽骨！"（徐奋鹏等评文）

莺莺是其辞，叮嘱红娘去后小心回话，红娘再次模仿夫人情态，诉说应对时可能面临的艰险："我到夫人处，必问：'这小贱人！我着你但去处行监坐守，谁着你迤逗的胡行乱走？'若问着此一节呵如何诉休？你便索与他个知情的犯由。"夫人命红娘侍奉小姐，本来便有行监坐守之意，红娘见夫人时无论回答知情与否，都难逃罪责。小姐与书生"倒凤颠鸾百事有"，"受责理当"；小梅香"立苍苔将绣鞋儿冰透"，"今日个嫩皮肤倒将粗棍抽"，"我图甚么来"？人欢愉处，我凄凉；人幸福时，我遭殃；图甚么而愿倾尽全力助旁人成好事？——冷热参照，更彰显了红娘的侠骨柔肠！【金蕉叶】【调笑令】明写红娘、莺莺惊怕，暗写老夫人情性，令人顿觉迫在眉睫的危机有如乌云盖顶。"姐姐在这里等着，我过去。说过呵，休欢喜；说不过，休烦恼。"明知老夫人手执着棍儿摩挲看，一介侍妾却能舍己为人、热血任事，较之小姐的慌张怯懦，红娘行事何其痛快磊落！

红娘在堂前巧辩的过程，是"拷红"一折的高潮和巅峰。老夫人盛气凌人，小红娘步步惊心——夫人挟威震慑，要红娘跪下认罪，红娘以"不知罪"推脱；夫人见状将问题直指"谁着你和小姐花园里去来"，欲红娘自行出首，红娘坚执"不曾去，谁见来"；直到老夫人指欢郎为证人并拷打红娘，红娘才对莺、生之事有所"交代"——"平素则担惊受怕，临事则不慌不忙，心细于秋毫之末，而勇足夺三军之帅。世安得如红娘者，而与属天下事哉！"（潘廷章评文）夫人急切欲知花园之事，小红娘偏从夜坐停针娓娓道来，说"张生病久"，叙与莺莺两个"向书房问候"，讲张生埋怨夫人"将恩变为仇"，让红娘先行，"教小姐权时落后"。红娘好似《战国策》里的左师触龙，说赵太后，步步闲情，避重就轻。她先消夫人之怒，然后相机而动，索性将实情陈明："他两个经今月馀则是一处宿"，"一双心意两相投"；再进一步劝夫人："得好休，便好休，这其间何必苦追求？常言道'女大不中留'。"小梅香勇敢机智，蓄猛士之锋端，逞说士之舌端，先招承、后排解，忽然过接，疾如鹰隼。"人生有如此笔墨，真是百年快事。"（金圣叹

评文）

老夫人见事已做下、覆水难收，不免迁怒红娘："这端事，都是你个贱人"；红娘不惟不惧，更乘势反唇相讥："非是张生、小姐、红娘之罪，乃夫人之过也。"她从事情的发生、存续、变化、后果四端，条分缕析，为莺莺、张生辩说：起初孙飞虎兴兵，是夫人当众许诺婚姻；后来"兵退身安，夫人悔却前言"，是夫人失信；既然不想践约完婚，便应早令张生离开，夫人理家有差，"留请张生于书院，使怨女旷夫，各相早晚窥视"，才有了二人偷期之事；若夫人不肯息事宁人，其不利后果有四："一来辱没相国家谱；二来张生日后名重天下，施恩于人，忍令反受其辱哉！使至官司，夫人亦得治家不严之罪。官司若推其详，亦知老夫人背义而忘恩，岂得为贤哉？"陈明其弊端之后，红娘转易其咄咄之姿为谦恭之态："红娘不敢自专，乞望夫人台鉴：莫若恕其小过，成就大事，掩之以去其污，岂不为长便乎？"有理有据有节，不卑不亢不骄。"有此军师，何攻不破，何战不克？宜乎莺莺城下乞盟也哉！"（汤显祖等评文）"【麻郎儿】至【络丝娘】，一折叙其能，一折叙其功，一折激其'到底连着自己骨肉'，有范雎谏秦王口吻，参破便是苏长公一篇谏论。"（陈继儒等评文）红娘非特揣摩老夫人心理，抑且巧于进说，倘生乎战国之时而为纵横之士，或可匹敌苏秦、张仪，取卿相于指顾之间矣。

红娘先论是非，后陈利弊；老夫人心疼自家骨肉，又恐经官"玷辱家门"，只得妥协；满天乌云夭矫顿时消散。红娘回见莺莺，且喜且叹："那棍子则是滴溜溜在我身上，吃我直说过了。我也怕不得许多。夫人如今唤你来，待成合亲事。"莺莺闻言却又再度忸怩起来，引得"功臣"红娘将她月夜欢会之恣态搬来掷将面上。老夫人又命红娘"书房里唤将那禽兽来"，张生登场，道貌岸然、彬彬有礼，得知事发老夫人许婚，却也懦态复萌、惶恐不安起来。"座师"红娘不免又是一阵"苗而不秀"、"银样镴枪头"的训诫调侃。小姐一味假，书生一味怯，小红娘前拉后推、言词泼辣，欢笑之花一时绽满台下。

不料此时老夫人再掀新波："我如今将莺莺与你为妻，则是俺三辈儿不招白衣女婿，你明日便上朝取应去，我与你养着媳妇。得官呵，来见我；驳落呵，休来见我。"经过红娘一番舍身救助，崔、张之姻获得了家长的首肯，"相思事，一笔勾"。但今天方成匹配，明日便要分别登程，悲喜交集难成喜，泣笑相织泪总多。到底要张生金榜题名，那时节"画堂箫鼓鸣春昼，列着一对儿鸾交凤友"，才能令有情人终成眷属、好姻缘终得合就。

本折是后半部《西厢》的"戏眼"，也是被改编、演出最多的折子之一。小姐做事不稳秀，"老夫人心术多、性情伤"。私情败露，本应当"行监坐守"却"迤逗的胡行乱走"，小梅香首当其冲、难辞其"咎"。红娘为成人之美，以身犯险，逞"二十分才、二十分识、二十分胆"（汤显祖评文），婴家主逆鳞而谏，终将好事撺就。因有"拷红"，红娘的形象得以熠耀千古。"当时那得此俊婢？我生不复见此俊婢！"（徐渭评文）

定然是神
针法灸
难道是
燕侣
莺俦

我则道神针法灸，谁承望燕侣莺俦。他两个经今月徐则是一处宿，何须你一一问缘由？

第三折

（夫人、长老上云）今日送张生赴京，十里长亭安排下筵席。我
和长老先行，不见张生、小姐来到。（旦、末、红同上）（旦云）
今日送张生上朝取应，早是离人伤感，况值那暮秋天气，好烦恼
人也呵！悲欢聚散一杯酒，南北东西万里程。

【正宫】【端正好】碧云天，黄花地①，西风紧，北雁南
飞。晓来谁染霜林醉？总是离人泪②。

【滚绣球】恨相见得迟，怨归去得疾。柳丝长玉骢难系③。恨
不倩疏林挂住斜晖④。马儿迍迍的行⑤，车儿快快的随。却告
了相思回避，破题儿又早别离⑥。听得一声"去也"，松
了金钏⑦；遥望见十里长亭，减了玉肌⑧。此恨谁知！

（红云）姐姐，今日怎么不打扮？（旦云）你那知我的心里呵？

【叨叨令】见安排着车儿、马儿，不由人熬熬煎煎的气；有
甚么心情花儿、靥儿，打扮的娇娇滴滴的媚⑨；准备着被儿、
枕儿，则索昏昏沉沉的睡；从今后衫儿、袖儿，都揾做重重
叠叠的泪。兀的不闷杀人也么哥，兀的不闷杀人也么哥！
久已后书儿、信儿，索与我恓恓惶惶的寄。

注释：

①碧云天，黄花地：句本范仲淹《苏幕遮》词："碧云天，黄叶
地，秋色连波，波上寒烟翠。"黄花，指菊花。

②晓来谁染霜林醉？总是离人泪：意谓离人带血的眼泪，把深
秋早晨的枫林染红了。霜林醉，深秋的枫树林经霜变红，就
像人喝醉酒脸色红晕一样。意本唐诗"君看陌上梅花红，尽

是离人眼中血"。

③柳丝长玉骢（cōng）难系：玉骢，马名，即玉花骢，是一种青白色的马。杜甫《丹青引赠曹将军霸》："先帝天马玉花骢，画工如山貌不同。"此指张生所乘之马。古人有折柳送别的习惯，故写别情多借助于柳。晏殊《踏莎行》："垂杨只解惹春风，何曾系得行人住？"此处讲柳丝虽长却系不住玉骢，情虽长却留不住张生。

④倩（qìng）：请人代己做事之谓。辛弃疾《水龙吟》："倩何人唤取，红巾翠袖，揾英雄泪！"

⑤迍迍（zhūn）：行动缓慢，留连不进的样子。阅遏五日："马是张骑，故欲其迟；车是崔坐，故欲其快。"

⑥却告了相思回避，破题儿又早别离：却，犹恰。毛西河曰："回避，谓告退；破题，谓起头。言相思才了，别离又起也。"唐宋诗赋多于开头几句点破题意，谓之破题。

⑦松了金钏（chuàn）：言人瘦损使手镯松脱。钏，古代称臂环为钏，今谓之手镯。

⑧玉肌：肌肤光泽如玉。

⑨花儿、靥（yè）儿：即花钿。花蕊夫人《宫词》："翠钿贴靥轻如笑。"

（做到见夫人科）（夫人云）张生和长老坐，小姐这壁坐，红娘将酒来。张生，你向前来，是自家亲眷，不要回避。俺今日将莺莺与你，到京师休辱末了俺孩儿，挣揣一个状元回来者①。（末云）小生托夫人余荫，凭着胸中之才，视官如拾芥耳②。（洁云）夫人主见不差，张生不是落后的人。（把酒了，坐）（旦长吁科）

【脱布衫】下西风黄叶纷飞，染寒烟衰草萋迷。酒席上斜签着坐的③，蹙愁眉死临侵地④。

【小梁州】我见他阁泪汪汪不敢垂⑤，恐怕人知；猛然见了把头低，长吁气，推整素罗衣⑥。

【幺篇】虽然久后成佳配，奈时间怎不悲啼⑦。意似痴，心如醉，昨宵今日，清减了小腰围。

（夫人云）小姐把盏者。（红递酒，旦把盏长吁科，云）请吃酒。

【上小楼】合欢未已，离愁相继。想着俺前暮私情，昨夜成亲，今日别离。我谂知这几日相思滋味，却元来比别离情更增十倍⑧。

【幺篇】年少呵轻远别，情薄呵易弃掷⑨。全不想腿儿相挨，脸儿相偎，手儿相携。你与俺崔相国做女婿，妻荣夫贵⑩，但得一个并头莲，煞强如状元及第。

（夫人云）红娘把盏者。（红把酒科）（旦唱）

【满庭芳】供食太急，须臾对面，顷刻别离。若不是酒席间子母每当回避，有心待与他举案齐眉。虽然是厮守得一时半刻，也合着俺夫妻每共桌而食。眼底空留意⑪，寻思起就里，险化做望夫石。

（红云）姐姐不曾吃早饭，饮一口儿汤水。（旦云）红娘，甚么汤水咽得下。

【快活三】将来的酒共食，尝着似土和泥；假若便是土和泥，也有些土气息，泥滋味。

【朝天子】暖溶溶玉醅⑫，白冷冷似水，多半是相思泪。眼面前茶饭怕不待要吃⑬，恨塞满愁肠胃。蜗角虚名⑭，蝇头微利⑮，拆鸳鸯在两下里。一个这壁，一个那壁，一递一声长吁气。

注释：

①挣揣：这里是夺取、夺得之意。

②视官如拾芥（jiè）：把取得官职看得像从地上拾取一根草棍那样容易。《汉书·夏侯胜传》："胜每讲授，常谓诸生曰：'士病不明经术，经术苟明，其取青紫，如俯拾地芥耳。'"

③斜签着坐：侧身半坐，封建时代晚辈在长辈面前不能实坐。

④死临侵地：呆呆的，没精打采的样子。临侵，语助词，无实义。关汉卿《望江亭中秋切鲙旦》："转过这影壁偷窥，可怎生独个儿死临侵地？"

⑤阁泪汪汪不敢垂：强忍泪水不敢任其流出。阁泪，含泪，噙泪。无名氏《鹧鸪天》："尊前只恐伤郎意，阁泪汪汪不敢垂。"

⑥推整素罗衣：装作整理衣裳。推，借口。

⑦时间：目下，眼前。秦简夫《晋陶母剪发待宾》："我恰才觑了陶秀才相貌，虽则时间受窘，久后必然发迹。"

⑧我谂（shěn）知这几日相思滋味，却元来比别离情更增十倍：意谓我这几天已经深深知道了相思的苦痛难堪，原来这离别比相思更苦十倍。谂，熟悉，知道。

⑨弃掷：本指抛弃，此指撇下莺莺而远离。

⑩妻荣夫贵：《仪礼·丧服》有"夫尊于朝，妻贵于室"之说，本指妻子可以依靠丈夫的爵位而尊贵。这里反其义而用之，意思是说你与俺崔相国家作女婿，已因妻而贵，大可不必再去求取功名了。

⑪眼底空留意：是说母亲在座，有所避忌，不得与张生同桌共

食以诉衷曲，只能以眉眼传情表达心意。

⑫玉醅（pēi）：美酒。苏轼《南歌子》："冰簟堆云髻，金樽滟玉醅。"

⑬怕不待要：难道不想、何尝不想之意。关汉卿《刘夫人庆赏五侯宴》："妾身怕不待要与人，谁肯要？"

⑭蜗角虚名：《庄子·则阳》："有国于蜗之左角者，曰触氏；有国于蜗之右角者，曰蛮氏。时相与争地而战，伏尸数万，逐北旬有五日而后反。"蜗角极细极微，蜗角虚名，喻微小之浮名。苏轼《满庭芳·警悟》："蜗角虚名，蝇头微利，算来着甚干忙？"

⑮蝇头微利：班固《难庄论》："众人之逐世利，如青蝇之赴肉汁也。青蝇嗜肉汁而忘溺死，众人贪世利而陷罪祸。"比喻为小利而忘危难。

（夫人云）辆起车儿①，俺先回去，小姐随后和红娘来。（下）（末辞洁科）（洁云）此一行别无话儿，贫僧准备买登科录看②，做亲的茶饭，少不得贫僧的。先生在意，鞍马上保重者。从今经忏无心礼，专听春雷第一声③。（下）（旦唱）

【四边静】霎时间杯盘狼藉，车儿投东，马儿向西。两意徘徊，落日山横翠。知他今宵宿在那里？有梦也难寻觅。

张生，此一行得官不得官，疾便回来。（末云）小生这一去，白夺一个状元。正是：青霄有路终须到，金榜无名誓不归④。（旦云）君行别无所赠，口占一绝⑤，为君送行：弃掷今何在，当时且自亲。还将旧来意，怜取眼前人⑥。（末云）小姐之意差矣，张珙更敢怜谁？谨赓一绝⑦，以剖寸心⑧：人生长远别，孰与最关

亲？不遇知音者，谁怜长叹人⑨？（旦唱）

【耍孩儿】淋漓襟袖啼红泪，比司马青衫更湿。伯劳东去燕西飞，未登程先问归期。虽然眼底人千里，且尽生前酒一杯。未饮心先醉⑩，眼中流血，心里成灰⑪。

注释：

①辆：用为动词，犹驾好、套起。

②登科录：登载录取进士姓名的名册。唐人称为进士登科记，宋人称为登科小录。

③春雷第一声：进士试于春正、二月举行，故称中第消息为春雷第一声。韦庄《喜迁莺》："街鼓动，禁城开，天上探人回。凤衔金榜出门来，平地一声雷。"

④青霄有路终须到，金榜无名誓不归：此为当时成语。青霄即青云，青霄路即致身青云之路。金榜题名，即进士及第。经殿试录取的进士，分三个等第（称三甲）用黄纸书写名字予以公布，谓之"黄甲"，亦称金榜。汪洙《神童诗》："久旱逢甘雨，他乡遇故知。洞房花烛夜，金榜挂名时。"

⑤口占一绝：不打草稿，随口吟出一首绝句诗。

⑥"弃掷今何在"四句：意思是，抛弃我的人儿现在何方？想当初对我是何等相亲。还应当用当时对我的一番情意，去爱怜眼前的新人。诗出《莺莺传》，原为莺莺被张生抛弃之后作，剧中只是让莺莺用为设托之词。

⑦赓（gēng）：续作。

⑧剖：表白。剖心，表白真诚。《汉书·邹阳传》："两主二臣，剖心析肝相信，岂移于浮辞哉！"

⑨"人生长远别"四句：表明除莺莺之外再无知己之意。长，通"常"。孰与，犹与谁。

⑩未饮心先醉：刘禹锡《酬令狐相公杏园下饮有怀见寄》："未饮心先醉，临风思倍多。"

⑪眼中流血，心里成灰：形容极度悲痛。徐士范曰："出《烟花录》：昔有一商，美姿容，泊舟于西河下。岸上高楼中一美女，相视月馀，两情已契，弗遂所愿。商货尽而去，女思成疾而亡。父遂而焚之，独心中一物不化如铁，磨出，照见中有舟楼相对，隐隐如有人形。其父以为奇，藏之。后商复来，访其女，得所由，献金求观，不觉泪下成血，滴心上，心即成灰。"

【五煞】到京师服水土①，趁程途节饮食②，顺时自保揣身体③。荒村雨露宜眠早，野店风霜要起迟④。鞍马秋风里，最难调护，最要扶持。

【四煞】这忧愁诉与谁？相思只自知，老天不管人憔悴。泪添九曲黄河溢，恨压三峰华岳低⑤。到晚来闷把西楼倚，见了些夕阳古道，衰柳长堤。

【三煞】笑吟吟一处来，哭啼啼独自归。归家若到罗帏里，昨宵个绣衾香暖留春住，今夜个翠被生寒有梦知。留恋你别无意，见据鞍上马⑥，阁不住泪眼愁眉。

（末云）有甚言语，嘱咐小生咱？（旦唱）

【二煞】你休忧文齐福不齐⑦，我则怕你停妻再娶妻⑧。休要一春鱼雁无消息⑨，我这里青鸾有信频须寄，你却休金榜无名誓不归。此一节君须记：若见了那异乡花草，再休似此处栖迟^⑩。

（末云）再谁似小姐，小生又生此念？（旦唱）

【一煞】青山隔送行，疏林不做美，淡烟暮霭相遮蔽。夕阳古道无人语^⑪，禾黍秋风听马嘶^⑫。我为甚么懒上车儿内？来时甚急，去后何迟^⑬？

（红云）夫人去好一会，姐姐，咱家去！（旦唱）

【收尾】四围山色中，一鞭残照里。遍人间烦恼填胸臆，量这些大小车儿如何载得起^⑭？

（旦、红下）（末云）仆童，赶早行一程儿，早寻个宿处。泪随流水急，愁逐野云飞^⑮。（下）

注释：

①服：适应，习惯。

②趁程途节饮食：意谓路途中要节制饮食。趁程途即赶路。趁，赶。杜甫《催宗文树鸡栅》："驱趁制不禁，喧呼山腰宅。"

③顺时自保揣（chuǎi）身体：意谓要估量自己的身体情况，适应季节之变化，自己保重。揣，揣度。

④荒村雨露宜眠早，野店风霜要起迟：此二句互文见义，谓荒村野店，雨露风霜，应当早歇息晚上路。

⑤泪添九曲黄河溢，恨压三峰华岳低：上句以水喻愁之多，下句以山喻愁之重。华岳三峰，即西岳华山的中峰莲花峰、东峰仙人掌、南峰落雁峰（一说为莲花峰、毛女峰、松桧峰）。

⑥据鞍：跨鞍。《三国志·魏书·满宠传》："昔廉颇强食，马

援据鞍，今君未老而自谓已老，何与廉、马之相背邪？"

⑦文齐福不齐：意谓有文才而缺少福分，不能考中。齐，备，全而不缺。石君宝《鲁大夫秋胡戏妻》："莫怨文齐福不齐，娶妻三日却分离。军中若把文章用，管取峥嵘衣锦归。"

⑧停妻再娶妻：指不认前妻而另行娶妻。古代婚制，男子可以多妾，但不得双妻并嫡。《唐律·户婚律》有"有妻更娶"条，元代《通制条格》也有相关记载，可知有男子再娶而不认前妻者。

⑨一春鱼雁无消息：本无名氏《鹧鸪天》："一春鱼鸟无消息，千里关山劳梦魂。"

⑩栖迟：留连，逗留。《诗经·陈风·衡门》："衡门之下，可以栖迟。"

⑪古道：蒲地曾为舜都，汉初置县，通长安之路久已开辟，故称古道。

⑫禾黍：此以禾黍代指庄稼。禾，谷类作物。黍，粘小米。嘶：马鸣。

⑬来时甚急，去后何迟：《诗词曲语辞汇释》谓："'时'，为语气间歇之用，犹'呵'或'啊'也。'时'与'后'为互文，'后'犹'呵'也。"

⑭量这些大小车儿如何载得起：意谓烦恼之多，量这些小小的车儿怎能装得下！车本不小，愁多便嫌其小。量，审度，估量。大小，偏义复词，义取小。

⑮泪随流水急，愁逐野云飞：互文见义，谓睹秋云、见流水都引起对莺莺的思念而愁生落泪。

点评：

本折又称"长亭送别"、"哭宴"，由旦扮莺莺主唱，历来为人所激赏。夫人虽然许婚，却又以"三辈儿不招白衣女婿"为名，逼迫张生上朝取应。长亭一别，或成永诀，令莺娘怅恨不已。本折即敷演老夫人在十里长亭安排下筵席，莺莺送张生进京时的情景和心境，"叙离合情绪、客路景物，可称辞曲中赋"（徐继儒等评文）。

莺莺与张生分别之际，恰逢暮秋时节，恨别与悲秋两相遇合，更增几分断肠情绪。【端正好】描摹自普救寺往长亭途中莺莺心下眼中的一片凄楚。"碧云天，黄花地"句本范仲淹"碧云天，黄叶地，秋色连波，波上寒烟翠"，不言"黄叶"而写"黄花"，或为与其后【脱布衫】中"下西风黄叶纷飞"有别。"晓来"二句意谓是离人眼中血泪，将枫林染成一片殷红。唐诗中旧有"君看陌上梅花红，尽是离人眼中血"之句，李后主《乌夜啼》中亦有"胭脂泪，留人醉，几时重？自是人生长恨水长东"之语。作者化用前人名句却能独出机杼，摹景抒情，大笔濡染出小姐心中苦楚。无一句写莺莺，却无一处不是莺莺；无一语言情，又无一处不是借景抒情。【滚绣球】写莺莺对张生的依恋及其对即将到来的离别的怨怼。金风玉露甫一相逢，却又不得不两下分开，"相见得迟"、"归去得疾"令莺莺心头幽愤难平。柳丝长却系不住玉骢，情虽长却留不住张生；她更恨不得疏林挂住斜晖，使分别的时刻晚些到来。"马是张骑，故欲其迟；车是崔坐，故欲其快"（闵遇五等评文），"马儿迍迍的行，车儿快快的随"一句，藉由对马、车之慢、快的企望，道尽莺娘对书生的眷恋之情。"却告了相思回避，破题儿又早别离"，"言方才脱却相思，今又增别离之恨也"（汤显祖等评文）。母亲一句"明日便上朝取应去"打散鸳鸯两下里，已令莺莺寝食难安，形销骨立；十里长亭已可遥见，分别之时如在目前，是尤可恨也。"听得一声'去也'，松了金钏；遥望见十里长亭，减了玉肌"用极夸张之语摹写心碎憔悴，"惊心动魄之句，使读者亦自失色"（金圣叹评文）。随后的【叨叨令】一支，纯是日常口语，明白如话却匠心独运。"见安排着车儿、马儿，不由人熬熬煎煎的气；有甚么心情花儿、靥儿，打扮的娇娇滴滴的媚；准备着被儿、枕儿，则索昏昏沉沉的睡；从今后衫儿、袖儿，都揾做重重叠叠的泪……久已后书儿、信儿，索与我恓恓惶惶的寄"，句句都有双音叠字儿化词，各句间又彼此连珠对仗排比，仿佛莺莺不忍分离时的泣不成声，双文的悲怆因之得以淋漓挥洒。

前三支曲子唱罢，莺莺、张生一行人来至长亭，与先已来到的夫人、长老会合。崔氏再次叮嘱张生："到京师休辱末了俺孩儿，挣揣一个状元回来者。"张生当面立下豪言："小生托夫人馀荫，凭着胸中之才，视官如拾芥耳。"但在与张生同席而分坐的莺莺看来，长亭却是一片凄凄惨惨戚戚。"下西风黄叶纷飞，染寒烟衰草萋迷"较【端正好】中"西风紧，北雁南飞"之别景，凄恻摇落之感更进一层，与屈原《湘夫人》中"袅袅兮秋风，洞庭波兮木叶下"有异曲同工之妙。别筵之上，莺莺备增离情，但碍于母亲、长老在场，不能逾越礼法与张生并坐共食，只能以眉目传情表达心意。【小梁州】化用宋人《鹧鸪天》词句"尊前只恐伤郎意,阁泪汪汪不敢垂",阁泪,犹含泪、噙泪。王伯良曰:"阁泪汪汪,莺指己言,恐人之知,故阁泪而不敢垂;偶然被人看见,故把头低,而推整罗衣",句真字紧,写两人挚于情而矜于礼,"视之虽近,邈若山河"(潘廷章评文)。自春徂秋,莺莺与张生从相识迄相知、相恋,先有普救寺之围,生死攸系;后遇老夫人反悔,波折再起;虽经红娘仗义相助终成眷属,又不能朝朝暮暮常相厮守——"前暮私情,昨夜成亲,今日别离",令莺娘"意似痴,心如醉";更觉离情别绪的销魂摄魄,较之前日的相思更苦十倍。"昨宵今日,清减了小腰围"与此前【滚绣球】中"松了金钏、减了玉肌"之语相似,均是以意象譬喻莺莺"为伊消得人憔悴"的心理感受。

夫人催促把盏,小姐不禁短叹长吁:"但得一个并头莲,煞强如状元及第"。她忧心"年少呵轻远别,情薄呵易弃掷";更希望可以和爱人"腿儿相挨,脸儿相偎,手儿相携";渴望的是举案齐眉、常相厮守的情感。夫人再促红娘把盏,莺莺顿觉"供食太急,须臾对面,顷刻别离","'顷刻别离',于怨别中复怨别也。长亭,别地也;长亭中供食,别筵也。望见长亭,而即恨不复是西厢也;供食太急,而愈恨又不得久恋长亭也"(潘廷章评文)。最后的相聚,莺莺却只能与张生隔案相望,"眼底空留意,寻思起就里,险化做望夫石"。红娘服侍莺莺用餐:"姐姐不曾吃早饭,饮一口儿汤水",以宾白补出莺莺今日一直茶饭不思的哀伤形状。"将来的酒共食,尝着似土和泥;假若便是土和泥,也有些土气息，泥滋味"，用淡绝之辞写出"天地中间数一数二之句"（金圣叹评文）。心碎矣，舌焉存耶？无心饮食，纵勉强为之，又有何滋味能品咂得出！"暖溶溶玉醅，白泠泠似水，多半是相思泪"，是说酒，是说泪？"眼面前茶饭怕不待要吃，恨塞满愁肠胃"，是说饭，是说恨？不可得辨也，亦不待辨也！为"蜗角虚名，蝇头微利，拆鸳鸯在两下里"，说是筵席，谁又有心饮食，"一个这壁，一个那壁，一递一声长吁气"！

姜夔《长亭怨慢》有云："阅人多矣，谁得似长亭树？树若有情时，不会得青青如此！"长亭筵席若是有情，亦不会如此匆匆便到散时——"霎时间杯盘狼藉，车儿投东，马儿向西。两意徘徊，落日山横翠"。母亲和长老离去之后，莺莺迫不及待地吐露心声："张生，此一行得官不得官，疾便回来。"面对书生"青霄有路终须到，金榜无名誓不归"的踌躇满志，小姐更忧心良人一去不回，琵琶别抱。"弃掷今何在，当时且自亲。还将旧来意，怜取眼前人"几句，本为元稹《莺莺传》中莺莺被抛弃之后所作，剧中让莺莺用为设托之词，表达心下不安之意。而张生所赓之一绝则为《王西厢》所独创，"人生长远别，孰与最关亲？不遇知音者，谁怜长叹人"，再次重申了君瑞对爱情的忠贞、对莺莺的志诚。

离筵已散，再留恋亦是无计，含泪话别，莺莺悲痛欲绝，"眼中流血，心里成灰"。她一再叮嘱张生早早返回，"未登程先问归期"；担心张生一路上的生活起居，"到京师服水土，趁程途节饮食，顺时自保揣身体。荒村雨露宜眠早，野店风霜要起迟"；念及"笑吟吟一处来，哭啼啼独自归"的凄楚，不由得"泪添九曲黄河溢，恨压三峰华岳低"。张生据鞍上马，再问莺莺："有甚言语，嘱咐小生咱？"分袂前再次订盟，亦将行人之不舍，铺陈眼前。"你休忧文齐福不齐，我则怕你停妻再娶妻。休要一春鱼雁无消息，我这里青鸾有信频须寄，你却休金榜无名誓不归。"莺莺的别话，全都是生活上的关照，不仅不提夺魁，反而叮咛对方不要为科举结果忧心，即便金榜无名也要早日归来。"第一是、早早归来，怕红萼无人为主"（姜夔《长亭怨慢》），莺莺对张生的十分疼痛、十分怜惜，藉由最朴质的语言得以尽情表达，情文兼至，哀怨无端，海枯石烂之情于中可知。

本折张生与莺莺的分别，当在"再谁似小姐，小生又生此念"之后。【一煞】与【收尾】二曲，全是张生去后莺莺怅望遥想的情景，但表演时张生并未下场：崔、张同台，张乘马而去，莺莺徘徊目送，不忍遽归，两地相望两情依依的情状，正体现了中国戏曲舞台没有空间限制的特点。"青山隔送行，疏林不做美，淡烟暮霭相遮蔽"，既是写景更是抒情。离人心绪在"夕阳古道"之上、"禾黍秋风"之中荡漾开来，怨及青山、怨及疏林、怨及淡烟暮霭……张生身影已在视线之外，莺莺犹自伫立凝眺：断续风中的莫非是古道深处那人的马嘶？山色四围，离人已去；残照中一声鞭响，送行人亦在归程。"量这些大小车儿如何载得起"化用李清照《武陵春》"只恐双溪舴艋舟，载不动许多愁"的名句，将句式改为疑问，启人深思更饶馀音袅袅之风致。

长亭一曲，刻画莺莺心地，深挚微细，最是动人心魄。

"长亭送别"整折戏情节的推进很慢，节奏舒缓，没有尖锐的冲突和扣人心弦的斗争，却生动地表现了在戏剧冲突的影响下特定人物之间的关系，使大段的抒情唱段感情激荡、诗意盎然。首先，此折以"送别"为核心，先写莺莺、张生车马相随来至长亭，又写长亭别筵，最后则为席散之后的依依惜别。人物情感的表达随离别时刻的渐近而层层递展，既似阳关三叠，又如黄河九曲。其次，"长亭送别"做到了即景抒情，通过对人物活动的自然环境的描写，渲染角色心境。中国古代戏曲与话剧固定的时间、地点和单一故事的"三一律"板块式结构不同，其结构是线条的、流动的，舞台也不受时空限制。因此，戏曲中的景也往往并非实见之景，而是为了烘托渲染氛围创造出的具有很大随意性的"意景"、"心象"。在此折中，【端正好】中明言"晓来"，【滚绣球】中又说"倩疏林挂住斜晖"，【一煞】【收尾】二曲中又有"暮霭"、"夕阳"、"残照"等语，似乎送别是在黄昏。今按其中红娘曾有"不曾吃早饭"，第四折中张生又讲"离了蒲东早三十里"，投店草桥后方命琴童点灯，则"长亭别筵"似乎当在中午前后，"夕阳"、"残照"之语显非眼前实景。"日暮乡关何处是？烟波江上使人愁"（崔颢《黄鹤楼》），这里日暮而别，当是曲家为了写出莺莺、张生的离情别绪而特造之心境、意境。《西厢记》如诗如画，当以诗心解之。

马致远咏秋思之千古廿八字曰："枯藤老树昏鸦，小桥流水人家，古道西风瘦马。夕阳西下，断肠人在天涯。"与之相类，崔、张分离之恨别、悲秋、愁暮几相遇合，更增其不尽断肠情绪。碧云、黄花、西风、北雁，疏林、暮霭、古道、马嘶，"声声色色之间，离离合合之情，便是一篇赋，纵着《离骚》卷中不得，亦自《阳关》曲以上"（王世贞评文）。

倩疏林你挂住斜晖

淋漓襟袖啼红泪，比司马青衫更湿。伯劳东去燕西飞，未登程先问归期。虽然眼底人千里，且尽生前酒一杯。未饮心先醉，眼中流血，心里成灰。

第四折

（末引仆骑马上开）离了蒲东早三十里也，兀的前面是草桥，店里宿一宵，明日赶早行。这马百般儿不肯走。行色一鞭催去马，羁愁万斛引新诗①。

【双调】【新水令】望蒲东萧寺暮云遮，惨离情半林黄叶。马迟人意懒②，风急雁行斜。离恨重叠，破题儿第一夜。

想着昨日受用，谁知今日凄凉！

【步步娇】昨夜个翠被香浓薰兰麝，欹珊枕把身躯儿趄③。脸儿厮揾者④，仔细端详，可憎的别⑤。铺云鬓玉梳斜，恰便似半吐初生月⑥。

早至也。店小二哥那里？（小二哥上云）官人，俺这头房里下。

（末云）琴童，接了马者。点上灯，我诸般不要吃，则要睡些儿。

（仆云）小人也辛苦，待歇息也。（在床前打铺做睡科）（末云）今夜甚睡得到我眼里来也！

【落梅风】旅馆欹单枕，秋蛩鸣四野，助人愁的是纸窗儿风裂。乍孤眠被儿薄又怯，冷清清几时温热！

注释：

①万斛（hú）：极言愁之多。斛，古代的量器，十斗为一斛，南宋末改为五斗一斛。

②马迟人意懒：意谓马之所以走得慢，是因为人的心意懒散无聊。

③趄（qiè）：歪斜。无名氏《包待制陈州粜米》："休要量满

了。把斛放趄着，打些鸡窝儿与他！"

④脸儿厮揾：毛西河引沈璟曰："以手着脸仔细端详，正揾脸
之谓。"

⑤可憎的别：犹言特别可爱，异常可爱。别，格外、特别之
意。李直夫《便宜行事虎头牌》："往常我便打扮的别，梳妆
的善。"

⑥铺云髻玉梳斜，恰便似半吐初生月：是张生回忆莺莺梳妆情景。

（末睡科）（旦上云）长亭畔别了张生，好生放不下。老夫人和梅
香都睡了，我私奔出城，赶上和他同去。

【乔木查】走荒郊旷野，把不住心娇怯，喘吁吁难将两
气接。疾忙赶上者，打草惊蛇①。

【搅筝琶】他把我心肠扯，因此不避路途赊②。瞒过俺能拘
管的夫人，稳住俺厮齐攒的侍妾③。想着他临上马痛伤
嗟，哭得我也似痴呆。不是我心邪，自别离已后，到西
日初斜，愁得来陡峻，瘦得来吓嗻④。则离得半个日头，
却早又宽掩过翠裙三四褶⑤。谁曾经这般磨灭。

【锦上花】有限姻缘⑥，方才宁贴；无奈功名，使人离
缺。害不了的愁怀⑦，却才觉些⑧；掉不下的思量，如今
又也。

【幺篇】清霜净碧波，白露下黄叶。下下高高，道路曲
折；四野风来，左右乱踅⑨。我这里奔驰，他何处困歇？

【清江引】呆答孩店房儿里没话说，闷对如年夜。暮雨
催寒蛩，晓风吹残月，今宵酒醒何处也⑩？

注释：

①打草惊蛇：郑文宝《南唐近事》："王鲁为当涂宰，颇以资产为务。会部民连状诉主簿贪贿于县尹。鲁乃判曰：'汝虽打草，吾已惊蛇。'"

②赊（shē）：远。王勃《滕王阁序》："北海虽赊，扶摇可接。"

③齐攒：搅闹。无名氏《冻苏秦衣锦还乡》："那苏秦不得官羞归故里，怎当的一家儿齐攒聒噪。"

④哞嗻（chē zhē）：甚词，犹言厉害。此貌莺莺甚瘦。孟称舜《节义鸳鸯冢娇红记》："香消玉减，病体哞嗻。"

⑤则离得半个日头，却早又宽掩过翠裙三四褶（zhě）：意谓刚刚分离半日，已是人瘦衣肥。半个日头，半天。褶，《正字通》："衣有襞折曰褶"，此谓裙褶。

⑥有限姻缘：莺莺张生此时刚刚被老夫人有条件（得官）地许亲，姻缘尚无定准，尚有一定限度，故云"有限姻缘"。王伯良谓："'有限姻缘'，有分（fèn）限之姻缘也。"

⑦害不了的愁怀：犹言没完没了的愁思。

⑧觉：同"较"。

⑨踅（xué）：盘旋。闵遇五曰："踅，风吹盘桓之貌。今人云走来走去，亦曰踅来踅去。"

⑩晓风吹残月，今宵酒醒何处也：本柳永《雨霖铃》："今宵酒醒何处？杨柳岸、晓风残月。"

（旦云）在这个店儿里，不免敲门。（末云）谁敲门哩？是一个女人的声音，我且开门看咱。这早晚是谁？

【庆宣和】是人呵疾忙快分说，是鬼呵合速灭。

（旦云）是我。老夫人睡了。想你去了呵，几时再得见，特来和你同去。（末唱）

听说罢将香罗袖儿拽^①，却元来是姐姐、姐姐。

难得小姐的心勤！

【乔牌儿】你是为人须为彻^②，将衣袂不藉^③。绣鞋儿被露水泥沾惹，脚心儿管踏破也^④。

（旦云）我为足下呵，顾不得迢递^⑤。（旦唧唧了^⑥）

【甜水令】想着你废寝忘餐，香消玉减，花开花谢，犹自觉争些^⑦。便枕冷衾寒，凤只鸾孤，月圆云遮，寻思来有甚伤嗟？

【折桂令】想人生最苦离别！可怜见千里关山^⑧，独自跋涉。似这般割肚牵肠，倒不如义断恩绝。虽然是一时间花残月缺，休猜做瓶坠簪折^⑨。不恋豪杰，不羡骄奢，生则同衾，死则同穴^⑩。

（外、净一行扮卒子上叫云）恰才见一女子渡河，不知那里去了，打起火把者！分明见他走在这店中去也。将出来！将出来！（末云）却怎了？（旦云）你近后，我自开门对他说。

【水仙子】硬围着普救寺下锹撅，强当住咽喉仗剑钺^⑪。贼心肠馋眼脑天生得劣。

（卒子云）你是谁家女子，黄夜渡河？（旦唱）

休言语，靠后些！杜将军你知道他是英杰，觑一觑着你为了齑酱^⑫，指一指教你化做脊血^⑬——骑着匹白马来也。

注释：

①拽（yè）：拉，拖。

②为人须为彻：宋元熟语，犹帮人帮到底。《五灯会元·净慈彦充禅师》："为人须为彻，杀人须见血。"关汉卿《望江亭中秋切鲙旦》："你救黎民，为人须为彻；拿滥官，杀人须见血。"

③将衣袂（mèi）不藉（jiè）：不顾惜衣衫。衣袂，这里代指衣衫。袂，衣袖。

④管：包管，一准是。苏轼《殢人娇》："向青琐隙中偷觑，元来便是，共彩鸾仙侣。方见了，管须低声说与。"

⑤迢递：遥远的样子。孟浩然《赴京途中遇雪》："迢递秦京道，苍茫岁暮天。"

⑥唧唧：叹息声。《木兰辞》："唧唧复唧唧，木兰当户织。"

⑦觉争些：觉、争都是差的意思。

⑧关山：关口和山隘，代指路途。《木兰辞》："万里赴戎机，关山度若飞。"

⑨瓶坠簪折：比喻拆散夫妻，半路分离。白居易《井底引银瓶》："井底引银瓶，银瓶欲上丝绳绝；石上磨玉簪，玉簪欲成中央折。瓶沉簪折知奈何？似妾今朝与君绝！"

⑩生则同衾，死则同穴：夫妻生死与共之意。穴，墓圹。《元典章·官民婚》："男有重婚之道，女无再醮之义，生则同室，死则同穴。"

⑪仗：持，执。钺（yuè）：兵器的一种。

⑫醯（xī）酱：意犹肉酱。醯，醋。

⑬膋（liáo）血：意犹血水。膋，脂膏，脂肪。

（卒子抢旦下）（末惊觉云）呀，元来却是梦里。且将门儿推开看，只见一天露气，满地霜华，晓星初上，残月犹明。无端喜鹊高枝上，一枕鸳鸯梦不成。

【雁儿落】绿依依墙高柳半遮，静悄悄门掩清秋夜，疏刺刺林梢落叶风，昏惨惨云际穿窗月。

【得胜令】惊觉我的是颤巍巍竹影走龙蛇，虚飘飘庄周梦蝴蝶①，絮叨叨促织儿无休歇②，韵悠悠砧声儿不断绝③。痛煞煞伤别，急煎煎好梦儿应难舍；冷清清的咨嗟，娇滴滴玉人儿何处也？

（仆云）天明也，咱早行一程儿，前面打火去④。（末云）店小二哥，还你房钱，鞴了马者。

【鸳鸯煞】柳丝长咫尺情牵惹，水声幽仿佛人呜咽。斜月残灯，半明不灭。唱道是旧恨连绵，新愁郁结；别恨离愁，满肺腑难淘泻⑤。除纸笔代喉舌，千种相思对谁说⑥！（并下）

【络丝娘煞尾】都则为一官半职，阻隔得千山万水。

　　题目　小红娘成好事　老夫人问由情

　　正名　短长亭斟别酒　草桥店梦莺莺

西厢记五剧第四本终

注释：

①庄周梦蝴蝶：《庄子·齐物论》："昔者庄周梦为胡蝶，栩栩然胡蝶也。自喻适志与，不知周也。俄然觉，则蘧蘧然周也。不知周之梦为胡蝶与，胡蝶之梦为周与？周与胡蝶，则必有分矣，此之谓物化。"胡蝶，即蝴蝶。庄周梦蝶后用为

梦的典故。

②促织儿：即蟋蟀。

③韵：和谐的声响。砧（zhēn）声：捣衣声。砧，捣衣石。韩
翃《同题仙游观》："山色遥连秦树晚，砧声近报汉宫秋。"

④打火：宋元时期旅途中吃饭叫打火，亦称打尖。

⑤淘泻：排遣、抒发之意，"泻"亦作"写"。戴复古《大江西
上曲·寄李实父提刑》："一片忧国丹心，弹丝吹笛，未必
能淘写。"

⑥除纸笔代喉舌，千种相思对谁说：末句暗用柳永《雨霖铃》
"便纵有、千种风情，更与何人说"之意。

点评：

本折又称"惊梦"、"草桥惊梦"。金圣叹力主《西厢
记》原本结于此处，第五本乃是续作："旧时人读《西厢
记》，至前十五章既尽，忽见其第十六章乃作'惊梦'之
文，便拍案叫绝，以为一篇大文，如此收束，正使烟波渺
然无尽。"《西厢记》若至此戛然，虽似与元稹《莺莺传》
文义相符，但亦将莺莺之至情、张生之志诚投畀虚空，恐
难称王实甫改作的命意。且元人以梦境写离思者并不稀见，
如《梧桐雨》《汉宫秋》等均有类似桥段。"草桥惊梦"当是
在上一折从莺莺角度抒情之后，又从张生一侧写出别后相
思，是对二人钟情彼此的超现实表达，亦为第五本张生在
京不忘莺莺、中状元后庆团圆预做了情感的铺垫。

张生行色匆匆离开蒲东，当夜在三十里外的草桥留宿，
回望普救，无限依依。"望蒲东萧寺暮云遮，惨离情半林黄

叶"，扣上一折莺莺送别时"疏林不做美，淡烟暮霭相遮蔽"之句，于景外观景，向情外伤情。"马迟人意懒，风急雁行斜"，不欲行的是马，是雁？人又何尝真"懒"——托物言志，谲叙幽情，瑰姿骤增。"离恨重叠"，万般煎熬，始是"破题儿第一夜"；想此去经年，"应是良辰好景虚设，便纵有千种风情，更与何人说"（柳永《雨霖铃》）？羁旅凄切，行人忆及昨夜，备觉当时厮傍之美好。翠衾珊枕、伊人如月、温存恩爱，为张生今宵之梦莺先奠了心理础石；进入客房，便思早睡，亦为其入梦提供了必要条件。【落梅风】图画张生孤客新愁曰：单枕、鸣蛩、破窗、风声、薄被、冷清，情景适会，极大渲染了男主角"乍孤眠"的不适不安。"第一段如孤鸿别鹤，落寞凄怆"（骆金乡《与徐文长论草桥惊梦》），鸿鹤离伴，则思其配；日既思之，夜因梦之。本折施设之巧，全在于人之常情中写出荒诞梦境，故其诡诡奇奇反能彰显人间真情。

"草桥惊梦"与元杂剧常见体制不同：元杂剧中一本戏往往限定由男主角（正末）或女主角（正旦）一人演唱，其他配角只能道白不能演唱；本折先由末扮张生主唱入梦前诸曲，入梦后由莺莺、张生互唱，最后梦醒仍由张生主唱。梦境部分的演唱形式突破了与元人杂剧的体制藩篱，令生、旦之间的交流更加自然流畅，叙事、抒情也更为淋漓尽致。

张生梦中只见莺莺疾疾忙忙私奔而来，【乔木查】写柔弱小姐为追赶情人，荒郊独行，又急又怯；【搅筝琶】则回溯了长亭别后莺莺对张生的牵挂不舍。莺莺别后饱谙相思之苦，半天之内，心陡愁而身骤瘦，"则离得半个日头，却早又宽掩过翠裙三四褶"。李清照云"一寸相思一寸灰"，莺莺相思憔悴，亦将寸寸成灰矣。"有限姻缘，方才宁贴；无奈功名，使人离缺。害不了的愁怀，却才觉些；掉不下的思量，如今又也。"【锦上花】用骈语写情词，紧扣离前别后，敷演短聚长别之怅怅；【幺篇】以俪词摹景致，秋风木叶、道路曲折，"景物荒凉，可抵宋玉《悲秋》一赋"（潘廷章评文）。一句"我这里奔驰，他何处困歇"，巧将视角过渡至张生，他那里或当"呆答孩店房儿里没话说，闷对如年夜。暮雨催寒蛩，晓风吹残月，今宵酒醒何处也"？双文拟想君瑞旅境凄单萧瑟，而双文此想实为张生所思所梦——"行子肠断，百感凄恻"（江淹《别赋》），二人至情在此迂回曲折中微纤尽现。

莺莺叩门，张生恍惚间仿佛看见自己起身开门探问："是人呵疾忙快分说，是鬼呵合速灭"，闻听来者"却元来是姐姐、姐姐"，又忙"将香罗袖儿拽"。【庆宣和】写意外重逢之际张生先问是人是鬼；见是莺莺，且惊且喜，连忙拽进房中；假假真真，怪怪奇奇，"翻空揭出梦境，的是相思画谱"（陈继儒等评文）。【乔牌儿】【甜水令】，乃莺、生互诉离愁之衷曲；【折桂令】则将二人爱情之深厚郑重推向了新的顶峰："虽然是一时间花残月缺，休猜做瓶坠簪折。不恋豪杰，不羡骄奢，生则同衾，死则同穴。"你我之情，贫贱不改，生死不渝，今朝之别绝不会是瓶坠簪折的永诀！离愁、相思彼此纠合，渐缠渐紧，越酿越浓，临别前谆谆叮嘱种种琐屑，梦中再聚却讲出海誓山盟，如此细腻婉曲、层层叠叠，焉能不令读者、观众肠转心怦。

毛西河以为："两折（"送别"、"惊梦"）内比较相思与离愁，凡四见，各不同：初曰'相思回避'、'破题别离'，一止一起也；继曰'谂知相思滋味'、'别离更增十倍'，是离愁甚于相思也；又继曰'愁怀较些，思量又也'，是离愁仍旧是相思也；此曰'犹较争些'、'又甚伤嗟'，似离愁较胜于相思，而骤得离愁，则又甚也。每转每深，愈进愈胜。"张生、莺莺经百曲千折终于成合，却又不得不在母亲承认婚姻之后的第二天彼此分别，其此番倾诉虽在梦中，却又在前三次基础上新添出"万万割绝不来之意"（潘廷章评文）。王实甫能于"梦中加倍作梦语"（金圣叹评文），沉郁顿挫，笔幻心灵，让人赞叹。三曲又用生、旦参唱，你中有我，我中有你，交响递进，勇于突破演唱形式的成制，更别见曲家魄力非凡。

　　有情的二人正尔情浓，忽有卒子从天而降，要拿渡河女子。莺莺挺身而出，面斥追兵。普救寺、孙飞虎、杜将军云云，恍恍惚惚，浑浑噩噩，逼真梦里光景，摹尽张生离莺之后内心的种种不安——我似孤鸿、她如独鹤；我既想她，她应念我；我则人在旅途，她或再遭兵祸——魂梦钟爱，一至于此，而慌乱间莺莺竟被抢去矣。"第二段如牛鬼蛇神，虚荒诞幻"（骆金乡《与徐文长论草桥惊梦》），向梦寐中渲染出离别苦、不渝情，虚实互翼，卓尔超俗。

　　张生惊觉，方知是梦，推门外视，"只见一天露气，满地霜华，晓星初上，残月犹明"，哪里有那人身影？"一枕鸳鸯梦不成"，更觉只身独自、分外清冷。【雁儿落】【得胜令】一句一叠，连用十二叠词，铺陈张生梦醒后不见玉人的失落，"奏之令人凄绝"（徐士范等评文）。天明之后，君瑞在僮仆的催促下再次启程。"柳丝之长，将情牵扯；水声之幽，似人呜咽"（王骥德评文），"斜月残灯，半明不灭"，蝶梦依稀，万般难舍。"黯然销魂者，唯别而已矣！"（江淹《别赋》）"旧恨连绵，新愁郁结；别恨离愁，满肺腑难淘泻"，"都则为一官半职，阻隔得千山万水"，从今后千种相思，只能倩"纸笔代喉舌"。"第三段如梦蝶初回，晨鸡乍觉，不胜其惊怨悲愁也"（骆金乡《与徐文长论草桥惊梦》）。

草桥惊梦，跌宕错落，仿佛一部短剧。临了翻出书信传情，转回实境，又巧为下本寄书做地。此一折纵称不上一本"小西厢"，亦敌得过一曲《倩女离魂》，"文章至此，更无文矣"（汤显祖评文）！

走荒郊旷野把不住心娇怯

呆答孩店房儿里没话说，闷对如年夜。暮雨催寒蛩，晓风吹残月，今宵酒醒何处也？

西厢记五剧第五本

张君瑞庆团圞杂剧

楔 子

（末引仆人上开云）自暮秋与小姐相别，倏经半载之际^①，托赖祖宗之荫，一举及第，得了头名状元。如今在客馆，听候圣旨御笔除授^②。惟恐小姐挂念，且修一封书，令琴童家去，达知夫人，便知小生得中，以安其心。琴童过来，你将文房四宝来^③，我写就家书一封，与我星夜到河中府去。见小姐时，说："官人怕娘子忧，特地先着小人将书来。"即忙接了回书来者。过日月好疾也呵！

【仙吕】【赏花时】相见时红雨纷纷点绿苔^④，别离后黄叶萧萧凝暮霭。今日见梅开，别离半载。

琴童，我嘱咐你的言语记着：

则说道特地寄书来。（下）

（仆云）得了这书，星夜望河中府走一遭。（下）

注释：

①倏（shū）：倏忽，忽也，很快。

②除授：拜官授职。除，任命，授职。

③文房四宝：指笔、墨、纸、砚四种文具。叶梦得《避暑录话》："世言歙州具文房四宝，谓笔墨纸砚也。"

④红雨：落花。李贺《将进酒》："况是青春日将暮，桃花乱落如红雨。"

点评：

　　《西厢记》第五本名曰"张君瑞庆团圆杂剧"，写张生中状元后与莺莺有情人终成眷属。其内容为唐人元稹《莺莺传》、宋人赵令畤《商调蝶恋花》鼓子词所无有，金代《董解元西厢记》卷七、卷八已有之。元杂剧《西厢记》在《董西厢》的基础上加以改饰，令到爱情至上的主题更为突出。有关《西厢记》第五本的争论主要围绕两个方面：第五本是否是续作；如为续作，作者是谁。一般认为，"张君瑞庆团圆"是《西厢记》杂剧固有的组成部分，其作者与前四本一样，当是王实甫。而影响最大的歧说则坚持：前四本是王实甫所写，第五本乃是续作，续作者是元代的另一位杂剧大家关汉卿。明人王世贞即主"王作关续说"，此后如明人徐士范、朱孟震及近代王国维、吴梅、王季烈等人均持此说。清代影响最大的金圣叹批评本虽未指明第五本的作者是谁，亦坚持第五本乃是续作。综合来讲，《西厢记》作者为王实甫的说法出现最早，且非一人之闻见；"王作关续说"或第五本为续作的观点相对晚出，又无法提供推翻"王作说"的证据；"五剧"之说向已有之，第五本的某些情节也是承继早前的《董西厢》而来。因此，《西厢记》共计五本且作者是王实甫的说法相对可信。

　　《王西厢》第五本楔子由张生开场，只言片语，点明半年之后张生一举及第，恐莺莺挂念，安排修书传简，既交代了故事的关键发展，又为之后的"捷报"、"猜寄"预做了铺垫。张生考取功名，是崔、张婚姻路途上的重要事件。老夫人之许婚，乃是以张生得官为必要条件；唯其得中，方能正式迎娶莺莺。但《王西厢》以爱情为主线，不拘常格，略写其考试之过程，只简要交代考试结果，叙事重点终始不离张生怕娘子担心，较董解元《西厢记诸宫调》及后人李日华《南西厢》铺叙张生应试的枝蔓芜杂，更显超卓。

张生所中一甲之名次，诸传本多作"头名状元"，但因董解元《西厢记诸宫调》称"张珙殿试，第三人及第"，《西厢记》杂剧第五本中亦有某些地方赓承了"探花"的说法。如张生托琴童所传之信中就有诗句曰："玉京仙府探花郎，寄语蒲东窈窕娘"，"探花郎"云云，便是挪用《董西厢》而来。某些传本为求一致，将第五本中的张生"得了头名状元"统一改作了"忝中探花"。但事实上，据史料可知，唐代进士及第后往往有探花宴，期间会选其最年轻之二人游名园、赏名花，称之"探花郎"或"探花使"。"探花"成为一甲第三的特称，乃是始于宋代。因此上，若依故事的时代背景而论，唐代殿试第一亦可能成为"探花"；第五本中写张生所中为状元的地方更多；张生中状元、庆团圆也更符合曲家极尽圆满的结局设计：故总其事言之，"中状元"仍以不改为佳。

琴童将往河中而行，张生叮嘱他送信后要早接回书返京。半载别离，此刻回望与莺莺相逢相知的过程，更觉日月疾驰。【赏花时】一曲点掠时序风物，写二人一年多来的情感历程："相见时红雨纷纷点绿苔，别离后黄叶萧萧凝暮霭。今日见梅开，别离半载。"花落花开，秋去春来，"离情佳况，促景无似"（徐渭评文）。但不管星移斗转，君瑞之心终始不变："琴童，我嘱咐你的言语记着：则说道特地寄书来。"万语千言，可于"特地寄书"四字中见之。

《西厢记》叙事，当繁则繁，宜简即简；或一日如三秋，或半载凡一瞬——化工之笔，令人赞叹。

第一折

（旦引红娘上开云）自张生去京师，不觉半年，杳无音信。这些
时神思不快，妆镜懒抬，腰肢瘦损，茜裙宽褪，好烦恼人也呵！

【商调】【集贤宾】虽离了我眼前，却在心上有；不甫
能离了心上，又早眉头。忘了时依然还又，恶思量无
了无休①。大都来一寸眉峰②，怎当他许多颦皱？新
愁近来接着旧愁，厮混了难分新旧。旧愁似太行山隐
隐③，新愁似天堑水悠悠④。

（红云）姐姐往常针尖不倒⑤，其实不曾闲了一个绣床，如今百般
的闷倦。往常也曾不快，将息便可⑥，不似这一场，清减得十分
利害。（旦唱）

【逍遥乐】曾经消瘦，每遍犹闲⑦，这番最陡。

（红云）姐姐心儿闷呵，那里散心耍咱。（旦唱）

何处忘忧？看时节独上妆楼，手卷珠帘上玉钩⑧，空目
断山明水秀。见苍烟迷树⑨，衰草连天，野渡横舟⑩。

（旦云）红娘，我这衣裳，这些时都不似我穿的。（红云）姐姐，
正是"腰细不胜衣"⑪。（旦唱）

【挂金索】裙染榴花，睡损胭脂皱⑫；纽结丁香，掩过
芙蓉扣⑬；线脱珍珠⑭，泪湿香罗袖；杨柳眉颦⑮，人比
黄花瘦⑯。

注释：

①恶思量：犹言相思得厉害。

②大都来：只不过。赵长卿《贺新郎》："大都来一寸心儿，万

般萦系。"眉峰：指眉眼。王观《卜算子》："水是眼波横，
山是眉峰聚。"

③隐隐：状山之高，言其耸入天际，隐约不明。杜牧《寄扬州
韩绰判官》："青山隐隐水迢迢，秋尽江南草木凋。"

④天堑（qiàn）：天然的大沟，特指长江。李白《金陵》："金
陵空壮观，天堑净波澜。"

⑤针尖不倒：手不停针，指常做女红。倒，《元曲释词》释云：
"意犹断、犹了。"

⑥将息便可：歇息一下就好了。将息，将养休息。李清照《声
声慢》："乍暖还寒时候，最难将息。"

⑦每遍犹闲：犹每次都还平常。

⑧看时节独上妆楼，手卷珠帘上玉钩：本李璟《摊破浣溪
沙》："手卷真珠上玉钩，依前春恨锁重楼。"

⑨苍烟迷树：意谓远处的天色与树影混成一片。苍烟，深青色
的天空。《庄子·逍遥游》："天之苍苍，其正色邪？其远而
无所至极邪？"

⑩野渡横舟：句本韦应物《滁州西涧》："春潮带雨晚来急，野
渡无人舟自横。"

⑪腰细不胜衣：腰肢瘦得连衣服都支撑不起来了。苏轼《浣溪
沙》："风压轻云贴水飞，乍晴池馆燕争泥。沈郎多病不胜
衣。"

⑫裙染榴花，睡损胭脂皱：意谓和衣而睡，把红裙子压出许多
褶皱。榴花，石榴花，色红如火，石榴裙是唐代年轻女子喜
爱的服饰。万楚《五月观妓》："眉黛夺将萱草色，红裙妒杀
石榴花。"

⑬纽结丁香，掩过芙蓉扣：是说人瘦衣肥，穿时要掩起许多。
丁香纽、芙蓉扣，纽扣的美称。

⑭线脱珍珠：犹言泪滴如断线的珍珠。

⑮杨柳眉：形容妇女的眉美如柳叶。白居易《长恨歌》："芙蓉
如面柳如眉，对此如何不泪垂。"

⑯人比黄花瘦：李清照《醉花阴》："莫道不消魂，帘卷西风，
人比黄花瘦。"

（仆人上云）奉相公言语，特将书来与小姐。恰才前厅上见夫人，
夫人好生欢喜，着入来见小姐，早至后堂。（咳嗽科）（红问云）
谁在外面？（见科）（红见仆人，红笑云）你几时来？可知道昨
夜灯花报，今朝喜鹊噪①。姐姐正烦恼哩。你自来？和哥哥来？
（仆云）哥哥得了官也，着我寄书来。（红云）你则在这里等着，
我对俺姐姐说了呵，你进来。（红见旦笑科）（旦云）这小妮子怎
么？（红云）姐姐大喜，大喜！咱姐夫得了官也！（旦云）这妮子
见我闷呵，特故哄我。（红云）琴童在门首，见了夫人了，使他
进来见姐姐，姐夫有书。（旦云）惭愧②，我也有盼着他的日头！
唤他入来。（仆入见旦科）（旦云）琴童，你几时离京师？（仆云）
离京一月多也。我来时，哥哥去吃游街棍子去了③。（旦云）这
禽兽不省得，状元唤做夸官，游街三日。（仆云）夫人说的便是。
有书在此。（旦做接书科）

【金菊香】早是我只因他去减了风流，不争你寄得书来又与
我添些儿证候。说来的话儿不应口，无语低头，书在手，
泪凝眸。（旦开书看科）

【醋葫芦】我这里开时和泪开，他那里修时和泪修，多管

阁着笔尖儿未写早泪先流④，寄来的书泪点儿兀自有。我将这新痕把旧痕湮透⑤，正是一重愁翻做两重愁。

注释：

① 昨夜灯花报，今朝喜鹊噪：灯花报、喜鹊噪，旧以为是喜事的预兆。灯花，烛芯燃烧后形成的结，形似花，故名灯花。灯花报亦称灯花报喜。喜鹊噪即喜鹊叫，也被认为是吉祥的预兆。王仁裕《开元天宝遗事·灵鹊报喜》："时人之家闻鹊声，皆为喜兆，故谓'灵鹊报喜'。"

② 惭愧：《诗词曲语辞汇释》云："惭愧，感幸之辞，犹云多谢也；侥倖也；难得也。"

③ 吃游街棍子：元代对犯人有"游街处置"的刑罚，即将犯人绑在马背上，一路游街示众，两边兵士则乱棒齐下。

④ 阁着笔尖：犹停笔未写。《新唐书·刘子玄传》："每记一事、载一言，阁笔相视，含毫不断。"阁，通"搁"，搁置。

⑤ 新痕把旧痕湮透：意谓莺莺读信时之泪水，滴在张生写信时的泪痕之上。无名氏《鹧鸪天》有："枝上流莺和泪闻，新啼痕间旧啼痕。"

（旦念书科）"张珙百拜，奉启芳卿可人妆次：自暮秋拜违，倏尔半载。上赖祖宗之荫，下托贤妻之德，举中甲第①。即日于招贤馆寄迹②，以伺圣旨御笔除授③。惟恐夫人与贤妻忧念，特令琴童奉书驰报，庶几免虑。小生身虽遥而心常迩矣，恨不得鹣鹣比翼④，邛邛并躯⑤。重功名而薄恩爱者，诚有浅见贪饕之罪⑥。他日面会，自当请谢不备⑦。后成一绝，以奉清照⑧：玉京仙府探花郎^⑨，寄语蒲东窈窕娘。指日拜恩衣昼锦^⑩，定须休作倚门妆^⑪。"

【幺篇】当日向西厢月底潜，今日向琼林宴上抬^⑫。谁承望跳东墙脚步儿占了鳌头^⑬？怎想道惜花心养成折桂手？脂粉丛里包藏着锦绣？从今后晚妆楼改做了至公楼^⑭。

注释：

① 举中甲第：参加进士试考了第一等。《新唐书·选举志上》："凡进士，试时务策五道、帖一大经，经策全通为甲第；策通四、帖过四以上为乙第。"

② 即目：眼下，目前。寄迹：寄托踪迹，寄身。陶潜《命子》："寄迹风云，冥兹愠喜。"

③ 伺：等候。

④ 鹣鹣（jiān）：比翼鸟。《尔雅·释地》："南方有比翼鸟焉，不比不飞，其名谓之鹣鹣。"郭璞注："似凫，青赤色，一目一翼，相得乃飞。"常用来比喻夫妻或恋人形影不离。

⑤ 邛邛（qióng）并躯：邛邛，传说中的兽名，据说它腿长善跑，但不善觅食。蹶（jué），兽名，腿短，善于觅食而不善跑。因此二兽并行，蹶觅食供给邛邛，遇有危险则邛邛背负蹶逃跑。

⑥ 贪饕（tāo）：贪得无厌。饕，饕餮，传说中贪食的恶兽。此言贪图功名。

⑦ 请谢：请罪，陪罪。不备：不尽。

⑧ 清照：旧时书信中常用的敬词，义近于"明鉴"、"雅鉴"。

⑨ 玉京：京城。卢储《催妆》："昔年将去玉京游，第一仙人许

状头。"探花郎：又称探花使，本指进士中最年少者，至南宋，进士第三名始称探花，此指前者。

⑩衣昼锦：白天穿着锦绣衣裳还乡，又称衣锦还乡。《史记·项羽本纪》："项羽引兵西屠咸阳，杀秦降王子婴，烧秦宫室，火三月不灭；收其货宝妇女而东。人或说项王曰：'关中阻山河四塞，地肥饶，可都以霸。'项王见秦宫皆以烧残破，又心怀思欲东归，曰：'富贵不归故乡，如衣绣夜行，谁知之者？'说者曰：'人言楚人沐猴而冠耳，果然。'"

⑪定须休作倚门妆：意谓自己归来有日，不要过于思念。倚门妆，倚门期待的样子。《战国策·齐策六》："王孙贾年十五，事闵王。王出走，失王之处。其母曰：'女（即"汝"）朝出而晚来，则吾倚门而望；女暮出而不还，则吾倚闾而望。'"本指母望子，此指妻望夫。

⑫琼林宴：皇帝为新进士举行的宴会，宋代筵席曾设于汴京城西的琼林苑，故称琼林宴。《宋史·选举志》："（太平兴国）八年，进士、诸科始试律义十道，进士免帖经。明年，惟诸科试律，进士复帖经。进士始分三甲。自是锡宴就琼林苑。"抬：同"佁"，有体面、漂亮之义，此言出风头、露脸面。

⑬占了鳌头：中状元。洪亮吉《北江诗话》："俗语谓状元'独占鳌头'，语非尽无稽。胪传毕，赞礼官引东班状元、西班榜眼二人，前趋至殿陛下，迎殿试榜。抵陛，则状元稍前，进立中陛石上，石正中镌刻有升龙及巨鳌，盖警跸出入所由，即古所谓螭头矣。俗语所本以此。"

⑭至公楼：洪皓《松漠纪闻》："试闱用四柱，揭彩其上，目

曰：'至公楼'，主文登之以观试。"本指科举考场中主考官监察考生考试的地方，此代指公衙。

（旦云）你吃饭不曾？（仆云）上告夫人知道：早晨至今，空立厅前，那有饭吃？（旦云）红娘，你快取饭与他吃。（仆云）感蒙赏赐，我每come此吃饭。夫人写书，哥哥着小人索了夫人回书，至紧，至紧。（旦云）红娘，将笔砚来。（红将来科）（旦云）书却写了，无可表意。只有汗衫一领①，裹肚一条②，袜儿一双，瑶琴一张，玉簪一枚，斑管一枝。琴童，你收拾得好者。红娘，取银十两来，就与他盘缠。（红娘云）姐夫得了官，岂无这几件东西，寄与他有甚缘故？（旦云）你不知道。这汗衫儿呵，

【梧叶儿】他若是和衣卧，便是和我一处宿；但粘着他皮肉，不信不想我温柔。

（红云）这裹肚要怎么？（旦唱）

常则不要离了前后，守着他左右。紧紧的系在心头。

（红云）这袜儿如何？（旦唱）

拘管他胡行乱走。

（红云）这琴他那里自有，又将去怎么？（旦唱）

【后庭花】当日五言诗紧趁逐③，后来因七弦琴成配偶。他怎肯冷落了诗中意，我则怕生疏了弦上手。

（红云）玉簪呵，有甚主意？（旦唱）

我须有个缘由，他如今功名成就，则怕他撇人在脑背后。

（红云）斑管④，要怎的？（旦唱）

湘江两岸秋，当日娥皇因虞舜愁⑤，今日莺莺为君瑞忧。这九嶷山下竹，共香罗衫袖口——

【青哥儿】都一般啼痕湮透。似这等泪斑宛然依旧，万古情缘一样愁⑥。涕泪交流，怨慕难收⑦，对学士叮咛说缘由，是必休忘旧。

注释：

①汗衫：指穿在祭服、朝服里面的中衣，亦称中单。

②裹肚：宋元时男子长衣外包裹腰肚的绣袍肚。陆游《老学庵笔记》："又祖姑楚国郑夫人有先左丞遗衣一箧，袴有绣者，白地白绣，鹅黄地鹅黄绣，裹肚则紫地皂绣。祖姑云：'当时士大夫皆然也。'"

③趁逐：追逐，追随。无名氏《萨真人夜断碧桃花》："他陪着个小意儿和咱相趁逐。"

④斑管：即斑竹制笔管。斑竹，又名泪竹、湘妃竹，生在湖南宁远苍梧山（即九嶷山）中。任昉《述异记》："昔舜南巡而葬于苍梧之野，尧之二女娥皇、女英追之不及，相与恸哭，泪下沾竹，竹上文为之斑斑然，亦名湘妃竹。"

⑤虞舜：即舜，远古部落有虞氏的领袖，故称虞舜。

⑥万古情缘一样愁：意谓千秋万代的爱情因缘都一样使人忧愁。

⑦怨慕：既怨恨又思慕。慕，思慕，怀恋。《孟子·万章上》："万章问曰：'舜往于田，号泣于旻天。何为其号泣也？'孟子曰：'怨慕也。'"赵岐注："言舜自怨遭父母见恶之厄而思慕也。"

（旦云）琴童，这东西收拾好者。（仆云）理会得。（旦唱）

【醋葫芦】你逐宵野店上宿，休将包袱做枕头，怕油脂腻展污了恐难酬①。倘或水侵雨湿休便扭，我则怕干时节熨不开褶皱。一桩桩一件件细收留。

【金菊香】书封雁足此时修，情系人心早晚休②？长安望来天际头，倚遍西楼，人不见，水空流③。

（仆云）小人拜辞，即便去也。（旦云）琴童，你见官人对他说。

（仆云）说甚么？（旦唱）

【浪里来煞】他那里为我愁，我这里因他瘦。临行时啜赚人的巧舌头④，指归期约定九月九，不觉的过了小春时候⑤。到如今悔教夫婿觅封侯⑥。

（仆云）得了回书，星夜回俺哥哥话去。（并下）

注释：

①怕油脂腻展污了恐难酬：王伯良曰："'油脂展污恐难酬'，言展污则难以酬赠人也。"

②情系人心早晚休：意谓这种牵肠挂肚的相思何时是了？早晚，犹言何时。

③人不见，水空流：本秦观《江城子》："犹记多情曾为系归舟。碧野朱桥当日事，人不见，水空流。"

④啜赚（chuò zuàn）：诳骗哄弄。无名氏《杨氏女杀狗劝夫》："他两个是汴梁城里谎乔厮……只待要兴心啜赚俺波家私，每日价哄的去花街酒肆，品竹调丝。"

⑤小春：指旧历十月。谢肇淛《五杂俎》"天部二"："十月有阳月之称，即天地之气，四月多寒而十月多暖，有桃李生华者，俗谓之小阳春。"

⑥悔教夫婿觅封侯：觅封侯，典出《后汉书·班超传》，言

班超有壮士之志，不安于笔砚，其后行诣相者，曰："祭酒、布衣诸生耳，而当封侯万里之外。"超问其状，相者指曰："生燕颔虎颈，飞而食肉，此万里侯相也。"后班超出使西域三十一年，以功封定远侯。又王昌龄有《闺怨》诗："闺中少妇不知愁，春日凝妆上翠楼。忽见陌头杨柳色，悔教夫婿觅封侯。"

点评：

本折又称"泥金报捷"、"捷报"或"报第"，由旦扮莺莺主唱。莺莺开场并不知张生得中，仍在为张生去后半年杳无音信神思郁郁，烦恼不已。【集贤宾】围绕眉间心上新旧离愁，反复铺排敷演，"可谓泪溢九曲，恨压三峰"（佑卿甫评文）。其辞"大略云：虽离了眼前，而忽在心上；才离心上，又在眉头。其怀思之无已如此，但眼前心上，尚无痕可寻，而眉则频皱俨然矣。眉有几何？容得如许颦皱耶？且思有'新旧'，去时为'旧'，今来为'新'；既则新旧厮混，而不可别，然且旧愁如山捱不去，新愁似水方再来也"（毛西河评文）。"虽离了我眼前，却在心上有；不甫能离了心上，又早眉头"一句，前人佳句多有之：李清照《一剪梅》"此情无计可消除，才下眉头，却上心头"，范仲淹《御街行》"都来此事，眉间心上，无计相回避"，贺铸《眼儿媚》"今宵眼底，明朝心上，后日眉头"等等，均与其意境相类。第一折第一支便能熔铸旧词，浑然天成，将莺莺离愁别怨淋漓抛洒，俗笔焉能为之？

红娘的插白将今昔作比，补出莺莺近来不思动弹、百般闷倦、十分清减。【逍遥乐】由"曾经消瘦"、"这番最陡",又接出纵外出游赏,总幽思难遣、无以忘忧。温庭筠曾有《望江南》小令二首:"千万恨,恨极在天涯。山月不知心里事,水风空落眼前花。摇曳碧云斜。""梳洗罢,独倚望江楼。过尽千帆皆不是,斜晖脉脉水悠悠,肠断白蘋洲。"此支曲中"看时节独上妆楼,手卷珠帘上玉钩,空目断山明水秀。见苍烟迷树,衰草连天,野渡横舟",熔铸温词,又巧思楔入李璟"手卷珠帘上玉钩"、李清照"倚遍栏干,只是无情绪。人何处?连天衰草,望断归来路"等名句,以其时间为序,摹索相国小姐独上妆楼,卷帘而望,春恨、别恨叠加交感,凄凄惨惨如迷树苍烟,绵绵不断似碧草连天,空目断山水,不见归人。末一句本乎韦应物"野渡无人舟自横",却偏偏避开"无人"二字,只写"野渡横舟"——眉间心上有,舌尖唇上无,刻意规避那人,恰证其心中意中在在难忘张生,千恨万恨,只恨天涯人杳杳无音。

【挂金索】由彼及此,再写小姐久别后形容憔悴。"裙染榴花,睡损胭脂皱;纽结丁香,掩过芙蓉扣",描摹莺莺"腰肢瘦损,茜裙宽褪"。"线脱珍珠,泪湿香罗袖;杨柳眉颦,人比黄花瘦",则勾勒出小姐以泪洗面、日益消瘦的情怀、姿态。晏几道曾有《点绛唇》词曰:"花信来时,恨无人似花依旧。又成春瘦,折断门前柳。天与多情,不与长相守。分飞后,泪痕和酒,占了双罗袖。"莺莺此时寥落正与小晏词意暗合,曲家更以"榴花"、"丁香"、"芙蓉"拟写衣着之鲜丽,用"珍珠"、"杨柳"、"黄花"点染情绪之黯淡，兼用赋、比，隽语铺陈出莺莺独在深闺怀念行人的苦闷。第一折前三曲极力雕镂双文的离愁、怅望、消瘦，欲扬先抑，已为琴童报捷做足反衬矣。

莺娘正在怨海挣揣，红娘忽报琴童持书来也。听闻张生得官，莺莺先疑、后谦，继而辩释张生游街乃是状元夸官，骄傲难掩。曲家刻画人物情绪变化循序渐进又纤入秋毫，自然流畅，曲尽人情之妙。莺莺接书后并未立即开启，而是回想别后憔悴，无语垂泪，犹豫踟蹰。莺莺开书看时，未读文字之前又先睹信上泪痕斑斑，你心如我心、新痕着旧痕的且悲且喜、且愁且慰如在面前。【金菊香】是接信，【醋葫芦】是开信，其后乃写念信，步步不遗，"未开书以前，纯是写怨；见书以后，然后略及捷音耳"（毛西河评文）。张生寄书之内容，《董西厢》仅有一诗，杂剧新增入中举、相思一段散行文字，笔意虽略嫌拙劣潦草，但相较千里之外唯传一诗更加贴近生活；身遥心迩"恨不得鹣鹣比翼、邛邛并躯"的剖白也更能凸显君瑞的志诚痴情。

曲家又笔态翩翩，略写莺莺回信，为剧情的后续发展留出悬想空间；详写寄物表意，为翻写最终结局预设了铺垫。元稹《莺莺传》载张生始乱终弃之后，莺莺寄简言志，亦有附赠："玉环一枚，是儿婴年所弄，寄充君子下体所佩。玉取其坚润不渝，环取其终始不绝。兼乱丝一絇，文竹茶碾子一枚。此数物不足见珍，意者欲君子如玉之真，弊志如环不解，泪痕在竹，愁绪萦丝，因物达情，永以为好耳。心迩身遐，拜会无期，幽愤所钟，千里神合。千万珍重！"情文两伤，令读者唏嘘不已。《王西厢》改写崔、张故事，易悲为喜，莺娘回信所寄汗衫、裹肚、袜儿、瑶琴、玉簪、斑管，为的是"他如今功名成就，则怕他撇人在脑背后"，"对学士叮咛说缘由，是必休忘旧"。过程不同、心境不同，表意之物亦是不同，使得结局之不同水到而渠成。伏脉千里，实属难能。

莺莺打叠起千番叮咛、万般牵挂，收拾包裹，托付琴童："你逐宵野店上宿，休将包袱做枕头，怕油脂腻展污了恐难酬。倘或水侵雨湿休便扭，我则怕干时节熨不开褶皱。一桩桩一件件细收留。"谆谆叮咛，"缱绻驰恋之思，叠生错处"（徐士范等评文），乃欲张生睹物思人，体察其珍重思念之用心。【金菊香】再次回到书信传情，抒发彼此分离情牵意惹的盼归心绪。"人不见，水空流"为秦观《江城子》名句，其全词曰："西城杨柳弄轻柔，动离忧，泪难收。犹记多情曾为系归舟。碧野朱桥当日事，人不见，水空流。韶华不为少年留，恨悠悠，几时休？飞絮落花时候一登楼。便做春江都是泪，流不尽，许多愁。"此于一曲之末，截取少游名句，令读者、观众回想原词意境，时间、空间俱得陡然拓开：时光如水流，韶华不为少年留；倚遍西楼，不见归舟，备增离忧；泪难收，许多愁，几时休。彼琴童来前，几多愁怨；今琴童未去，愁怨复生也。"他那里为我愁，我这里因他瘦"，正是彼此想念，同此情状。【浪里来煞】用王昌龄"忽见陌头杨柳色，悔教夫婿觅封侯"诗句结住莺莺唱辞，扣合离愁春恨，再次凸显了《西厢记》重爱情、轻功名的思想主题。

本折以捷报为线索，以盼信、看信、回信为主要段落，摹写莺莺独在蒲东对张生的怀想、思量，"看书处，摹尽喜忧情；回书处，诉尽相思味。一转一折，步步生情"（陈继儒等评文）。收场处琴童云"得了回书，星夜回俺哥哥话去"，与前此楔子结尾"得了这书，星夜望河中府走一遭"为同一手法，是分从生、旦两端投寄相思。别时难相见亦难，倩青鸟，殷勤探看。张生之情，莺已知之；莺莺之意，生能解否？

多管是阅

着笔儿未

写泪先

流

早是我只因他去减了风流，不争你寄得书来又与我添些儿证候。说来的话儿不应口，无语低头，书在手，泪凝眸。

第二折

（末上云）画虎未成君莫笑，安排牙爪始惊人①。本是举过便除，奉圣旨，着翰林院编修国史。他每那知我的心，甚么文章做得成！使琴童递佳音，不见回来。这几日睡卧不宁，饮食少进，给假在驿亭中将息。早间太医院着人来看视，下药去了。我这病，卢扁也医不得②。自离了小姐，无一日心闲也呵！

【中吕】【粉蝶儿】从到京师，思量心旦夕如是，向心头横躺着俺那莺儿。请医师，看诊罢，一星星说是③。本意待推辞，则被他察虚实不须看视④。

【醉春风】他道是医杂证有方术⑤，治相思无药饵。莺莺，你若是知我害相思，我甘心儿死、死。四海无家，一身客寄，半年将至。

（仆上云）我则道哥哥除了，元来在驿亭中抱病。须索回书去咱。

（见了科）（末云）你回来了也。

【迎仙客】疑怪这噪花枝灵鹊儿，垂帘幕喜蛛儿，正应着短檠上夜来灯报时。若不是断肠词，决定是断肠诗。

（仆云）小夫人有书至此。（末接科）

写时管情泪如丝。既不呵，怎生泪点儿封皮上渍⑥？

（末读书科）"薄命妾崔氏拜覆，敬奉才郎君瑞文几：自音容去后，不觉许时⑦，仰敬之心，未尝少怠。纵云日近长安远，何故鳞鸿之杳矣？莫因花柳之心，弃妾恩情之意。正念间，琴童至，得见翰墨，始知中科，使妾喜之如狂。郎之才望，亦不辱相国之家谱也。今因琴童回，无以奉贡⑧，聊有瑶琴一张，玉簪一枚，斑管一枝，裹肚一条，汗衫一领，袜儿一双，权表妾之真诚。勿

匆草字欠恭，伏乞情恕不备。谨依来韵，遂继一绝云："阑干倚
遍盼才郎，莫恋宸京黄四娘⑨。病里得书知中甲，窗前览镜试新
妆。"那风风流流的姐姐！似这等女子，张珙死也死得着了。

【上小楼】这的堪为字史⑩，当为款识⑪。有柳骨颜筋，
张旭张芝，羲之献之⑫。此一时，彼一时，佳人才思，
俺莺莺世间无二。

【幺篇】俺做经咒般持⑬，符篆般使。高似金章⑭，重似金
帛，贵似金赍。这上面若佥个押字⑮，使个令史⑯，差个
勾使⑰，则是一张忙不及印赴期的咨示⑱。

注释：

①画虎未成君莫笑，安排牙爪始惊人：比喻人未发达时不可取
　笑他，一旦功成名就便会惊人，是当时成语。

②卢扁：即春秋时良医扁鹊，因其家于卢国，故又称卢医或
　卢扁。

③一星星说是：一件件都说得对。一星星，犹一件件。戴善甫
　《陶学士醉写风光好》："对着这千乘当今帝子，待教我一星
　星数说你乔行止。"

④察虚实：犹言病症看得清清楚楚。虚实，本为中医辨别人体
　正气强弱和病邪盛衰的两个概念。虚证是指正气虚弱不足的
　证候，实证是指邪气充盛有馀的证候。

⑤杂证：犹言各种病症。方术：治病的方法路数。方，一角，
　专治一种病称为药方。术，本指路，引申为求通的方法。

⑥渍（zì）：浸湿，沾染。

⑦许时：这多时。许，估量之词。

⑧奉贡：犹奉献。

⑨宸京：即帝京，京城。宸，北极星所居，用以指帝王宫殿。

黄四娘：代指美女。杜甫《江畔独步寻花七绝句》之六："黄四娘家花满蹊，千朵万朵压枝低。"

⑩堪为字史：是说莺莺的字写得好，可以做掌管字的官员。字史，掌字之史。

⑪款识（zhì）：本指古代钟鼎彝器上的文字或书画上的落款、题字。此言莺字之好，可以刻于器物。

⑫"有柳骨颜筋"三句：意谓莺字之好，可以与著名书法家相比。柳，唐代柳公权。骨，字的结构。颜，唐代颜真卿。筋，运笔的方法。张旭，唐代书法家，善草书，有"草圣"之称。张芝，东汉书法家，善草书。羲之献之，晋代书法家王羲之、王献之父子，二人草隶正行，诸体备精，世称"二王"。

⑬做经咒般持：把莺莺的信当做经文、咒文一样对待。咒，梵语陀罗尼之译文，义为能持、能遮。

⑭金章：官员的金印。

⑮金个押字：签字画押。押，花押，在文字的末尾签署名字。周密《癸辛杂识》："古人押字，谓之花押印，是用名字稍花之。"

⑯令史：汉晋南北朝时，令史为官职，掌文书；隋唐时为吏职，不在职官之列。此指衙门中负责文书的吏。

⑰勾使：衙门里拘捕、提取犯人的差役，这里泛指差役。

⑱则是一张忙不及印赴期的咨示：就是一张匆忙来不及盖官印、让人赴约会的告示。印，盖印章。咨，公文。

（末拿汗衫儿科）休说文章，则看他这针黹，人间少有。

【满庭芳】怎不教张生爱尔，堪针工出色，女教为师①。几千般用意针针是，可索寻思。长共短又没个样子，窄和宽想象着腰肢，好共歹无人试。想当初做时，用煞那小心儿。

小姐寄来这几件东西，都有缘故，一件件我都猜着。

【白鹤子】这琴，他教我闭门学禁指②，留意谱声诗③；调养圣贤心，洗荡巢由耳④。

【二】这玉簪，纤长如竹笋，细白似葱枝；温润有清香，莹洁无瑕玼⑤。

【三】这斑管，霜枝曾栖凤凰，泪点渍胭脂；当时舜帝恸娥皇，今日淑女思君子⑥。

【四】这裹肚，手中一叶绵⑦，灯下几回丝⑧；表出腹中愁，果称心间事⑨。

【五】这鞋袜儿，针脚儿细似虮子，绢帛儿腻似鹅脂；既知礼不胡行，愿足下当如此。

琴童，你临行，小夫人对你说甚么？（仆云）着哥哥休别继良姻。

（末云）小姐，你尚然不知我的心哩！

【快活三】冷清清客店儿，风淅淅雨丝丝。雨儿零风儿细梦回时⑩，多少伤心事！

注释：

①女教为师：犹言教育女子的师表。

②闭门学禁指：闭门弹琴，学习禁淫邪、正心术的意旨。《白虎通·礼乐》："琴者，禁也，所以禁止淫邪，正人心也。"

禁指，禁止淫邪之意旨。

③留意谱声诗：在乐歌所表现的纯正思想上用心。

④洗荡巢由耳：即培养高洁的情操。巢，指巢父；由，指许由。二人均为尧时隐居不仕的高士。皇甫谧《高士传》："巢父者，尧时隐人也。山居不营世利，年老，以树为巢，而寝其上，故时人号曰'巢父'。尧之让许由也，由以告巢父，巢父曰：'汝何不隐汝形，藏汝光？若非吾友也。'击其膺而下之。由怅然不自得，乃过清泠之水，洗其耳，拭其目，曰：'向闻贪言，负吾之友矣！'遂去，终身不相见。""许由字武仲。尧闻，致天下而让焉，乃退而遁于中岳颍水之阳，箕山之下隐。尧又召许由为九州长，由不欲闻之，洗耳于颍水滨。时其友巢父牵犊欲饮之，见由洗耳，问其故，对曰：'尧欲招我为九州长，恶闻其声，是故洗耳。'巢父曰：'子若处高岸深谷，人道不通，谁能见子？子故浮游，欲闻求其名誉。污吾犊口。'牵犊上流饮之。许由殁，葬此山，亦名许由山。"

⑤瑕玼（cī）：玉中的红斑。玼，义同"瑕"，玉尚洁白，故称有斑点为病。

⑥淑女思君子：意本《诗经·周南·关雎》："窈窕淑女，君子好逑……求之不得，寤寐思服。"诗言君子思淑女，剧反用其事。

⑦一叶绵：谐音"一夜眠"，意谓缝纫时一夜无眠。

⑧丝：谐音"思"，指思念张生。

⑨果称心间事：果，谐音"裹"，是说裹在张生身上，能使他称心如意。

⑩梦回：梦醒。李璟《浣溪沙》："细雨梦回鸡塞远，小楼吹彻玉笙寒。"

【朝天子】四肢不能动止，急切里盼不到蒲东寺①。小夫人须是你见时，别有甚闲传示②？我是个浪子官人，风流学士③，怎肯带残花折旧枝④？自从、到此，甚的是闲街市⑤。

【贺圣朝】少甚宰相人家，招婿的娇姿？其间或有个人儿似尔，那里取那温柔，这般才思？想莺莺意儿，怎不教人梦想眠思。

琴童来，将这衣裳东西收拾好者。

【耍孩儿】则在书房中倾倒个藤箱子，向箱子里面铺几张纸。放时节须索用心思，休教藤刺儿抓住绵丝。高抬在衣架上怕吹了颜色⑥，乱穰在包袱中恐剉了褶儿⑦。当如此，切须爱护，勿得因而。

【二煞】恰新婚才燕尔，为功名来到此。长安忆念蒲东寺。昨宵爱春风桃李花开夜，今日愁秋雨梧桐叶落时⑧。愁如是，身遥心迩，坐想行思。

【三煞】这天高地厚情，直到海枯石烂时。此时作念何时止，直到烛灰眼下才无泪，蚕老心中罢却丝⑨。我不比游荡轻薄子，轻夫妇的琴瑟⑩，拆鸾凤的雄雌。

【四煞】不闻黄犬音，难传红叶诗⑪，驿长不遇梅花使⑫。孤身去国三千里⑬，一日归心十二时。凭栏视，听江声浩荡，看山色参差。

【尾】忧则忧我在病中，喜则喜你来到此。投至得引人魂

卓氏音书至，险将这害鬼病的相如盼望死⑪。（下）

注释：

①蒲东寺：即普救寺，寺在蒲之东，故称。

②小夫人须是你见时，别有甚闲传示：意谓一定是你见小夫人时，传了什么闲话。

③风流学士：陈继儒曰："宋陶谷为翰林学士，时宋太祖即位，命颁诏天下士至江南。韩熙载因谷骄傲，阴谋诡计，暗使妓女秦弱兰假作驿卒之女，洒扫邮亭。谷见而喜之，遂同枕席，赠一曲，名曰《风光好》。次日，熙载设宴，当筵使妓女歌之，谷惭，遂北归。故时人称陶谷为'风流学士'。"此取"风流"之意，与陶谷事无涉。

④怎肯带残花折旧枝：犹言不肯去歌楼妓馆。残花、旧枝，比喻妓女。毛西河曰："言花柳尚且不顾，况继姻耶？"

⑤甚的是闲街市：王伯良曰："言从不曾胡行乱走也。"

⑥高抬：高挂。

⑦乱穰：乱放在内。穰，用如动词，即放在内之意。剉（cuò）：折伤，这里是揉搓的意思。

⑧昨宵爱春风桃李花开夜，今日愁秋雨梧桐叶落时：本白居易《长恨歌》："春风桃李花开日，秋雨梧桐叶落时。"

⑨直到烛灰眼下才无泪，蚕老心中罢却丝：本李商隐《无题》："春蚕到死丝方尽，蜡炬成灰泪始干。"灰，动词，燃烧成灰。

⑩琴瑟：本为两种乐器，以其合奏时声音和谐，常用作比喻夫妻感情和美。《诗经·小雅·常棣》："妻子好合，如鼓琴

瑟。"

⑪难传红叶诗：难通音信。范摅《云溪友议》："卢渥舍人应举之岁，偶临御沟，见一红叶，命仆寒来。叶上乃有一绝句，置于巾箱，或呈于同志。及宣宗既省宫人，初下诏，许从百官司吏，独不许贡举人。后亦一任范阳，获其退宫。睹红叶而吁怨久之，曰：'当时偶题随流，不谓郎君收藏巾箧。'验其书，无不讶焉。诗曰：'水流何太急，深宫尽日闲。殷勤谢红叶，好去到人间。'"

⑫驿长不遇梅花使：犹言无人捎信。梅花使，驿使，代指传书送信之人。盛弘之《荆州记》："陆凯与范晔相善，自江南寄梅花一枝，诣长安与晔，并赠花诗曰：'折梅逢驿使，寄与陇头人。江南无所有，聊赠一枝春。'"

⑬去国：犹言离乡。此指离开河中府。国，故国，故乡。

⑭害鬼病的相如：《史记·司马相如列传》："相如口吃而善著书，常有消渴疾。"消渴疾犹今之糖尿病。

点评：

　　本折又称"尺素缄愁"、"猜寄"，由末扮张生主唱，写张生在京师收到莺莺回寄的书信与物品，品咂莺莺深衷款曲，离情备增，相思更深一层，与上一折"泥金报捷"正相对照。

　　金圣叹以为，第五本乃是续作，第一折、第二折无甚意趣："细思无此二回，亦有何害？一通报书去，一通答书来，干讨琴童气嘘嘘地，而于彼张、崔两人乃更不曾增得一毫颜色。世间做笔墨匠做成笔墨，却只与人如此用，真

311

张君瑞庆团圆杂剧　第二折

老大冤苦也！"但亦有曲家持相左之论，认为第五本的后三折"虽无甚警语，却铺叙真朴，化俗语为雅调，则时时有之。前曲情易动人，后题切事，其措辞更难于前也"（徐渭评文）。自剧本的架构而言，第五本始终贯穿着矛盾冲突的张力：前两折先写张生传书、莺莺回信，后写张生猜寄，其主要冲突是功名与爱情；第三折插入郑恒作梗，第四折洗清误会、得成婚姻，其主要冲突是旧婚约与新姻缘。第一、第二折是崔、张二人之情事由慕恋转向婚姻的必然过程，并非于张、崔两人分毫无用。从故事的情节来看，元稹《莺莺传》中张生负心、背弃莺莺便是在离开蒲东上朝取应之后，《西厢记》欲写书生、小姐终成眷属，必须写出张生金榜题名后念念不忘莺莺，时时刻刻想与莺莺携手百年，方能有后来的团圆欢庆。但恰如徐渭所讲，写旖旎情思动人易，写茶米油盐措辞难，第五本在曲辞风格上确实与前四本存在一些差异。在现实社会中，婚姻不仅仅是两人相爱便可结合那么简单，往往要受到双方家庭和伦理、法制等等的约束。后世汤显祖《牡丹亭还魂记》同样存在前半部丽娘、梦梅至情感人，后半部丽娘重生后杜、柳二人完其婚姻的过程却味同嚼蜡的问题。张生、莺莺若要最终相守，必须获得以老夫人为代表的家庭和以伦理、律法为代表的皇权的认可。因此上，从某种角度来看，经过由灵魂到肉身的深深爱恋，张生和莺莺的幸福生活会接地气、染凡尘进而"落入俗套"，实是不可避免。

本折开场时，张生道白"举过便除，奉圣旨，着翰林院编修国史"，言有深意，不当等闲放过。《唐语林》载唐高宗时宰相薛元超之言曰："吾不才，富贵过人。平生有三恨，始不以进士擢第，不娶五姓女，不得修国史。""始不以进士擢第"讲旧时科举独重进士科，未中进士而经其他科举形式（如明经等）进入仕途，为人所鄙。"不娶五姓女"，是说没有娶到五大高门的女子为妻。所谓"五姓女"，指的是"河北清河或山东博陵崔氏、北京范阳卢氏、河北赵郡或甘肃陇西的李氏、河南荥阳的郑氏、山西太原王氏"家的女子。唐代前中叶门阀制度尚未完全破除，与高门女结亲被视作一种尊荣。"不得修国史"，则是讲没能参与国史的编撰、不能立言以成不朽，这在当时的士林亦被称作是大憾事。纵使"富贵过人"，亦以此三事不成为大恨，但已经举进士中状元、奉旨编修国史的张生，却因思念莺莺而"睡卧不宁、饮食少进"，病休驿亭，其用情之真挚、深厚不难见知。【粉蝶儿】【醉春风】摹写张生在京城，不为折桂喜，反成相思疾。"从到京师，思量心旦夕如是，向心头横躺着俺那莺儿"；"莺莺，你若是知我害相思，我甘心儿死、死"——"意越偪侧，情越活泼"（徐渭等评文），庸常者岂可比拟！

　　琴童归来，张生大喜。民俗以"灵鹊"、"喜蛛"、"灯报"为吉兆，"疑怪这噪花枝灵鹊儿，垂帘幕喜蛛儿，正应着短檠上夜来灯报时"，连用三者，以展现君瑞内心之欢愉。接书未启，先睹"泪点儿封皮上渍"并想象双文"写时管情泪如丝"，与上折莺莺拟想张生"修时和泪修"一曲，是同一意趣，泪痕皆乃离情之表征。莺莺的回信，虽在文采上略逊于本传和《西厢记》的其他段落，却是秉笔直书，一洗董解元诸宫调剿袭的龃龉鄙陋,朴实感人,亦有可取之处。知莺莺并未忘情,张生又恢复了"风魔秀士"的本性:他大呼"那风风流流的姐姐!似这等女子,张珙死也死得着了",夸赞"佳人才思,俺莺莺世间无二",甚至要将莺莺书信"做经咒般持,符篆般使"。【上小楼】两支将"俗语、谑语、经史语裁为奇语,如天衣通身无缝"(王骥德评文),君瑞对双文的极致爱重,因以淋漓泼洒。酣畅有趣,他曲莫及。

　　【满庭芳】至【五】写君瑞逐件取出莺莺寄来物品,小心抚弄,一一揣摩出爱人心意:汗衫儿"几千般用意针针是",这琴"教我闭门学禁指",这玉簪"莹洁无瑕玼",斑管是"今日淑女思君子",裹肚"表出腹中愁",鞋袜儿"针脚儿细似虮子,绢帛儿腻似鹅脂,既知礼不胡行,愿足下当如此"。"身无彩凤双飞翼,心有灵犀一点通"(李商隐《无题》),身虽遐隔,心实迩只!张生发书睹物,又问琴童临行小夫人有何嘱托。仆答"着哥哥休别继良姻",令状元恨不得胁下生双翅,飞回蒲东寺,向莺莺剖心示之。【快活三】图写张生独在馆驿,思想旧时欢好,怅恨绵绵不已,有赋有兴,又融情入景,向为评家所激赏。李璟《摊破浣溪沙》有"细雨梦回鸡塞远,小楼吹彻玉笙寒",柳永《尾犯》有"夜雨滴空阶,孤馆梦回,情绪萧索",《西厢记》此曲意境似之,又能出以浅语,洵称情才双绝。"小夫人须是你见时,别有甚闲传示",是张生转疑琴童搬弄是非。"我是个浪子官人,风流学士,怎肯带残花折旧枝?自从、到此,甚的是闲街市。""少甚宰相人家,招婿的娇姿?其间或有个人儿似尔，那里取那温柔，这般才思？"则是他替自己诉屈辩解：自从入京以来，君瑞低不就、高不羡，日思夜想只爱莺莺，如何疑得？【朝天子】【贺圣朝】二曲，与前"冷清客店"一曲参读，更能见张生品性之高洁、感情之纯挚。

张生吩咐琴童小心收起衣裳，【耍孩儿】回应前一折莺莺叮嘱琴童爱护包裹之语，反反覆覆，重重叠叠，不尽相思在其中矣。【二煞】由离恨写到新婚离别之因，转恨"为功名来到此"。"'昨宵个春风桃李花开夜'，言昨新婚时秋夕也，而翻似春夜；'今日个秋雨梧桐叶落时'，言今客寄时正春候也，而翻似秋日。"（毛西河评文）"春风桃李花开日，秋雨梧桐叶落时"是白居易《长恨歌》中的名句，此处巧扣昨宵新婚爱、今日离别愁，反用其时序，对比皴染今日悲苦之极的心境、意境，跌宕昭彰，独超众类，陋笔焉能为之！【三煞】叠用"天荒地老"、"海枯石烂"、"蜡炬成灰"、"春蚕到死"等语，誓言决无"别继良姻"之意，言辞直抒胸臆，饱含爱绪，情味深长。【四煞】用"黄犬传音"、"红叶题诗"、"驿使传梅"三典，再次回到心声难寄上。"孤身去国三千里，一日归心十二时"，用对语直陈心事，是此曲之"眼"。"凭栏视，听江声浩荡，看山色参差"，又将视角由近及远拉开：江声山色，浩淼无垠，阻断那人音容，却挡不住彼此相思之情。馀音不绝，馀情不了，江山为之留连。

徐文长总评此折曰："前套因物达诚之意与此套睹物怀人之思，关合不差。是极得'相思'二字深旨而摹之者。"

第二折与第一折往来互补，将张生得远书之景趣描尽，更为后来张生返回普救预做铺设。本折若与第四本"草桥惊梦"参看，更能体味张生久别在外的怅惘志忐。不当以无用视之，显而易见。在生、莺二人的爱情路上，张生行动上虽然主动，感情上却相对被动，乍分离则草桥惊梦，久在京中思念莺莺以外，亦不免忧心老夫人再兴新澜令好事又生波折。君不见，郑恒来也？

那裡
取那
樣溫
柔這
般才
思

疑怪这噪花枝灵鹊儿，垂帘幕喜蛛儿，正应着短檠上夜来灯报时。若不是断肠词，决定是断肠诗。

第三折

（净扮郑恒上开云）自家姓郑，名恒，字伯常。先人拜礼部尚书，不幸早丧。后数年，又丧母。先人在时，曾定下俺姑娘的女孩儿莺莺为妻，不想姑夫亡化，莺莺孝服未满，不曾成亲。俺姑娘将着这灵柩，引着莺莺，回博陵下葬。为因路阻，不能得去。数月前写书来，唤我同扶柩去。因家中无人，来得迟了。我离京师，来到河中府，打听得孙飞虎欲掳莺莺为妻，得一个张君瑞退了贼兵。俺姑娘许了他。我如今到这里，没这个消息便好去见他；既有这个消息，我便撞将去呵，没意思。这一件事，都在红娘身上。我着人去唤他，则说："哥哥从京师来，不敢来见姑娘，着红娘来下处来①，有话去对姑娘行说去。"去的人好一会了，不见来。见姑娘和他有话说。（红上云）郑恒哥哥在下处，不来见夫人，却唤我说话。夫人着我来，看他说甚么。（见净科）哥哥万福。夫人道："哥哥来到呵，怎么不来家里来？"（净云）我有甚颜色见姑娘②？我唤你来的缘故是怎生？当日姑夫在时，曾许下这门亲事。我今番到这里，姑夫孝已满了，特地央及你去夫人行说知，拣一个吉日，了这件事，好和小姐一答里下葬去③。不争不成合，一答里路上难厮见。若说得肯呵，我重重的相谢你。（红云）这一节话再也休题。莺莺已与了别人了也。（净云）道不得"一马不跨双鞍"④！可怎生父在时曾许了我，父丧之后母到悔亲？这个道理那里有！（红云）却非如此说。当日孙飞虎将半万贼兵来时，哥哥你在那里？若不是那生呵，那里得俺一家儿来？今日太平无事，却来争亲；倘被贼人掳去呵，哥哥如何去争？（净云）与了一个富家，也不枉了，却与了这个穷酸饿醋。

偏我不如他？我仁者能仁、身里出身的根脚⑤，又是亲上做亲⑥，况兼他父命。（红云）他到不如你？嗏声⑦！

【越调】【斗鹌鹑】 卖弄你仁者能仁，倚仗你身里出身；至如你官上加官，也不合亲上做亲。又不曾执羔雁邀媒⑧，献币帛问肯⑨。恰洗了尘，便待要过门；枉腌了他金屋银屏⑩，枉污了他锦衾绣褥。

【紫花儿序】 枉蠢了他梳云掠月，枉羞了他惜玉怜香⑪，枉村了他殢雨尤云。当日三才始判⑫，两仪初分⑬；乾坤，清者为乾，浊者为坤，人在中间相混⑭。君瑞是君子清贤，郑恒是小人浊民。

注释：

① 下处：旅店，住处。范康《陈季卿误上竹叶舟》："你看这秀才功名心急，想是要回下处温习经史去哩！"

② 颜色：原指容颜气色，引申为脸面、面子。

③ 一答里：一起，一块儿。关汉卿《关大王独赴单刀会》："你是紫荆，你和那松木在一答里。"

④ 一马不跨双鞍：一匹马身上不能搭两副马鞍，比喻一女不配二夫。

⑤ 仁者能仁：《论语·里仁》："仁者安仁，知者利仁。"意谓仁德之人才能够行仁。仁，仁爱忠恕等儒家道德标准。身里出身：能继承父业。秦简夫《东堂老劝破家子弟》："我着你做商贾身里出身。"此郑恒自谓出身世胄高门。根脚：根底，出身，亦作"跟脚"。马致远《江州司马青衫泪》："轮到我跟脚里，都世袭了烟月牌。"

⑥亲上做亲：宋元时期人们对中表通婚态度不一，但民间多有结姻者，故郑恒以亲上做亲为娶莺莺的有利条件。

⑦喋声：住口。

⑧又不曾执羔雁邀媒：意谓又没有请媒人行行聘之礼。《仪礼·士昏礼》："下达纳采，用雁。"《白虎通·嫁娶》："用雁者，取其随时南北，不失其节，明不夺女子之时也。又取飞成行，止成列也，明嫁娶之礼，长幼有序，不相逾越也。"羔，小羊，也是纳采礼物之一。聘礼所以用羔者，徐士范以为："羔取不失群而自洁。"

⑨献币帛：纳财礼。问肯：遣媒氏问女家许否。

⑩腌：脏，污。金屋：《汉武故事》："帝年四岁，立为胶东王。数岁，长公主嫖抱置膝上，问曰：'儿欲得妇不？'胶东王曰：'欲得妇。'长主指左右长御百馀人，皆云不用。末指其女问曰：'阿娇好不？'于是乃笑对曰：'好。若得阿娇作妇，当作金屋贮之也。'长主大悦，乃苦要上，遂成婚焉。"银屏：银制屏风。白居易《长恨歌》："揽衣推枕起徘徊，珠箔银屏迤逦开。"

⑪惜玉怜香：对女子爱怜体贴。

⑫三才：古以天、地、人为三才。始判：才分。判，分。

⑬两仪：天与地为两仪。

⑭"清者为乾"三句：《艺文类聚》卷一引《三五历纪》："天地混沌如鸡子，盘古生其中。万八千岁，天地开辟，阳清为天，阴浊为地，盘古在其中，一日九变。"《易·说卦》："立天之道曰阴与阳，立地之道曰柔与刚，立人之道曰仁与义。"

（净云）贼来，怎地他一个人退得？都是胡说！（红云）我对你说。

【天净沙】把河桥飞虎将军，叛蒲东掳掠人民，半万贼屯合寺门①，手横着霜刃，高叫道要莺莺做压寨夫人。

（净云）半万贼，他一个人济甚事？（红云）贼围之甚迫，夫人慌了，和长老商议，拍手高叫："两廊不问僧俗，如退得贼兵的，便将莺莺与他为妻。"忽有游客张生，应声而前曰："我有退兵之策，何不问我？"夫人大喜，就问其计何在。生云："我有一故人白马将军，见统十万之众，镇守蒲关。我修书一封，着人寄去，必来救我。"不想书至兵来，其困即解。

【小桃红】洛阳才子善属文②，火急修书信。白马将军到时分，灭了烟尘③。夫人小姐都心顺，则为他威而不猛④，言而有信，因此上不敢慢于人⑤。

（净云）我自来未尝闻其名，知他会也不会！你这个小妮子，卖弄他偌多！（红云）便又骂我！

【金蕉叶】他凭着讲性理《齐论》《鲁论》⑥，作词赋韩文柳文⑦，他识道理为人敬人，俺家里有信行知恩报恩。

【调笑令】你值一分，他值百十分，萤火焉能比月轮？高低远近都休论，我拆白道字辩与你个清浑⑧。

（净云）这小妮子省得甚么拆白道字？你拆与我听。（红唱）君瑞是个"肖"字这壁着个"立人"，你是个"木寸""马户""尸巾"。

（净云）木寸、马户、尸巾，你道我是个"村驴吊"？我祖代是相国之门，到不如你个白衣饿夫穷士？做官的则是做官！（红唱）

【秃厮儿】他凭师友君子务本⑨，你倚父兄仗势欺人。廓盐日月不嫌贫⑩，治百姓新民、传闻⑪。

【圣药王】这厮乔议论⑫，有向顺。你道是官人则合做官人，信口喷，不本分。你道穷民到老是穷民，却不道"将相出寒门"⑬！

（净云）这桩事，都是那长老秃驴弟子孩儿⑭，我明日慢慢的和他说话。（红唱）

【麻郎儿】他出家儿慈悲为本，方便为门⑮。横死眼不识好人，招祸口不知分寸。

注释：

①屯合：聚合，犹包围。

②洛阳才子：本指汉代贾谊，此指张生。《汉书·贾谊传》："贾谊，洛阳人也，年十八，以能诵诗书属文称于郡中。"贾谊被称为"洛阳才子"，潘岳《西征赋》："终童山东之英妙，贾生洛阳之才子。"属文：作文章。

③灭了烟尘：平定了叛乱。烟尘，烽烟与尘土。古代边防报警，夜则举火，叫烽；日则焚狼粪以为烟，叫烟。故以烟尘代指战争、动乱。

④威而不猛：《论语·述而》："子温而厉，威而不猛，恭而安。"威，威严。猛，健犬，引申为刚烈之义。

⑤不敢慢于人：犹言对张生不敢轻慢。出《孝经·天子章》："敬亲者，不敢慢于人。"

⑥性理：人性天理，这里指人情事理、知识学问。《齐论》《鲁论》：《论语》流传中的不同版本。《齐论》，即《齐论语》，是齐国学者所传的《论语》；《鲁论》，即《鲁论语》，为鲁

国学者所传的《论语》。汉代安昌侯张禹以《鲁论》篇目为根据，将齐鲁二论融合为一，号为《张侯论》，即今传本之《论语》。

⑦韩文柳文：韩，韩愈；柳，柳宗元。韩柳二人均为唐代大文学家，是古文运动的中坚。此言张生文章之好堪比韩愈、柳宗元。

⑧拆白道字：拆字格，一种字谜游戏，即把一个字拆开说出，合而成文。如下文"肖字这壁着个立人"，隐"俏"字等等。清浑：清浊，此为贤愚。

⑨君子务本：出《论语·学而》："君子务本，本立而道生。"务，致力，从事。本，基本，基础。邢昺以为，《论语》中的"本"指儒家伦常的基本品德，即孝悌。

⑩齑（jī）盐日月：清贫的读书生活。齑，腌菜。本韩愈《送穷文》："太学四年，朝齑暮盐。"

⑪治百姓新民、传闻：意谓张生为官管理百姓有政绩，被传诵。《尚书·康诰》："亦惟助王宅天命，作新民。"

⑫乔议论：胡说乱道。乔，恶劣。无名氏《孟德耀举案齐眉》："教人道这乔男女，则是些牛马襟裾。"

⑬将相出寒门：贫寒子弟之家常有出将入相者。此为当时成语。石君宝《鲁大夫秋胡戏妻》："想着那古来的将相出寒门，则俺这夫妻现受着齑盐困，就似他那蛟龙未得风雷信。"

⑭弟子孩儿：许政扬以为："元曲所谓'弟子'，大抵专指娼妇……'弟子孩儿'亦作'弟子的孩儿'，见《杀狗劝夫》第二折，犹今俚语'婊子养的'，盖恶詈也。"

⑮方便为门：佛教讲根据每个人的不同情况而采取不同措施，

张君瑞庆团圞杂剧　第三折

323

使之信奉佛教，就是方便。把方便作为普济众生的门户，想办法使众生信佛以脱离苦难，便是方便为门。

（净云）这是姑夫的遗留①，我拣日，牵羊担酒②，上门去，看姑娘怎么发落我！（红唱）

【幺篇】讪筋③，发村④，使狠，甚的是软款温存⑤。硬打捱强为眷姻，不睹事强谐秦晋。

（净云）姑娘若不肯，着二三十个伴偺⑥，抬上轿子，到下处脱了衣裳，赶将来，还你一个婆娘！（红唱）

【络丝娘】你须是郑相国嫡亲的舍人⑦，须不是孙飞虎家生的莽军⑧。乔嘴脸、腌躯老⑨、死身分，少不得有家难奔。

（净云）兀的那小妮子，眼见得受了招安了也。我也不对你说，明日我要娶，我要娶！（红云）不嫁你，不嫁你！

【收尾】佳人有意郎君俊，我待不喝采其实怎忍⑩。

（净云）你喝一声我听。（红笑云）你这般颓嘴脸，则好偷韩寿下风头香，傅何郎左壁厢粉⑪。（下）

注释：

①遗留：遗愿，遗嘱。杨梓《承明殿霍光鬼谏》："孩儿，我上天远，入地近也，有几句遗留，听我说与你听。"

②牵羊担酒：即带着订婚礼物。吴自牧《梦粱录·嫁娶》："伐柯人通好，议定礼，往女家报定。若丰富之家，以珠翠、首饰、金器、销金裙褶及缎匹茶饼，加以双羊牵送，以金瓶酒四樽或八樽，装以大花银方胜，红绿销酒衣簇盖酒上……酒担以红彩缴之。"

③讪筋：陆澹安《戏曲辞语汇释》："因暴怒而头面上筋脉偾张。"贾仲明《荆楚臣重对玉梳记》："俺娘自做师婆自跳神，一会家难禁，努目讪筋。"

④发村：撒野。

⑤软款：温柔怜爱。款，爱也。白朴《唐明皇秋叶梧桐雨》："教几个卤莽的宫娥监押，休将那软款的娘娘惊谎。"

⑥伴偝（dāng）：随从的仆人。《三国演义》第一回："人报有两个客人，引一伙伴偝，赶一群马，投庄上来。"

⑦舍人：本为官名，宋元以来称官宦人家的子弟为舍人，即公子，可他称，亦可自称。

⑧家生：卖给主家的奴隶所生之子女仍须为奴，叫"家生"。陶宗仪《辍耕录·奴婢》："奴婢所生子，亦曰家生孩儿。"孙飞虎家生莽军，犹言孙飞虎叛军所生的粗野贼兵。

⑨腌躯老：丑恶身躯。

⑩佳人有意郎君俊，我待不喝采其实怎忍：凌濛初曰："此皆红娘反语嘲恒也。'佳人有意郎君俊，红粉无情浪子村'，元人谚语。红反言觉恒之俊，忍不住要喝采，下二句正其喝采语。"

⑪则好偷韩寿下风头香，傅何郎左壁厢粉：下风头，犹言下面，香由风送，故着一"风"字；左壁厢，犹言左边，古以右为尊，左为卑。下风头、左壁厢，犹言甘拜下风、不是对手。此以韩寿、何郎比张生，讽刺郑恒不及张珙风流潇洒。

（净脱衣科云）这妮子拟定都和那酸丁演撒！我明日自上门去见俺姑娘，则做不知。我则道："张生赘在卫尚书家^①，做了女婿。"俺姑娘最听是非，他自小又爱我，必有话说。休说别个，则这一套衣服也冲动他。自小京师同住，惯会寻章摘句②。姑夫许我成亲，谁敢将言相拒？我若放起刁来，且看莺莺那去！且将压善欺良意，权作尤云殢雨心。（下）（夫人上云）夜来郑恒至，不来见我，唤红娘去问亲事。据我的心，则是与孩儿是；况兼相国在时已许下了。我便是违了先夫的言语。做我一个主家的不着③，这厮每做下来。拟定则与郑恒，他有言语，怪他不得也。料持下酒者，今日他敢来见我也。（净上云）来到也，不索报覆④，自入去见夫人。（拜夫人哭科）（夫人云）孩儿，既来到这里，怎么不来见我？（净云）小孩儿有甚嘴脸来见姑娘！（夫人云）莺莺为孙飞虎一节，等你不来，无可解危，许张生也。（净云）那个张生？敢便是状元？我在京师看榜来，年纪有二十四五岁，洛阳张珙，夸官游街三日。第二日，头答正来到卫尚书家门首⑤，尚书的小姐十八岁也，结着彩楼，在那御街上，则一球正打着他⑥。我也骑着马看，险些打着我。他家粗使梅香十馀人，把那张生横拖倒拽入去。他口叫道："我自有妻，我是崔相国家女婿！"那尚书有权势气象，那里听？则管拖将入去了⑦。这个却才便是他本分，出于无奈。尚书说道："我女奉圣旨，结彩楼，你着崔小姐做次妻⑧。他是先奸后娶的，不应取他⑨。"闹动京师，因此认得他。（夫人怒云）我道这秀才不中抬举，今日果然负了俺家。俺相国之家，世无与人做次妻之理。既然张生奉圣旨娶了妻，孩儿，你拣个吉日良辰，依着姑夫的言语，依旧入来做女婿者。（净云）倘或张生有言语，怎生？（夫人云）放着我哩。明日拣个吉日良辰，你便过门来。（下）（净云）中了我的计策了。准备筵席茶礼花红，克日过门者。（下）（洁上云）老僧昨日买登科记看来，张生头名状元，授着河中府尹。谁想夫人没主张，又许了郑恒亲事。老夫人不肯去接，我将着肴馔，直至十里长亭，接官走一遭。（下）（杜将军上云）奉圣旨，着小官主兵蒲关，提调河中府事⑩，上马管军，下马管民。谁想君瑞兄弟一举及第，正授河中府尹，不曾接得。眼见得在老夫人宅里下，拟定乘此机会成亲。小官牵羊担酒，直至老夫人宅上，一来庆贺状元，二来做主亲⑪，与兄弟成此大事。左右那里⑫？将马来，到河中府走一遭。（下）

注释：

①赘：入赘，今谓之倒插门女婿。

②寻章摘句：本指搜寻、摘取文章的语句和片段，来研究文章的义理。李贺《南园十三首·其六》："寻章摘句老雕虫，晓月当帘挂玉弓。不见年年辽海上，文章何处哭秋风。"此言抓住只言片语不放。

③做我一个主家的不着：王季思云："拶由我担当意，今浙东尚有此语。"

④报覆：通报，禀报。

⑤头答：亦作"头达"，即头踏，官员出行时，走在前面的仪仗。关汉卿《山神庙裴度还带》："媒婆，兀的不是头答伞盖，状元来了也。"

⑥"结着彩楼"三句：古代择婿的一种方式。富贵官宦人家，临街搭起彩楼，小姐站在楼上抛彩球，中者为婿。彩楼招婿，多为男子入赘女家。

⑦则管拖将入去了：指权贵之家的赘婿行径。彭乘《墨客挥

犀》："今人于榜下择婿，号脔婿，其语盖本诸袁山松（一作"崧"），尤无义理。其间或有不愿就，而为贵势豪族拥逼，而不得辞者。有一新后辈少年，有风姿，为贵族之有势力者所慕，命十数仆拥致其第……"沈德符《万历野获编·脔婿》载："榜下脔婿，古已有之，至元时贵戚家遂以成俗。"

⑧次妻：中国古代实行的是一妻多妾制，无双妻或多妻之理，次妻即妾。

⑨先奸后娶的，不应取他：古有禁先奸后娶之律令。《尚书大传》："男女不以义交者，其刑宫。"宋《庆元条法事类》引《户令》："诸先奸后娶为妻者，离之。"元承旧制，《元史·刑法志二》："诸先通奸，被断，复娶以为妻妾者，虽有所生男女，犹离之。"虽有律文如此，但现实中执法时，往往判合为夫妇。郑恒言此，意在指出崔、张婚姻的不合法性。

⑩提调：管理，指挥。

⑪主亲：主婚。主婚人应由祖父母、父母充任，张生父母双亡，故由杜确主婚。

⑫左右：有二义：一为对人的尊称，不直呼其名而称其左右，以表敬意；二是指身边的随从。此谓后者。

点评：

　　《西厢记》写崔、张之修成正果，置三大"恶"人以为阻隔：曰孙飞虎，曰老夫人，曰郑恒。若此剧果至"送别"或"惊梦"而止，屡念郑恒究竟何用？必有此索配一段，结局方称得上是"大团圆"有始有终。

郑恒登场后，先对自己的身世及近期经历做了交代：
"自家姓郑，名恒，字伯常。先人拜礼部尚书，不幸早丧。
后数年，又丧母。先人在时，曾定下俺姑娘的女孩儿莺莺
为妻，不想姑夫亡化，莺莺孝服未满，不曾成亲。俺姑娘
将着这灵柩，引着莺莺，回博陵下葬。为因路阻，不能得
去。数月前写书来，唤我同扶柩去。因家中无人，来得迟
了。"郑父原为礼部尚书，但此时郑恒父母双亡，与张生家
世（先人拜礼部尚书，后父母双亡）旗鼓相当。以门户而
论，他在娶莺莺一事上并不占上风，能倚仗者惟在婚约在
先且为郑氏至亲。因崔相国亡故，郑恒与莺莺并未成婚，
之所以现在才至蒲郡，乃因路阻。闻知孙飞虎围寺、夫人
将小姐改配张珙之后，郑恒颇感无味，但又不甘心就此离
去，故而传话要见红娘。

郑恒这一人物在前四本中屡经提及，虽然并未出场，
却如一线魅影，若远若近，时或奏响不和谐之音。第一本
楔子、第二本第三折中，老夫人都曾讲述莺莺与自家侄子、
尚书长子已有婚约，借以阻碍生、莺结合。张生与莺莺的
姻缘，虽前有白马解围夫人许婚，后有堂前拷红约以中举
成配，但郑恒婚约的负面影响一直悬而未决。郑恒之争婚，
在张生高中后、返回前，为最后一重矛盾的张弛起落留下
了较大的空间，也为最后一折的阻碍除、大团圆预做了铺
展。清人李渔认为：编剧时"每编一折，必须前顾数折，
后顾数折。顾前者欲其照映，顾后者便于埋伏。照映埋伏，
不止照映一人、埋伏一事。凡是此剧中有名之人、关涉之
事，与前此后此所说之话，节节俱要想到。宁使想到而不

张君瑞庆团圆杂剧 第三折

329

用，勿使有用而忽之"（《闲情偶寄·词曲部》）。此折郑
恒开场宾白虽短，却能前照弥缝、后顾埋伏，王实甫能使
"士林中等辈伏低"（贾仲明《录鬼簿》），良有以也。

郑恒见红娘来到，便着手先由侍儿处突破，谋划迎娶
莺莺。他主动讲明来意，要红娘襄助："我唤你来的缘故是
怎生？当日姑夫在时，曾许下这门亲事。我今番到这里，姑
夫孝已满了，特地央及你去夫人行说知，拣一个吉日，了这
件事，好和小姐一答里下葬去。不争不成合，一答里路上
难厮见。若说得肯呵，我重重的相谢你。"不料红娘一口拒
绝："这一节话再也休题。莺莺已与了别人了也。"郑恒见红
娘并不配合，当下露出无赖面目，妄图胁迫红娘倒向自己一
方。他先以卫道士自居，斥责崔家毁约是背信弃义、莺莺嫁
张生是一马跨双鞍的悖伦之举。红娘见招拆招，直指郑恒未
能随扈乃是有过在先："当日孙飞虎将半万贼兵来时，哥哥
你在那里？若不是那生呵，那里得俺一家儿来？今日太平无
事，却来争亲；倘被贼人掳去呵，哥哥如何去争？"郑恒输
理不输人，转而攻击张生出身不如自己："却与了这个穷酸
饿醋。偏我不如他？我仁者能仁、身里出身的根脚，又是亲
上做亲，况兼他父命。"红娘闻言反唇相讥，斥责郑恒只知
倚靠家庭出身、个人言行孟浪无礼，配不上莺莺也比不了
张生："恰洗了尘，便待要过门；枉腌了他金屋银屏，枉污
了他锦衾绣裀。""枉蠢了他梳云掠月，枉羞了他惜玉怜香，
枉村了他殢雨尤云"；"君瑞是君子清贤，郑恒是小人浊民"。
郑恒恼羞成怒，转而质疑张生以一人之力在乱军中救下众人
的可能性，进而间接动摇新婚约缔结之根本。红娘将当日情

形复述一过，高调赞扬张生"威而不猛"、"言而有信"，令"夫人小姐都心顺"，"不敢慢于人"。

在与郑恒论争的前段，红娘更多地是从事、礼出发，为崔、张婚姻的合理性张目，替崔家之毁约进行辩护。然而，当郑恒百般纠缠，在言词上冒犯红娘，并意图寻衅普救寺众僧时，红娘市井泼辣的一面便也展露出来，她针锋相对地嘲讽郑恒是"木寸""马户""尸巾"，"横死眼不识好人，招祸口不知分寸"。郑恒辩红娘不过，怒从心头起，恶向胆边生，转以武力相逼："这是姑夫的遗留，我拣日，牵羊担酒，上门去，看姑娘怎么发落我！""姑娘若不肯，着二三十个伴偶，抬上轿子，到下处脱了衣裳，赶将来，还你一个婆娘！"红娘对郑恒的外强中干早已知之，又焉肯上当："你这般颓嘴脸，则好偷韩寿下风头香，傅何郎左壁厢粉。"本来在道义上占有优势的郑恒，却在与红娘的论争中节节退败，而在这个过程中，郑恒德行、才能、性格上的缺点逐个暴露出来，令观众对莺莺、张生才子佳人的结合更加支持。而在场面上，本折也以科诨戏谑一改前两折生旦相思的精致清淡，令观众欢眉渐开，早盼团圆。郑恒、红娘你来我往，似苍鹰扑兔却被兔蹬，虽语涉俗鄙，但可使读书与不读书人同乐，滑稽而不油滑，不当以"一片犬吠之声"（金圣叹评文）掩其佳处。

本折又名"争婚"、"诡谋求配"，由红娘主唱，与前本之"拷红"遥相辉映。红娘之斥郑恒，"有方语、市语、隐语、反语，又有拆白、调侃等语"（云林别墅主人评文），绘色绘声，尽显其不惧无赖的泼辣智勇。但郑恒性既诡黠，行亦鄙劣，占原配之先机，又恃姑母溺宠，谎言一出，老夫人主意又改。张生将归，主持已出迎至十里长亭，白马将军亦已牵羊担酒上路来贺也，"娇滴滴玉人儿"，能否得嫁状元公？

只野偷辩，
寿下凤珠
香傅佚
郎左壁
庙粉

你值一分，他值百十分，萤火焉能比月轮？高低远近都休论，我拆白道字辩与你个清浑。

第四折

（夫人上云）谁想张生负了俺家，去卫尚书家做女婿去。今日不负老相公遗言，还招郑恒为婿。今日好个日子，过门者。准备下筵席，郑恒敢待来也。（末上云）小官奉圣旨，正授河中府尹。今日衣锦还乡，小姐的金冠霞帔都将着①，若见呵，双手索送过去。谁想有今日也呵！文章旧冠乾坤内，姓字新闻日月边②。

【双调】【新水令】玉鞭骄马出皇都，畅风流玉堂人物。今朝三品职，昨日一寒儒。御笔亲除，将名姓翰林注。

【驻马听】张珙如愚③，酬志了三尺龙泉万卷书④；莺莺有福，稳请了五花官诰七香车⑤。身荣难忘借僧居，愁来犹记题诗处。从应举，梦魂儿不离了蒲东路。

（末云）接了马者。（见夫人科）新状元河中府尹婿张珙参见。

（夫人云）休拜，休拜！你是奉圣旨的女婿，我怎消得你拜！

（末唱）

【乔牌儿】我谨躬身问起居⑥，夫人这慈色为谁怒⑦？我则见丫鬟使数都厮觑⑧，莫不我身边有甚事故？

注释：

①金冠霞帔：古代皇帝对达官贵人家的妇女给予封号，称为命妇。命妇随品级高低有不同的命服，金冠霞帔即是其中一种。冠上以翠为装饰名翠冠，以凤为装饰名凤冠，以金钗为装饰名金冠。帔，披肩。霞帔为帔的一种，始于晋，宋代霞帔即为命服。

②日月：喻帝后。《礼记·昏义》："故天子之与后，犹日之与

月、阴之与阳，相须而后成者也。"

③ 如愚:《论语·为政》:"子曰:'吾与回言终日，不违，如愚。退而省其私，亦足以发，回也不愚。'"苏轼《贺欧阳少师致仕启》:"大勇若怯，大智若愚。"此言张生内秀，外不露锋芒而内藏睿智。

④ 酬志了三尺龙泉万卷书:犹言实现了博取功名的志向。龙泉，剑名。据《晋书·张华传》，晋初，斗牛二星间常有紫气。张华请教精通天象的雷焕，焕曰:"宝剑之精，上彻于天耳。"张华乃命焕为丰城令，前往寻剑。"焕到县，掘狱屋基，入地四丈馀，得一石函，光气非常，中有双剑，并刻题，一曰'龙泉'，一曰'太阿'。其夕，斗牛间气不复见焉。"世传龙泉剑长三尺，故以"三尺龙泉"代指宝剑。从军、读书是博取功名的两种途径，常以喻壮志。孟浩然《自洛之越》:"遑遑三十载，书剑两无成。"

⑤ 请:得到，接受。五花官诰(gào):官诰，为朝廷授官及册封命妇的文书。因用五色绫，故称五花官诰。七香车:用多种香木制成或用多种香料装饰的车。苏鹗《杜阳杂编·同昌公主》:"公主乘七宝步辇，四角缀五色锦香囊，囊中贮辟邪香、瑞麟香、金凤香，此皆异国献者。仍杂以龙脑金屑、镂水晶玛瑙辟尘犀，为龙凤花木状。其上悉络真珠玳瑁，更以金丝为流苏，雕轻玉为浮动。每一出游，则芬香街巷，晶光耀日，观者眩其目。"此即指女子所乘华美之车。

⑥ 躬身:弯下身去以表尊敬。吴自牧《梦粱录·车驾诣景灵宫孟飨》:"躬身不要拜，唱喏，直身立，奏圣躬万福，嵩呼而行。"起居:本指饮食寝卧之状况，问起居，即请安问好。

《世说新语·言语》："明公蒙尘路次，群下不宁，不审尊体起居何如？"

⑦慈色：犹慈颜，对尊长的敬称，多指母亲。

⑧使数：仆人。白朴《裴少俊墙头马上》："父母双亡，遗下几个使数和那宅舍庄田，依还的享用富贵不尽。"

（末云）小生去时，夫人亲自饯行，喜不自胜。今日中选得官，夫人反行不悦，何也？（夫人云）你如今那里想着俺家？道不得个"靡不有初，鲜克有终"。我一个女孩儿，虽然妆残貌陋，他父为前朝相国，若非贼来，足下甚气力到得俺家？今日一旦置之度外，却于卫尚书家作婿，岂有是理！（末云）夫人听谁说？若有此事，天不盖，地不载，害老大小疔疮①！

【雁儿落】若说着丝鞭士女图②，端的是塞满章台路③。小生呵此间怀旧恩，怎肯别处寻亲去。

【得胜令】岂不闻"君子断其初"④，我怎肯忘得有恩处？那一个贼畜生行嫉妒，走将来老夫人行厮间阻？不能勾娇姝⑤。早共晚施心数；说来的无徒⑥，迟和疾上木驴⑦。

注释：

①老大小：偏义复词，义只取大。老大，犹很大。

②丝鞭：递接丝鞭是彩楼招亲形式中的一个程序。婚姻女当事人于彩楼抛绣球打中男方后，即由女方向男方递送丝鞭，男子如接了丝鞭，便表示同意了婚事。元剧中之常规，乃女递男接，故石君宝《李亚仙花酒曲江池》第一折，郑元和把马鞭递给李亚仙，李云："更做道如今颠倒颠，落的女娘每倒

接了丝鞭"，但也有男递女接者。士女：即仕女，为官宦人家女子。士女图，言其美如图画。曲中多以"图"字状妇女之美。

③章台路：本为汉代长安街道名，因在战国时秦所建章台宫内章台之下，故名。许尧佐传奇《柳氏传》、孟棨《本事诗·情感》，记韩翃与柳氏相恋，有"章台柳，章台柳，昔日青青今在否"之句，后遂以章台路为风流之地、繁华游乐之处的代称。欧阳修《蝶恋花》："玉勒雕鞍游冶处，楼高不见章台路。"

④君子断其初：当时成语，是说君子在当初一经做了决定，以后便不再改变。无名氏《庞居士误放来生债》："你道我烧毁了文契意何如？岂不闻君子可便断其初！"断，决断。

⑤娇姝（shū）：美女。此用作动词，得到娇姝之意。

⑥说来的无徒：意谓说起这个无赖来。无徒，无赖之徒。秦简夫《东堂老劝破家子弟》："我几曾见禁持妻子这等无徒辈，更和那不养爹娘的贼丑生。"

⑦迟和疾上木驴：早晚要挨千刀万剐。木驴，一种刑具，为带铁刺之木桩，下有四腿，形略同驴。处剐刑时，先把犯人绑在木驴上游街示众，然后行刑。关汉卿《感天动地窦娥冤》："张驴儿毒杀亲爷，奸占寡妇，合拟凌迟。押赴市曹中，钉上木驴，剐一百二十刀处死。"

（夫人云）是郑恒说来，绣球儿打着马了，做女婿也。你不信呵，唤红娘来问。（红上云）我巴不得见他。元来得官回来，惭愧，这是非对着也。（末背问云）红娘，小姐好么？（红云）为你别做了女婿，俺小姐依旧嫁了郑恒也。（末云）有这般蹊跷的事！

【庆东原】那里有粪堆上长出连枝树，淤泥中生出比目鱼？不明白展污了姻缘簿①？莺莺呵，你嫁个油炸猢狲的丈夫②；红娘呵，你伏侍个烟熏猫儿的姐夫③；张生呵，你撞着个水浸老鼠的姨夫④。这厮坏了风俗，伤了时务⑤。（红唱）

【乔木查】妾前来拜覆，省可里心头怒⑥！间别来安乐否？你那新夫人何处居？比俺姐姐是何如？

（末云）和你也葫芦题了也。小生为小姐受过的苦，诸人不知，瞒不得你。不甫能成亲，焉有是理？

【搅筝琶】小生若求了媳妇，则目下便身姐。怎肯忘得待月回廊，难撇下吹箫伴侣。受了些活地狱，下了些死工夫。不甫能得做妻夫，见将着夫人诰敕⑦，县君名称⑧，怎生待欢天喜地，两只手儿分付与⑨，你划地到把人赃诬⑩。

注释：

①不明白展污了姻缘簿：这不是明明白白地玷污了姻缘簿吗？姻缘簿，传说中注定天下人姻缘的簿籍。李复言《续玄怪录·定昏店》："杜陵韦固，少孤，思早娶妇……斜月尚明，有老人倚布囊，坐于阶上，向月检书。固步觇之，不识其字……固曰：'然则君又何掌？'曰：'天下之婚牍耳。'"

②油炸猢狲：比喻轻狂。杨梓《承明殿霍光鬼谏》："似这等油炸猢狲般性轻猖狂，他怎图画作麒麟阁像？"

③烟熏猫儿：比喻面貌污秽不堪。

④水浸老鼠：比喻鄙俗猥琐之状。高文秀《好酒赵元遇上皇》："抬起头似出窟顽蛇，缩着肩似水淹老鼠，躬着腰人

样虾蛆。"姨夫：周密《癸辛杂识》续集上"姨夫眼睖"条："北人以两男共狎一妓则称为姨夫。"戏曲中把两男共恋一女也戏称姨夫。

⑤时务：当世之务，本指重大世事，此指习俗风尚。伤时务犹败坏了当时风尚。贾仲明《荆楚臣重对玉梳记》："据此贼情理难容伤时务，坏人伦罪不容诛。"

⑥省可里：省得，休要。可里，语助词，无实义。郑德辉《迷青琐倩女离魂》："姐姐，你省可里烦恼。"

⑦诰敕（chì）：官诰。敕，亦指皇帝诏书。

⑧县君：古代宗女、命妇的封号。唐代四品官的母亲、妻子封郡君，五品官的母亲与妻子封县君。宋代翰林学士之妻封郡君，京府少尹、赤县令等，妻封县君。此处县君是对妇女称号的泛称。

⑨分付：交给。苏轼《洞仙歌》："江南腊尽，早梅花开后，分付新春与垂柳。"

⑩划（chǎn）地：平白地。卢祖皋《夜飞鹊慢》："牵衣揾弹泪，问凄风愁露，划地东西。"

（红对夫人云）我道张生不是这般人，则唤小姐出来自问他。（叫旦科）姐姐，快来问张生。我不信他直恁般薄情。我见他呵，怒气冲天，实有缘故。（旦见末科）（末云）小姐间别无恙？（旦云）先生万福。（红云）姐姐有的言语，和他说破。（旦长吁云）待说甚么的是！

【沉醉东风】不见时准备着千言万语，得相逢都变做短叹长吁。他急攘攘却才来，我羞答答怎生觑。将腹中愁恰待伸诉，及至相逢一句也无。则道个"先生万福"。

（旦云）张生，俺家何负足下？足下见弃妾身，去卫尚书家为婿，此理安在？（末云）谁说来？（旦云）郑恒在夫人行说来。（末云）小姐如何听这厮？张珙之心，惟天可表！

【落梅风】从离了蒲东路，来到京兆府，见个佳人世不曾回顾。硬揣个卫尚书家女孩儿为了眷属^①，曾见他影儿的也教灭门绝户。

（末云）这一桩事都在红娘身上，我则将言语傍着他，看他说甚么。红娘，我问人来，说道你与小姐将简帖儿去唤郑恒来。（红云）痴人！我不合与你作成，你便看得我一般了。

【甜水令】君瑞先生，不索踌躇，何须忧虑。那厮本意糊突；俺家世清白，祖宗贤良，相国名誉。我怎肯他根前寄简传书？

【折桂令】那吃敲才怕不口里嚼蛆^②，那厮待数黑论黄^③，恶紫夺朱^④。俺姐姐更做道软弱囊揣^⑤，怎嫁那不值钱人样貑驹^⑥。你个东君索与莺莺做主^⑦，怎肯将嫩枝柯折与樵夫。那厮本意嚣虚^⑧，将足下亏图^⑨，有口难言，气夯破胸脯。

注释：

①揣：硬揣，犹强加。

②吃敲才：詈词，犹该死的东西。敲，死刑的一种，即杖杀。

③数黑论黄：说长道短，搬弄是非。

④恶紫夺朱：《论语·阳货》："恶（音 wù，动词）紫之夺朱也，恶郑声之乱雅乐也，恶利口之覆邦家者。"剧中"恶（è）"为形容词，意谓郑恒与莺莺成亲，夺去张生地位，是

邪恶的紫色侵夺了大红色的地位，是以邪夺正。

⑤囊揣：软弱，不中用。马致远《邯郸道省悟黄粱梦》："俺如今鬓发苍白，身体囊揣，则恁的东倒西歪，推一交险撷破天灵盖。"

⑥人样豭（jiā）驹：凌濛初曰："即马牛襟裾之意，詈之谓畜类也。"豭，公猪。

⑦你个东君索与莺莺做主：言张生当为莺莺做主。因"莺莺"双关鸟名（即黄鹂），故谓此说。东君，春神。严蕊《卜算子》："花开花落自有时，总赖东君主。"

⑧嚣虚：虚伪不实。

⑨亏图：设圈套使人吃亏，图谋陷害。关汉卿《包待制三勘蝴蝶梦》："他则会依经典、习礼义，那里会定计策厮亏图？"

（红云）张生，你若端的不曾做女婿呵，我去夫人根前一力保你。等那厮来，你和他两个对证。（红见夫人云）张生并不曾人家做女婿，都是郑恒谎，等他两个对证。（夫人云）既然他不曾呵，等郑恒那厮来对证了呵，再做说话①。（洁上云）谁想张生一举成名，得了河中府尹。老僧一径到夫人那里庆贺。这门亲事，几时成就？当初也有老僧来，老夫人没主张，便待要与郑恒。若与了他，今日张生来，却怎生？（洁见末叙寒温科）（对夫人云）夫人今日却知老僧说的是，张生决不是那一等没行止的秀才。他如何敢忘了夫人？况兼杜将军是证见，如何悔得他这亲事？（旦云）张生此一事，必得杜将军方可。

【雁儿落】他曾笑孙庞真下愚，若是论贾马非英物②，正授着征西元帅府，兼领着陕右河中路③。

【得胜令】是咱前者护身符④，今日有权术。来时节定把先生助，决将贼子诛⑤。他不识亲疏⑥，啜赚良人妇⑦。你不辨贤愚，无毒不丈夫。

（夫人云）着小姐去卧房里去者。（旦、红下）（杜将军上云）下官离了蒲关，到普救寺，第一来庆贺兄弟咱；第二来就与兄弟成就了这亲事。（末对将军云）小弟托兄长虎威，得中一举。今者回来，本待做亲。有夫人的侄儿郑恒，来夫人行说道，你兄弟在卫尚书家作赘。夫人怒欲悔亲，依旧要将莺莺与郑恒，焉有此理？道不得个"烈女不更二夫"⑧。（将军云）此事夫人差矣。君瑞也是礼部尚书之子，况兼又得一举。夫人世不招白衣秀士，今日反欲罢亲，莫非理上不顺？（夫人云）当初夫主在时，曾许下这厮，不想遇此一难，亏张生请将军来，杀退贼众。老身不负前言，欲招他为婿。不想郑恒说道，他在卫尚书家做了女婿也，因此上我怒他，依旧许了郑恒。（将军云）他是贼心，可知道诽谤他。老夫人如何便信得他？（净上云）打扮得整整齐齐的，则等做女婿。今日好日头，牵羊担酒，过门走一遭。（末云）郑恒，你来怎么？（净云）苦也！闻知状元回，特来贺喜。（将军云）你这厮，怎么要诳骗良人的妻子，行不仁之事，我根前有甚么话说？我闻奏朝廷，诛此贼子。（末唱）

【落梅风】你硬撞入桃源路，不言个谁是主，被东君把你个蜜蜂儿拦住。不信呵去那绿杨影里听杜宇，一声声道"不如归去"⑨。

（将军云）那厮若不去呵，祗候拿下⑩。（净云）不必拿，小人自退亲事与张生罢。（夫人云）相公息怒，赶出去便罢。（净云）罢，罢！要这性命怎么，不如触树身死。妻子空争不到头，风流自古恋风流。三寸气在千般用，一日无常万事休⑪。（净倒科）（夫人云）俺不曾逼死他，我是他亲姑娘，他又无父母，我做主葬了者。着唤莺莺出来，今日做个庆喜的茶饭，着他两口儿成合者。

注释：

①说话：此为处置之意。

②他曾笑孙庞真下愚，若是论贾马非英物：言杜确本领高强，武压孙膑、庞涓，讥笑孙、庞真是下愚之人；文欺贾谊、司马迁，较贾、马更加出类拔萃。

③兼领着陕右河中路：即前所谓提调河中府事。陕右，即陕西。

④护身符：佛、道、巫均用之，指以朱笔或墨笔所画的佛菩萨鬼神像，或书有咒语符箓的纸牒，带在身边可获保佑，辟邪除灾，谓之护身符。

⑤决：必定。

⑥不识亲疏：是说郑恒不顾中表不得为婚的禁忌。

⑦良人妇：旧以士农工商为良，倡优隶卒为贱，良人妇指有正当职业的清白人家的妇女。另，旧时妇女亦称丈夫为良人，《诗经·唐风·绸缪》："绸缪束薪，三星在天。今夕何夕，见此良人。子兮子兮，如此良人何！"此言莺已为张生之妇，郑恒不当图之。

⑧烈女不更二夫：即一女不嫁二夫。《史记·田单列传》："王蠋曰：'忠臣不事二君，贞女不更二夫。'"

⑨不如归去：《本草·杜鹃》："其鸣，若曰：'不如归去。'"这里是借杜鹃鸣声，促郑恒归去。

⑩祇（zhī）候：在元代，祇候为供奔走服劳的差役，大户人家

的仆役领班亦称祗候,剧中指前者。

⑪三寸气在千般用,一日无常万事休:宋元成语,意谓只要活
着就什么事都可以办,一旦死了,就什么事都完了。

(旦、红上,末、旦拜科)(末唱)

【沽美酒】门迎着驷马车①,户列着八椒图②,四德三从
宰相女,平生愿足,托赖着众亲故。

【太平令】若不是大恩人拔刀相助,怎能勾好夫妻似水如
鱼。得意也当时题柱,正酬了今生夫妇。自古相女配
夫③,新状元花生满路④。(使臣上科)(末唱)

【锦上花】四海无虞,皆称臣庶⑤;诸国来朝,万岁山
呼⑥;行迈羲轩⑦,德过舜禹;圣策神机,仁文义武⑧。
朝中宰相贤,天下庶民富;万里河清⑨,五谷成熟;户
户安居,处处乐土⑩;凤凰来仪⑪,麒麟屡出⑫。

【清江引】谢当今盛明唐圣主⑬,敕赐为夫妇。永老无
别离,万古常完聚,愿普天下有情的都成了眷属⑭。

【随尾】则因月底联诗句,成就了怨女旷夫。显得有志
的状元能,无情的郑恒苦。(下)

　　　　题目　小琴童传捷报　崔莺莺寄汗衫
　　　　正名　郑伯常干舍命　张君瑞庆团圞

　　总目
　　张君瑞要做东床婿
　　法本师住持南赡地⑮
　　老夫人开宴北堂春⑯

崔莺莺待月西厢记

西厢记五剧第五本终

注释：

①门迎着驷（sì）马车：赞扬张生才高志大，一举成名，终为显贵。驷马车，四匹马拉的车，达官贵人所乘。

②户列着八椒图：门上刻绘着各种花饰。八椒图，指门饰上各种螺形花饰。椒图，龙生九子之一，好闭口，用为门上装饰。只有官署门上才绘有椒图。

③自古相女配夫：从古以来就根据女儿的条件来择配相称的丈夫。

④花生满路：荣耀美满，心满意足。

⑤四海无虞，皆称臣庶：天下太平，都称臣民。无虞，没有纷乱，没有二心。

⑥万岁山呼：臣民口呼万岁祝颂皇帝的行为。山呼，《汉书·武帝纪》："元封元年……（武帝）亲登崇嵩，御史乘属、在庙旁吏卒，咸闻呼'万岁'者三。"后来发展成一种仪式，《元史·礼乐志·元正受朝仪》："曰跪左膝、三叩头，曰山呼，曰山呼，曰再山呼。"

⑦行迈羲轩：德行超过了伏羲和轩辕。羲、轩均是传说中的古代圣王。

⑧仁文义武：文治武功都符合儒家仁义的标准。

⑨河清：河，黄河。黄河水浊，古人以河水澄清为祥瑞，是政治开明、太平富庶的象征。《后汉书·襄楷传》："京房《易

传》曰：'河水清，天下平。'"王嘉《拾遗记·高辛》："黄河千年一清，至圣之君以为大瑞。"

⑩乐土：有道之国，行仁政爱黎民的安乐之处。《诗经·魏风·硕鼠》："逝将去女，适彼乐土。乐土乐土，爰得我所。"

⑪凤凰来仪：凤凰飞来而有容仪。《尚书·益稷》："《箫韶》九成，凤皇来仪。"凤凰来仪，是太平盛世的象征。

⑫麒麟屡出：麒麟，瑞兽。麒麟的出现，也被认为是一种祥瑞，是天下太平的象征。《春秋公羊传》哀公十四年："麟者，仁兽也。有王者则至，无王者则不至。"

⑬谢当今盛明唐圣主：当时颂圣例语。

⑭眷属：本指家眷亲属。《梁书·侯景传》："君门眷属，可以无恙，宠妻爱子，亦送相还。"剧中专指夫妻。

⑮南赡：即南赡部洲，佛教认为须弥山四方咸海中有四洲：东胜神洲、南赡部洲、西牛贺洲、北俱卢洲。南赡部洲产赡部树，又在须弥山之南，故名。中国即在此洲。

⑯北堂：主母所居之处。《诗经·卫风·伯兮》："焉得谖草，言树之背。"毛亨曰："谖草令人忘忧；背，北堂也。"赵翼《陔馀丛考》卷四三："按古人寝室之制，前堂后室，其由室而之内寝有侧阶，即所谓北堂也……凡遇祭祀，主妇位于此。主妇则一家之主母也。北堂者，母之所在也，后人因以北堂为母。而北堂既可树萱，遂称萱堂耳。"

点评：

本折又称"团圆"、"衣锦还乡"，是整部《西厢记》的

西厢记

中华经典名剧

"大收煞"。李渔《闲情偶寄·词曲部》曾有论曰："全本收场，名为'大收煞'。此折之难，在无包括之痕，而有团圆之趣。如一部之内，要紧脚色共有五人，其先东、西、南、北各自分开，到此必须会合。此理谁不知之？但其会合之故，须要自然而然、水到渠成，非由车戽。最忌无因而至、突如其来与勉强生情、拉成一处。令观者识其有心如此与恕其无可奈何者，皆非此道中绝技。因有包括之痕也。骨肉团聚，不过欢笑一场，以此收锣罢鼓，有何趣味？水穷山尽之处，偏宜突起波澜，或先惊而后喜，或始疑而终信，或喜极信极而反致惊疑，务使一折之中，七情俱备，始为到底不懈之笔，愈远愈大之才，所谓有团圆之趣者也。"中国古典戏曲往往以"大团圆"为全剧做一总结，自此李渔之言可知，从体制上讲，构成"大收煞"或"大团圆"的必要条件有二：第一，全剧中的重要人物均须在最后一折（出）中登场；第二，故事的结局应当团圆、欢乐。但究竟如何得其"团圆"则因曲家之才思而有差：其劣者往往生硬地将剧中要紧脚色拉在一处，勉强生情凑成团圆之乐；而其中圣手则能于山穷水尽处突起波澜，令一折之中七情具备，总成一欢。《西厢记》之"大收煞"，可谓尽得其妙旨：前此第三折已写得郑恒已至、张生将归、长老出迎、白马来贺；张生将归，欲迎娶莺莺完婚；郑恒偏至则又骗得郑氏变卦。张生如欲娶莺莺得团圆，则须先重重解开与老夫人、红娘、莺莺间的误会，再当面戳破郑恒诡计……由此而夫人、红娘、莺莺、郑恒、长老、杜确一一登场，惊、怒、忧、思、恐、悲终归于喜，自然而然，水到渠成，正可见所谓"到

张君瑞庆团圆杂剧　第四折

底不懈之笔、愈远愈大之才”也。

直到最后一本的最后一折，《西厢记》的剧情仍然笼罩在交错发展的两种矛盾之中。老夫人首先登场，已全然站在郑恒一边："谁想张生负了俺家，去卫尚书家做女婿去。今日不负老相公遗言，还招郑恒为婿。今日好个日子，过门者。准备下筵席，郑恒敢待来也。"郑恒招婿已定下今日过门，崔家筵席已备，张生能否及时赶回？甫一开场，生、莺与老夫人之间的矛盾已张。观众正尔心急，张生恰在郑恒未到之际衣锦还乡。【新水令】写张生扬眉吐气，离京返乡，不乏夸耀之意。【驻马听】"张珙如愚，酬志了三尺龙泉万卷书；莺莺有福，稳请了五花官诰七香车"四句，向被视为收煞一部《西厢记》的关钥，披示了本折大团圆的最终归向；"从应举，梦魂儿不离了蒲东路"则再次凸显了张生的志诚钟情。状元公喜上眉梢谨执婿礼，却不料夫人乃盛气须之。张生初闻入赘卫尚书家之言，如堕五里云中，慌忙辩白："小生呵此间怀旧恩，怎肯别处寻亲去"；并质问："那一个贼畜生行嫉妒，走将来老夫人行厮间阻？"老夫人出首郑恒，又要红娘前来作证，令红娘的出场顺理成章。

红娘正"巴不得见他"，好与张生当面对质，相见之后，不禁连声叱问："间别来安乐否？你那新夫人何处居？比俺姐姐是何如？"【乔木查】一曲，红娘演来"如闻香口，如见纤腰"（金圣叹评文），将小梅香仗义执言的侠情毕现场上。"擎天柱"竟然也怀疑自己，张生一片赤诚，无限委屈："小生为小姐受过的苦，诸人不知，瞒不得你"；"小生若求了媳妇，则目下便身姐。怎肯忘得待月回廊，难撇下吹箫伴侣。受了些活地狱，下了些死工夫。不甫能得做妻夫，见将着夫人诰敕，县君名称，怎生待欢天喜地，两只手儿分付与，你划地到把人赃诬"。【搅筝琶】"精妙绝人，又沉着，又悲凉，又顿挫，又爽宕"（金圣叹评文），诉尽君瑞满腔隐衷，红娘感之，再向夫人建言，要小姐出来折对，为张生进一步"辩冤"提供了机会。

莺莺与张生久别后终于重逢，千言万语，却只道出一句"先生万福"。"古诗云：'胸中辟积千般事，到得相逢一语无。'此转添一语曰：'刚道个先生万福。'湍尽头更着一波，舒舒婉婉，无馀法，有馀味"（李贽评文）。别时执手凝噎，别后几番梦里相聚，不想才接家信，便闻被弃，旋又重配郑恒，若张生不回，则莺莺今日定嫁郑家表兄矣。忽闻张生返也，又听那人或未变心也，悲喜交集，忽惊忽疑，见面究竟如何开口？曰：见他人如何，见张生亦如何，应该如何便如何。"先生万福"是见常人礼，但那人岂是常人？莺莺此时"欲言不言，若疏若亲，的的真情，亦的的至情"（徐渭评文），正是其气骨风范的深层表现。红娘见小姐不语，开口催促，莺莺方才开口询问入赘卫尚书家之事。张生一面向小姐剖白，一面赚红娘讲出真情。【沉醉东风】【落梅风】【甜水令】【折桂令】数曲，由莺莺、张生、红娘分唱，曲辞贴合人物身份，本色警炼，亦称佳制。

莺莺、张生误会冰释，红娘再向老夫人处一力作保维护张生，要张生、郑恒当面对证讲明真相，夫人允之。法聪前来道贺，为当日围寺许婚又添一重要人证，亦向夫人施加了又一重压力。但崔、张之姻若要老夫人认可，仍要

颤天下
有情
的多成
了眷
属

玉鞭骄马出皇都，畅风流玉堂人物。今朝三品职，昨日一寒儒。御笔亲除，将名姓翰林注。

有实权、知情由的人物前来力挺，此一事"必得杜将军来方可"，莺莺回房前对张生的提醒，可谓是言中要害。接下来，白马将军先于郑恒到来，为张生的求助提供了时间上的可能。杜确在夫人处表明态度之后，郑恒的败露已是迟早之事。直至此时，要做女婿的郑恒方才姗姗来迟。其率尔触树身死，有不合常理处，或为曲家为求极致团圆而特意为之：郑恒一死，崔家曾经悔婚之事再无对证，莺莺、张生的幸福姻缘也再无后顾之忧。

赐婚使臣的到来，将全场的欢庆气氛推向了顶峰。在闹热的颂圣声中，曲家道出了自己的婚恋理想。"永老无别离，万古常完聚，愿普天下有情的都成了眷属"，是《西厢记》主题的点睛之笔。在王实甫看来，不仅是张君瑞与崔莺莺应当成为夫妇，也不限于《董西厢》里所说的"自今至古，自是佳人，合配才子"，而是愿"普天下"的有情人，不管他们是否"才子佳人"，都毫无意外地应当成为眷属。而且，这种眷属应当是白头偕老的美满夫妻。这个目标的提出，不是针对一人一事而发，而是从整个婚姻制度的高度发出的呐喊，是时代假王实甫之笔提出的婚姻理想，表达了广大青年男女的共同心声。这也是《西厢记》具有如此恒久魅力的主要原因。

郑振铎《文学大纲》以为："《西厢》的大成功便在她的全部都是婉曲的细腻的在写张生和莺莺的恋爱心境的。似这等曲折的恋爱故事，除《西厢》外，中国无第二部。"《西厢记》以爱情为绝对主题，反反复复、重重叠叠，铺展崔、张二人情路上的艰辛与甜蜜，但读者观众却不厌其烦，

甚至反嫌其少，何也？"读他文字，精神尚在文字里面；读至《西厢》曲、《水浒传》，便只见精神，并不见文字耳。"（李贽评文）

金圣叹在《读〈第六才子书西厢记〉法》中尝云：

《西厢记》，必须扫地读之。扫地读之者，不得存一点尘于胸中也。

《西厢记》，必须焚香读之。焚香读之者，致其恭敬，以期鬼神之通之也。

《西厢记》，必须对雪读之。对雪读之者，资其洁清也。

《西厢记》，必须对花读之。对花读之者，助其娟丽也。

《西厢记》，必须尽一日一夜之力，一气读之。一气读之者，总揽其起尽也。

《西厢记》，必须展半月一月之功，精切读之。精切读之者，细寻其肤寸也。

《西厢记》必须与美人并坐读之。与美人并坐读之者，验其缠绵多情也。

《西厢记》必须与道人并坐读之。与道人并坐读之者，叹其解脱无方也。

而今时移世易，扫地、焚香，对雪、对花，至与美人、道人相伴读之，或难办矣。然而人生何时何处不可读书？《西厢记》结构夺天工之巧，情节有化工之妙，文辞得骚人之趣，是"千古第一神物"（陈继儒评文）。吾其开卷读之耶？吾其开卷读之也！